エフィラは泳ぎ出せない

五十嵐大

創元推理文庫

AN EPHYRA UNABLE SWIM OUT

by

Dai Igarashi

2022

エフィラは泳ぎ出せない

五十嵐大

フリーライターとして暮らす小野寺衛は、宮城県松島から上京後、一度も帰省をしていない。知的障害のある兄をまもってほしいと両親から衛と名付けられたが、東日本大震災を機に故郷を、家族を、兄を捨てたのだ。だが、その兄が急死したという知らせを受け、衛は７年ぶりに故郷に帰ることを決意する。子どもの頃一緒に遊んだ海岸で兄は自死したらしいが、家族や友人の話を聞いた衛はそれを信じることができない。兄の死の謎を追う衛が知る、慟哭の真実とは？　障害者への差別意識や、貧しさへの“怒り”に満ちた筆致で贈る、ミステリデビュー作。

目次

第一章　小野寺衛の追懐　三
第二章　小野寺健蔵の悔恨　八三
第三章　涌谷妙子の渇望　一四八
第四章　酒井百合の欺騙　二一三
第五章　小野寺衛の慟哭　二七六
文庫版あとがき　三四一

エフィラは泳ぎ出せない

苦しいから逃げるのではない。逃げるから苦しくなるのだ。
——ウィリアム・ジェームズ

その砂浜に降り立つと、呼吸がしやすくなる。それが三人にとっての真実だった。

晴れた日には、水平線がよく見えた。微妙に異なる空と海の青さを、真っ直ぐに貫く一本の線が二分する。空と海は似ているようで、似ていない。重なり合うように見えて、でも決して混じり合うことがない。

入道雲が立ち上り、海鳥が高い声で鳴きながら優雅に舞う。時折、海側から吹き付けてくる風が、三人の髪の毛をいたずらにかき混ぜた。強烈な潮の匂いすら面白くて、めちゃくちゃになった髪の毛を指差しながら、三人はお腹を抱えて笑い出す。

そのうち、ひとりの少年が砂浜に生える二本の松の木の根元に腰を下ろした。その松の木はまるで双子のように寄り添い、互いを支え合っているように見えた。

腰を下ろした少年は大きな瞳を輝かせながら、持っていたスケッチブックを開く。その目は世界を捉えようとしているように見開かれ、海風に吹かれると長い睫毛《まつげ》が震えた。そうしてスケッチブックに鉛筆を滑らしはじめた。

もうひとりの少年は風にくせっ毛を揺らしながら、絵を描く少年の隣に腰を下ろす。そしてもうひとり、三人の中で紅一点の少女が、スケッチブックを覗き込んだ。

「やっぱり、上手だね」

少女が感嘆《かんたん》の声を上げる。

するとくせっ毛の少年が得意げに言った。

「そうだよ。お兄ちゃんの絵は、誰よりもうまいんだもん」

それを聞いているのかいないのか、絵を描く少年の手元では、いま目の前に広がる海や空、雲や海鳥の姿がスケッチブックの中に少しずつ再現されていった。それはまるで箱庭だ。ここではない、もうひとつの世界。

三人にとって、この砂浜は、誰にも邪魔されない楽園のような場所だった。

ここにいれば誰からも傷つけられない。

だからこそ三人は、この場所が大好きだった。

絵を描き終えると、貝殻拾いや鬼ごっこ、影踏みなどに興じた。

しばらくすると、海が赤く染まり出す。徐々に潮騒が強く鳴り響き、潮の匂いが濃くなる。いつの間にか、海鳥の声も消えていた。

「そろそろ帰ろっか」

少女が口火を切り、ふたりの少年は顔を見合わせ、頷き合う。

「きょうも、たのしかった、ね」

絵の上手な少年がそう言うと、もうひとりの少年と少女は破顔して、同意する。

「また明日も来ようね」

「うん、約束ね」

そのときの三人は、こんな時間が永遠に続くと信じていた。
柔らかな砂浜とやさしい波の音に包まれながら生きていけると、信じていた。
しかし、世界はそれを裏切った。
世界はそこまで、やさしくなかった。
それが世界にとっての真実だった。

第一章　小野寺衛の追懐

四角い画面の中央にぼんやりと、小さな塊が映っていた。いや、まだ塊とも言えないか。その輪郭はとても曖昧《あいまい》で、いまにも周囲に溶け出してしまいそうなところを寸前でなんとか保っているように見える。

丸椅子に座った小野寺衛《おのでらまもる》は、モノクロの映像を見つめながら、緊張した面持ちを浮かべていた。

画面に映し出されたそれは、一定感覚で脈動する。まるで夜の海に漂う海月《くらげ》のようだ。

「わかりますか？　これが心臓ね」

年配の女性医師が目尻に皺を寄せ微笑《ほほえ》みながら、画面を指差した。柔らかい声が、清潔な部屋中にこだまするように響く。まるでドラマか映画のワンシーンを観ているようで、どこか現実感がない。

衛の指先が、自身のくせっ毛へと伸びる。子どもの頃から極度に緊張すると、後頭部の髪の毛を掻き回すように触ってしまうのが癖だった。

「小さいけど、見えるでしょう？　ここにいるよ、って一生懸命なのね」

衛は医師の声に反応せず、視線だけで周囲を見渡した。

診察室内にはデスクと本棚が並び、中央には玲奈《れな》が横たわるベッドがある。クリーム色に塗られた壁には無機質なカレンダーと、小さな絵がかけられている。額縁の中では、ふたりの男女と幼い少女が笑っていた。きっと親子なのだろう。しかし衛には、その三人が赤の他人同士にしか見えなかった。家族とは、なにをもってそう証明されるものなのかがわからない。

不意に手を引っ張られた。

玲奈と視線がぶつかる。奥二重でやさしい印象のある瞳が、静かに揺れる。口元は緩んでおり、八重歯が覗いていたが、その目は喜びと同時に恐怖を湛えているようでもあった。今朝はきちんとセットされていた前髪が、汗で額に張り付いていた。

衛よりも年上で今年三十歳になる玲奈は、常に冷静で何事にも動じないタイプだ。そんなところを好ましく思っていたが、やはり妊娠したとなれば不安も生じるのだろう。だからこそ、自分が支えてやらなければいけない。そう思いながら衛は玲奈の腹に手を乗せようとしたが、指先がかすかに震えていることに気づいた。

——海月はとても脆《もろ》い生き物なので、素手で触れると崩れてしまうこともあります。

幼い頃、水族館で耳にした飼育員の言葉が蘇る。

衛は怖気づき、そのまま玲奈の手を握った。玲奈の手のひらは汗で濡れており、体温が伝わってくる。いま、ふたりの体温にはどれくらい差があるだろう。

「七週目ってところね。ご懐妊、おめでとうございます」

慈しみを込めるように、医師が口を開いた。その目は、衛がなにか言うのを待っているかのようだ。

「ありがとうございます」

口の中がひどく乾いており、絞り出すように呟くので精一杯だった。

衛の声は、玲奈にどう聞こえただろう。視線の先では、玲奈がエコー検査の画面を食い入るように見つめている。絵に描かれた瞳のように、玲奈のそれは瞬《またた》くことを忘れてしまっている。そして、薄《うつす》らと涙が滲《にじ》んでいた。

「玲奈のご両親にも、早く挨拶に行かないといけないよな」

産婦人科での診察の帰り道、玲奈の手を握りながら衛は言った。

すでに気温が三十度を超える日も珍しくなく、この日も手をつないで歩くには暑すぎる。しかし、急に玲奈の体が脆いもののように思え、病院を出てからずっとこうして手をつないでいる。

「そう、だね」

玲奈は正面を向いたままで言った。

日は傾きはじめていた。ゆっくり潮が満ちていくように、ビルとビルの間に夕暮れの気配が滲んでいく。右手と左手でつながり、ひとつになったふたりの影は、大きく伸びていた。

衛は玲奈の横顔を見つめた。玲奈はそれに気づいていないのか、気づかないフリをしているのか、やや伏し目がちに前を向いていた。口を一文字に結び、視線を遠くに向けている。

玲奈の瞳になにが映っているのか、わからなかった。いまは覗き込む勇気もない。

二十二歳の頃から付き合い出して三年が経つ。まだまだ遊んでいたい、なんて気持ちはなかったものの、それでも家庭を持ち落ち着くには早い気もしていた。フリーランスのライターとして独立してからは、まだ二年も経っていない。ありがたいことに仕事も軌道に乗っており、そこまで余裕があるわけではないけれど食うには困らないくらい稼げている。会社員として働いている玲奈が産休を取ったとしても、あるいは仕事を辞めたとしても、ふたりで暮らすマンションの家賃や生活費は、衛ひとりの稼ぎでなんとかギリギリ賄えるだろう。

しかし、やはりまだ若いと感じてしまうのは事実だった。友人の中で結婚しているのも、ごく僅《わず》かだ。でも、それはただの言い訳なのかもしれない。結婚するとなれば、家族を玲奈と会わせなければいけない。そこまで思い切れるのかというと、まだ躊躇《ためら》いもある。家族と玲奈が向かい合っている場面をイメージすると、ひどく憂鬱な気分になった。

高校を卒業し、なんのあてもないまま東京へ出てきた。そのときの衛は、まるでなにかから逃げ出すかのように追い詰められていたのだ。そのなにかはわかっている。だからこそ、玲奈との結婚の前に横たわる様々な雑事を想像するだけで、ため息がこぼれてしまう。

「でも、いずれ結婚しようと思ってたし、いいきっかけになったよな」

努めて明るく振る舞ってみせると、玲奈はなにも言わず、眉尻を下げて笑った。

つないだ手から、玲奈が力を込めるのが伝わってくる。その手のひらが汗ばんでいるのは暑さのせいか、それとも――。

「衛、あのね。私さ……」

玲奈の言葉を遮《さえぎ》るように、衛のポケットの中でスマホが振動した。

「あ、ちょ、ちょっと待って。ごめん」

スマホのディスプレイには、〈涌谷《わくや》妙子《たえこ》〉と表示されていた。死んだ母の姉、衛の伯母の名前だ。

瞬間、立ち止まってしまった。

こうして連絡をもらうのは何年ぶりだろうか。ただし胸中に広がっていくのは、懐かしさからくる喜びの情ではなく、もっと違うなにかだった。

「衛、出なくて平気?」

「あ、うん……。そうだな」

しばらくディスプレイを眺めていても、着信は切れなかった。その事実が嫌な想像をさせる。観念すると、そっと応答ボタンをタップした。

「……もしもし」

『あ、もしもし? 衛ちゃん?』

電話口の妙子は移動しながら話しているようで、息を切らしている。

「うん、久しぶり――」

当たり障りのない挨拶をしようとするも、妙子が捲《まく》し立てる口調で遮った。

『健蔵《けんぞう》さんが何度か連絡したんだけど、衛ちゃんにつながらないって！』

そういえば、着信が残っていたことを思い出す。しかし、あまり出る気にもならず放置していたのだ。

「ごめん。忙しくて出れなくて」

耳元で、妙子の涙声がした。それは小さな悲鳴のようでもあった。

『死んじゃったの！』

その言葉は、妊娠が判明した恋人と歩く帰り道にはあまりにも相応《ふさわ》しくなかった。穏やかな日常の中に突然現れた不穏な単語に、衛は身を硬くする。

「……え？」

『聡《さとし》ちゃんが……あんたのお兄ちゃんが、死んじゃったのよ！』

なにかあったのだろうとは思ったが、まさか兄が死ぬなんて……。妙子が告げた事実は衛の半端な想像を遙かに超えていた。

『それでね、いまから警察に行かなくちゃいけなくって』

「警察って……、兄貴、なにか事件に巻き込まれたってこと？」

『詳しいことはわかんないんだけど、とにかくまた連絡するから！』

妙子からの電話は一方的に切られた。

聡が、死んだ――。

衛はなにも言えず、ただ妙子の言葉を反芻《はんすう》するだけだった。

視界が急激に狭まり、溺れそうだ、と思った。肺が正常に機能していないみたいに、呼吸が浅くなる。

暗転しそうになる視界の片隅で不安げにしている玲奈の姿を捉えながら、衛はスマホを握りしめた。


新宿《しんじゅく》駅から小田急《おだきゅう》線に乗り換え、各駅停車に二十分ほど揺られると、衛が住む町に到着する。駅を挟み左右に延びる商店街は都内でも有名な通りで、大小さまざまな店が並ぶ。ファミリー層が多い町ということもあるのか、スーパーやパン屋、居酒屋、書店の他、中古のゲームを取り扱う店やペットショップなども軒を連ねている。

この町ならば、きっと子育てがしやすいだろう――。

そんなことを思いながら、商店街をゆっくり歩いていった。

玲奈とともに暮らすマンションは駅から少し離れていることもあって、家賃の安さからは考えられないほど広い。築年数は二十年以上と決して新しくはないが、その古さが妙味を醸し出しているレンガ造りの外壁はなかなか気に入っていた。

ふたりが住む部屋は二年ほど借り手がつかなかったことから、オーナーがリノベーションを施していたため、新築同然の美しさだった。

玄関からはフローリングの廊下が延びており、突き当たりのドアを開ければリビング・ダイニングが広がる。

帰宅するや否や、衛は冷蔵庫を開け、缶ビールを取り出した。呑み下せない感情を無理やり流し込むように缶を傾けると、乾いていた体中に染み渡っていくようだ。

そのままソファに座り込む。エアコンからの強風が心地よかった。

「ちょっと、そんなの飲んでる場合じゃないでしょ」

衛の手元から、玲奈が缶を取り上げた。心配しているのだろう、眉間に皺を寄せ、衛のことを見下ろしている。

「いいんだよ」

「え？」

「今更急いだって、なんも変わらないよ。それよりちょっとだけ考えたいんだ」

「なに言ってんの。喪服、出してきてあげるからちゃんと準備して、今日中に行きなよ？」

呆れたようにため息を吐くと、玲奈はクローゼットのある寝室へ向かっていった。

ビールを飲み干し、衛はベランダに出た。いつもの癖でタバコを咥えるも、診察室で見た海月みたいな影を思い出し、吸うのはやめておいた。パッケージごと握りつぶし、ポケットに押し込む。

四階からは、最寄り駅まで続く長い商店街が見渡せる。空はすっかり赤く染まり、遠くのほうでは星が光りはじめていた。

少し高めの「兄ちゃん！」という声が響く。

眼下から子どもたちの声がした。目をやると、夕暮れの商店街をふたつの影が走っていくのが見えた。小学生くらいの兄弟だろうか。サンゴ礁の中を右に左に泳ぎ回るクマノミのように、人波を掻き分けながら走り去っていった。

兄貴――。

衛の目には、走っていく小学生たちが、かつての自分と兄の姿に見えた。

あんな風にじゃれ合うような関係だった頃もあったのだ。それなのに――。

聡は知的障害者だった。

*

「知的障害っつっても軽度なんだよ、軽度。軽いやつ。んだから、他のやつらとなんも変わんねえ。聡は大丈夫だ。ひとりでもちゃんと生きられるように、俺が育ててやる」

父の健蔵は、事あるごとに聡の障害は軽いものであると強調した。

そう聞くたび、衛は健蔵の目を見つめた。そこには強い憤りが宿っているようでもあったし、深い哀しみがたゆたっているようでもあった。読み取れない感情が、瞳の中で波紋を描く。

いつからか衛は、健蔵が聡のことを語るとき、その目を見つめるのをやめた。

見ないほうがいい。直感的にわかっていた。

だから未だに、健蔵の言葉がなにを意味していたのか摑めていない。今更、知りたいとも思わない。

衛と聡の年齢は、七つ離れていた。しかし、聡は衛とよく遊んでくれた。いや、いま振り返ってみると、衛が聡の遊び相手になってあげていたというほうが正確かもしれない。聡は計算や読み書きが不得意で、他者とのコミュニケーションにも困難を伴った。同年代の子たちと比較すると、語彙《ごい》も喋り方も幼い印象が強く、時折、押し黙ってしまう。しかし、母親譲りの愛らしい容姿も相まって、近所に住む大人たちからは大層可愛がられていた。

「まるで天使みたいね」

大人たちが聡をそう称するのを、何度も耳にした。

聡の障害はたしかに見た目ではあまりわからず、黙っていれば、大きな瞳と通った鼻梁のおかげで、外国の血が入ったミックスルーツの子どもにも見えたかもしれない。

そんな聡のことが誇らしかった時期もある。

みんなに愛されている、自慢の兄。まだ小学校に上がる前、衛はそんな風に思っていた。

衛は宮城県にある海沿いの町、松島《まつしま》町で生まれ育った。

日本三景のひとつに数えられる土地で、著名な俳人も奥州行脚《おうしゅうあんぎゃ》の目的地としていた。

海岸を沿うように国道が走り、平日、休日を問わず、観光客が訪れた。もちろん、土産物屋や、鮮魚を使った飲食店も数多く並ぶ。

衛と聡の自宅は海岸通りから徒歩十分程度のところにあり、雨上がりには濃い潮の匂いが家の中まで届く。海岸はふたりにとって恰好の遊び場だった。夏になると海鳥が青空の下を滑空する。時折、海岸から見える遊覧船を追いかけ、聡と一緒になって手を振った。気づいた観光客が手を振り返してくれると、意味もなくうれしくなったものだ。

岩場でヤドカリを捕まえたり、砂に足をとられながら影踏みをしたりしていると、そのうち腹が鳴る。すると小銭を握りしめ、通り沿いにあるかまぼこ屋『波かま』まで足を運んだ。

そこは笹かまぼこの手焼き体験を売りにしており、客が自分たちで焼いたものを食べることができる店だった。しかも、衛と聡が遊びに行くと、特別に五十円でミニサイズのものを用意してくれた。衛は聡に代わって百円を支払い、ふたり並んでかまぼこが焼き上がる様子を見守った。炭火がかまぼこの表面をじりじり焦がしていくと、香ばしい匂いがしてくる。「ねぇ、まだ、かな?」とソワソワしている聡を制しながら、焼けるのを待つ時間が好きだった。

波かまで働く店員たちは、みな聡の事情を知っていて、親切にしてくれた。たまにサービスでジュースを出してくれることもあり、そんなときはふたりで乾杯の真似事をしてみせる。それを見ると、周囲の大人たちは誰もが笑顔になった。

中でも、店員のひとりである酒井《さかい》皐月《さつき》はしょっちゅう親しげに話しかけてくれる人だった。衛たちが店を訪れると顔をほころばせ、奥の席に通してくれた。

「これ、みんなには内緒ね」

誰にも聞こえないようにボリュームを落とした声で、皐月が耳元で囁《ささや》く。そうして皐月は、ジュースだけではなく、飴玉やガムなどのお菓子もくれたものだ。

衛は皐月のことが大好きだった。それは聡も同じだっただろう。

皐月には百合《ゆり》という名のひとり娘がいて、時々、店で顔を合わせることがあった。年齢は衛の四つ上で、その横顔はなにかを背負っているように少し大人びている。夏の日差しや輝く汗が似合う子どもたちとは異なり、百合は日陰で静かに本を読んでいるような子だった。だから、いつもひとりでいることが多かった。

そんな百合と衛たちが意気投合するのは早かった。

表立ったいじめはなかったが、やはり聡は、障害を理由に周囲の輪に加われないことがあった。年齢の割に幼い言動を理由に、同年代の子たちからは避けられてしまう。

あいつ、チテキだから――。

聡と一緒にいるとき、何度この言葉を耳にしただろう。そこに含まれる侮蔑《ぶべつ》や憐憫《れんびん》、嫌悪、嘲笑といった感情を、そのときは理解できなかった。それでも肌で感じるものがある。

次第に衛は、周囲の子どもたちから距離を取り、聡とふたりきりで過ごすことが多くなっていった。そうなれば、衛自身も浮いた存在として認識されるようになる。やがて、聡とふたりで離れ小島にいるような状況に陥っていた。やさしくしてくれる大人たちは少なくなかったものの、近所の子どもたちは、誰もふたりの島に足を踏み入れようとはしない。

そんな中、百合だけが異なる態度を示した。

きっかけは聡が持ち歩いているスケッチブックだ。聡は計算も読み書きも不得意だが、その欠けた部分を補って余りあるくらい、デッサン力に優れていた。一度見たものをほぼ完璧に記憶し、デッサンしてしまう。

スケッチブックの上には、小さな世界の断片がいくつも広がっていた。遠い水平線沿いに浮かぶ島々や、砂浜に残された片方だけのビーチサンダル、夏祭りで盛大に打ち上げられた花火、庭で海風に揺れる向日葵《ひまわり》。それらは聡の目から見た、この世界の真実の姿だった。

「ねぇ、それ、誰が描いたの？」

初めて波かまで百合から話しかけられた瞬間だった。

突然のことに聡は戸惑っている。見知らぬ人から話しかけられると、聡はうまく話せない。

「お兄ちゃん。ぼくのお兄ちゃんが描いたんだよ」

代わりに衛が答える。百合は目を丸くした。幼さが残る目元で、似つかわしくないほど長い睫毛《まつげ》が震えるように揺れていた。

「本当に？」

百合の大きな声に、聡がビクッと肩を震わせる。喉になにかを詰まらせたみたいに、「う……あ……」と言葉がストレートに出てこない。

その反応を見て、百合が訝《いぶか》しげに眉根を寄せた。

いつもこうだ。聡の障害を知らない人たちの目には、聡の言動が奇異なものとして映るらしい。あまり気が進まないけれど、説明しておいたほうがいいかもしれない。

「お兄ちゃん……、障害者なんだ。うまくお喋りできなくて。だから、あんまり大きい声、出さないで？　お兄ちゃん、びっくりしちゃうから」

衛はなんだか、言い訳をしているような気分になっていた。衛も聡も悪いことをしているわけではない。それでも、誰かに、なにかを、懸命に言い訳しているようだった。

怖くて、百合の顔が見れない。思わず、右手で後頭部のくせっ毛を掻き回す。俯《うつむ》くと、砂まみれになったサンダルの中で、小さな足の指先がヤドカリのそれみたいに忙しなく動いていた。

「そうなんだ。でもすごいね、こんなに絵が上手なんて！　どうやって描くのか教えてほしい」

百合の声音は、先程となんら変わりなかった。聡の事情を知っても、態度も表情もなにも変わらない。

「……え？」

衛は思わず訊き返す。

「だ～か～ら～、絵の描き方教えてほしいの。ね、いいよね？」

固まっている聡に、百合は問答無用で言い寄った。聡の目は泳いでいる。

こんな人は初めてだった。

「うん！　いいよ！」

衛は咄嗟《とっさ》に声を上げた。あまりに大きな声だったのか、波かまにいた他の客からの視線を浴びる。ホールにいた皐月も笑いながらこちらを見ている。

恥ずかしさで顔が熱い。それでも衛は喜びを隠しきれなかった。

「お兄ちゃん、いいよね？」

聡の肩を摑んで揺さぶる。すると聡もおずおずと頷いた。

「いいの？　やった！」

聡の反応を見て、百合は目を細めて笑った。口を一文字に結んではいたものの、聡もどことなくうれしそうだった。

それからは、三人で遊ぶことが増えた。

保育園から帰ってくると、カバンを放り投げ、波かまの前で待ち合わせる。皐月からおやつを受け取り、海岸へと駆け出した。

たったひとり増えただけなのに、同じ遊びをしていても、それまでと楽しさは段違いだった。砂浜で躓《つまず》けば百合の快活な笑い声が上がり、それを聞く衛も聡も同じように笑った。

三人がよく遊び場にしていたのは、海岸の岬にある丘、藤山《ふじやま》だった。自転車に乗り、競うように向かうことが多かった。

藤山は標高が僅か四十メートルほどの、山というにはあまりにも小さなもので、子どもの足でも苦にせず登ることができた。頂上は公園として整備されていて、展望台もある。裏手は緩やかな坂になっていて、海岸とつながっており、波打ち際では貝殻拾いに興じることもできた。隠れ家のような砂浜から見渡す海は、いつだって美しかった。差別的な言葉や偏見の眼差しをぶつけられた日も、海はいつだって同じ姿で目の前に現れる。気分や状況でころころ変化する人の心とは異なり、常に変わらないその景色を、衛は信頼していた。ここに来れば、大丈夫。この場所があれば、大丈夫。そう思っていた。

砂浜で、聡はよくスケッチブックを開いた。聡が鉛筆を握ると、衛と百合は黙ってそれを見守るのが常だ。両サイドからの視線を意識しているのかしていないのか、聡は一心不乱に鉛筆を滑らせていく。

真っ白な紙の上はまるでスケートリンクになったようで、縦横無尽に黒い線が軌跡を描いた。ものの数分で、そこには白黒の世界が姿を現す。線の太さと色の濃淡を巧みに使い分けて表現された風景は、実際のそれよりも遙かに色鮮やかに見えるから不思議だ。それどころか、押し寄せては引いていく波頭や、近づいたり遠ざかったりする海鳥たちが、生命を宿しているようだった。静止画のはずなのに、いまにも動き出しそうだ。

「ほんと、いつ見ても上手」

隣で百合が感嘆《かんたん》の声を上げる。

それを聞くたび、衛は聡のことを誇らしく感じた。ふだんはあまり意識しないが、このときばかりは聡のことを自分の兄なのだと強く思った。

百合の称賛と、衛からの羨望の眼差しを受けると、聡は少しだけ得意そうにはにかんだ。

このときはよかった。でも、いつから変わってしまったのだろう。

*

「ねぇ、衛？」

玲奈の声がして、衛は郷愁の世界から現実へと引き戻される。

いつの間にか日はとっぷり暮れて、商店街の明かりが煌々《こうこう》と光っていた。子連れの主婦の姿はなく、会社帰りであろう人々ばかりが目立つ。

振り返ると、憮然《ぶぜん》とした表情で玲奈が立っていた。片手には衛のスマホを握りしめている。

「ちょっと、大丈夫？　これ、さっきから鳴ってるのに気づかないんだもん」

慌ててスマホを受け取ると、妙子からだった。

「もしもし」

『あ、やっとつながった！』

「ごめん、ちょっとボーッとしてて」

『そりゃそうよ……。こんなことがあったんだもん』

「うん。それより、兄貴の件、どういうことだったの。いま、帰る準備してたところだけど」

衛の声を聞くと、妙子が一呼吸置いて口を開いた。

『あのね、聡ちゃん、どうやら自殺だったんだって。さっき、警察に行ってきたんだけどね、薬物を飲んで死んだんじゃないかって言われて……』

妙子の言葉がうまく理解できなかった。

兄の死因は、自殺だった。そんなことがあるだろうか——。いくら考えても、目の前に突きつけられた事実はバラバラになったパズルのピースのようで、ひとつの形を成さない。

「どうしたの！　衛、大丈夫？」

膝から頽《くずお》れそうになり、ベランダの手すりにしがみついていた。玲奈の心配する声が聞こえたが、それを無視して妙子に尋ねた。

「伯母さん、それ、たしかなんだよね」

『さっきまで事情聴取があったの。で、検視っていうの？　あれの結果、警察の人はね、自殺の可能性が高いだろうって。その……、事故や事件に巻き込まれたような形跡も見られないから、おそらく何らかの薬物を飲み込んで、自ら命を絶ったんじゃないかって言うのよ』

「遺書は？　遺書にはなんて？」

『それが、遺書はなかったの。だから、衝動的な自殺だろうって警察の人は言うんだけど……』

「衝動的って……。いつ？　兄貴はいつ自殺したの？」

『あのね、昨日の夜、聡ちゃんが帰ってこなかったのよ。そんなこと初めてで、健蔵さんと一緒に探して回ったんだけど、見つからなくて……。念のために警察にも届けたの。それで、ようやく見つかったって連絡が来たと思ったら、自殺していたって……。どうして聡ちゃんが自殺なんてしなきゃいけないの。どうして……』

「そんな……、本当に自殺なのかよ！」

『事件性はないって言うんだもの！　それよりもなに？　聡ちゃんが事件に巻き込まれたほうがいいって言うの？』

「いや、そうじゃないけど、でも、あまりにも突然のことすぎて……」

妙子は状況を説明しながら、感情の昂《たかぶ》りが抑えられないようだった。電話の向こう側で、声を上げて泣いている。まるで子どもが泣くみたいに、意味の取れないことを喚《わめ》きながら、ただただ泣き声を上げていた。

衛もその声につられそうになる。けれど、大きく息を吸い込み、速まった鼓動を落ち着かせる。眉間に皺を寄せ、世界を睨みつける。

なんで自殺なんかしたんだよ。衛は叫び出したくなる衝動を押し留めた。

こみ上げてくるのは、憤りだった。

「伯母さん、すぐに帰るから」

努めて冷静にそう言うと、妙子は安心したようで、ゆっくり息を整えた。

『わかった。待ってるから。健蔵さんも待ってるからね』

「うん。必ず」

電話を切ると、玲奈が不安そうにこちらを見ていた。

「兄貴、自殺だったんだって」

衛の言葉を聞き、玲奈の顔が青ざめていく。口元に当てた手は震えているようだ。

「そんなことって——」

「喪服、ありがと」

リビングに戻りながら、衛は言った。ここで狼狽《うろた》えても仕方がない。特に玲奈はいまが大事なときだ。余計な心配はかけたくない。

「俺、明日帰るから」

「え……、今日中に帰ったほうがいいんじゃないの？」

「いや、今日でも明日でも、同じことだろ。仕事の調整もしなきゃいけないし。それに」

「……それに？」

「もう、兄貴は戻ってこないんだから」

吐き捨てるように言うと、衛は冷蔵庫から再び缶ビールを取り出した。プルタブを上げると、この状況にはいささか相応しくない小気味良い音がした。喉を鳴らすようにして飲む。

ベランダに立ち尽くした玲奈の視線を感じたが、気づかないフリをしたまま、衛はビールを飲み続ける。

テレビをつけると、気象予報士が明日は快晴だと伝えていた。その声はとても朗らかだった。


翌日、衛は朝一で実家へ向かった。東京駅から東北新幹線に乗り、一時間半ほどすると、宮城県最大の都市である仙台に着く。仙台は宮城県の中心に位置する都市で、衛が住んでいた松島町と比べると遥かに人口も多く、ビルが林立し、非常に栄えている。そこから県内を北上するようにJR仙石《せんせき》線が走っており、四十分ほど電車に揺られると、実家の最寄りである松島海岸駅に到着する。

高校を卒業すると同時に東京へ出てきた衛は、以来、一度も帰省したことがなかった。こうして帰るのは、実に七年ぶりだ。衛が残してきた衣類もすべて処分されているだろう。喪服の他に念のためにと数日分の衣服を詰め込んだカバンが、やけに重たい。

鈍行の車窓からは海が望める。海面が日差しを反射しているのか、その眩しさに衛は目を細めた。

空と海面の境界は曖昧に混じり合っており、小さな海鳥が悠々と舞うのが見える。四角く切り取られた風景は、まるで一枚の絵画のようだ。

いまの聡だったら、どんな風に描いただろうか。

感傷に浸るように、ついそんなことを考えてしまう自分に驚く。

やがて、電車が松島海岸駅に到着した。ホームへ降り立つと、非常に濃い潮の匂いに包まれた。思わず顔をしかめながら、片手で鼻を覆う。衛の鼻はすっかり都会の匂いに慣れてしまっていたようだ。

駅舎を出ると、目の前を海岸通りが貫く。平日だというのに、ラフな恰好に身を包んだ観光客が何組も往来していた。その向こうには海岸が広がっている。響く歓声を耳にしながら、衛は歩き出した。

海岸沿いに真っ直ぐ進み、観光客向けの店をいくつも通り過ぎると左手に小さな路地の入り口が見えてくる。そこを折れ、海岸から離れていくと途端に騒がしさが鳴りを潜めた。人の気配はなく、蟬の鳴き声ばかりが聞こえてくる。

決して急いでいるわけではないのに、息が上がってくる。額に滲む汗がゆっくり垂れ、睫毛を濡らした。握りしめていたハンカチは、すでに役割を果たさないほど湿っていた。

道なりにしばらく歩いていくと、見慣れた一軒家が目に入ってくる。衛が生まれ育った家だ。遠目には記憶の中のそれと寸分違わぬようだったが、近づくにつれて時間の流れを強く意識させられる。軒天井や雨樋《あまどい》は潮風の影響で錆びており、トタン屋根は色褪せていた。駐車場には健蔵の愛車が停めてある。最後にそれを見たときから、車種は変わっていないようだった。

全体的に古びた雰囲気が漂う中、玄関脇に立てられた小さな案内看板だけが異様なほど浮いている。そこには〈故 小野寺聡 儀 葬儀式場〉と書かれていた。両脇に通夜と葬儀、それぞれの日時も記されている。通夜は今晩、そして葬儀は明日行うらしい。

それを目にした衛は、立ち竦《すく》んでしまった。ここに来るまで、聡の死は、海の向こうで発生した事件のように現実味がないものだった。いくら想像しても、自分の世界と地続きとは思えない。

でも、聡は本当に死んだのだ。しかも、自ら命を絶つ方法で――。

そっと近づき、案内看板に触れてみる。カンカン照りの中に立てられているはずなのに、それは不思議と冷たかった。

玄関の向こうで、大きな足音がする。近づいてきたと思うと、勢いよく玄関が開けられた。

「えっ……衛ちゃん！」

妙子だった。恰幅の良さは相変わらずだったが、疲れ切っているのだろう、目の下に濃いクマが見える。真っ黒なワンピースに身を包み、首元には真珠のネックレスが下がっていた。

「伯母さん、お久しぶりです」

頭を下げると、両腕を妙子に摑まれた。そのまま妙子に揺さぶられる。

「衛ちゃん、立派になって。会いたかったのよ。やっと会えた。でも、こんなことになっちゃって……」

妙子は破顔しながら大粒の涙を流していた。ほのかに汗と線香が入り混じったような匂いがする。

「昨日、すぐに帰ってこれなくてすみません。仕事の整理もあったから」

「いいのよ、こうして帰ってきてくれたんだし。ほら、上がって。聡ちゃんも待ってるから」

妙子に無理やり引きずられるようにして、衛は久しぶりに実家の敷居を跨いだ。三和土《たたき》に脱ぎ散らかしてしまった靴が気にかかったが、そんなことを言い出せる空気ではない。もう逃がさない、というような気迫を持って、妙子は衛の腕を摑んでいた。

「衛ちゃん、帰ってきてくれたわよ！」

妙子が大きな声を上げると、居間から悲鳴にも似た小さな声が聞こえてきた。慌てたような足音とともに、ガラス戸が引き開けられる。

そこにいたのは百合と皐月だった。ふたりとも喪服を着ており、憔悴《しょうすい》しているように見える。しかし、それを悟られないようになのか、精一杯の笑顔を向けてくる。

「衛くん、帰ってきたんだね！」

百合がうれしそうに言った。肩先で揃えられた黒髪が揺れている。

「百合ちゃん、皐月さん、お久しぶりです。兄貴のためにわざわざ来てくださっていたんですね。ありがとうございます……」

衛の言葉を聞くと、百合は神妙な表情を浮かべ、口を開く。

「うん。実は聡くんとは、仕事の関係でいろいろあって。今回のことも、それで知ったの。聡くんが自殺するなんて信じられなかったけど、とにかく最後のお別れはしたくて。だからおじさんたちに無理を言って、こうしてお邪魔してるんだ」

衛はうまく反応できず、「そうだったんだ」とだけ呟いた。そして、「遅くなって、ごめん」とも付け加えると、百合は大きく首を振りながら強がるように笑った。

「衛くん、ほら、カバン置いて」

再会を喜んでいる百合を静めるように、皐月が横から口を出した。

目尻の皺がさすがに目立つが、それでも皐月は実際の年齢よりも若く見える。薄い茶色に染められた髪の毛は、綺麗に束ねられていた。

「衛くん、ここまで疲れたでしょう。暑かったでしょうし。ひとまず座ったら」

皐月が喋るたび、口元にあるほくろに目がいってしまう。皐月に艶《つや》やかな印象があるのは、それが一因だ。

促されるまま、衛は座布団に座った。畳が少しだけ沈むのを感じた。

「いま、お茶淹れるからね。冷たいほうがいいわよね」

「あ、私、おじさん呼んでくる」

妙子と百合が忙しなく動く。皐月はゆっくりと衛の向かいに座った。

「衛くん、久しぶりね」

「あ、はい。ご無沙汰していてすみません」

「ううん。いいのよ。どう？　東京で元気にやってる？」

「はい、なんとか」

「あっちでどんなお仕事してるの？」

「えっと……ライターしてるんです。雑誌とかネットで読める記事を書くような仕事で」

皐月が目を丸くする。

「そうなの！　すごいわね。それなら忙しくてなかなか帰ってこれないか」

言外に、責められているような気持ちになってしまう。目の前にいる皐月は、純粋に驚き、衛の成長を喜んでくれているようだ。しかし、何年も帰省せず、家族と疎遠になっていたという事実が、衛の胸中で罪悪感へと変わっていた。妙子からの電話を受けてから、その感情は芽吹いていた。そしてゆっくりだが確実に、大きくなっている。

「ありがたいことに忙しくって、なかなかまとまった時間が取れなかったんです。そのうち、そのうちって思っている間に、こんなに時間が経っちゃって。それに、まさかこんなことになるなんて……その、兄貴が……」

罪悪感を誤魔化すように口を開いたつもりが、どうしても懺悔《ざんげ》のような言葉が湧き上がってくる。どんなに迂回《うかい》しようとしても、目的地はたったひとつしかないみたいだった。

「あっちに行ってから、聡くんとは？」

「あの、一度も会ってないんです」

「そう、なの……」

それっきり皐月は押し黙ってしまった。

衛もそれ以上なにを言えばいいのかわからない。

そんな空気を変えるように、皐月が自分のことを話し出した。

「私もね、聡くんとはしばらく会えてなかったのよ。ほら、百合がまだ小学生の頃、私たち、仙台に引っ越しちゃったでしょう。それから私も仕事が忙しくなっちゃって、衛くんと同じでなかなか時間が作れなかったの」

皐月の気遣いを感じて、衛は話に乗っかった。

「いま、なにされてるんですか？」

「昼間は定食も出すような、小さな飲み屋やってるのよ。これでもなかなか繁盛してるの。そうだ、衛くんももう飲める年なんだし、百合と一緒に今度遊びにおいでよ」

皐月が差し出してきたカードには、小さく〈食事処　さざなみ〉と書かれていた。その下には電話番号や住所が並ぶ。どうやらショップカードらしい。

おずおずと手を伸ばし、それを受け取った。

「ありがとうございます。今度、遊びに行きますね」

「ほらほら、皐月さん。東京から来たばっかりで衛ちゃんも疲れてるだろうし、詮索もそのへんにしてあげてちょうだい」

グラスを持ってやって来た妙子が、衛と皐月の会話に割って入る。

「あ、すみません。……衛くん、ごめんね」

「いや、そんな、別に……」

なんとなく気まずくなってしまったところに、妙子が明るい声を上げた。

「それより、ほら、カルピス作ってあげたから。衛ちゃん、カルピス好きだったもんね」

「そうですね。でも、大人になってからはしばらく飲んでなかったかな。あ、だから懐かしくてうれしいです」

なにかを流し込むように、一気に飲み干した。妙子が作るカルピスは少し濃い。でもいまは、その甘ったるさがちょうどよかった。

「ほら、早く来て！」

階段のほうから、百合の騒がしい声が聞こえてくる。それに掻き消されるように、ぶつぶつ呟く声もする。

「ほら！　衛くん、来てくれたの！」

百合に押されるようにして、健蔵が姿を見せた。

「衛……、本当に来たのか」

「だから言ったでしょ！　おじさん、全然信じてくれないんだもん」

何故か百合が誇らしそうにしている。

健蔵の短く刈られた髪の毛には枯れ草のような白髪が目立ち、眉間の皺は記憶の中のそれよりも一層深くなっている。決して怒っているわけではないのに、周囲を萎縮《いしゅく》させるような目つきだけは変わっていない。

その目に見つめられ、衛は動けなかった。喉の奥がゆっくりと窄《すぼ》まっていくようで、言葉が出てこない。

「ふたりとも、黙ってないでさ。ほら」

皐月が助け船を出してくれたようだ。衛はそれに縋《すが》り付く。

「あの……。ただいま」

しばし沈黙が続いたが、健蔵は目を伏せて、

「よく帰ってきたな」

とだけ言った。そうして、「聡の部屋、片付けてくる」とまた二階へ行ってしまった。

なにか大きな仕事をひとつ終えたように、衛は脱力した。安堵のため息がこぼれてしまう。

「よかった。こんなときに言うことじゃないけど、よかったよ。聡ちゃんがふたりを引き合わせてくれたんだね」

妙子がむせび泣き出した。

皐月も百合も、そんな妙子を黙って見ていた。

衛は妙子になにも言えなかった。飲み干したグラスを握ると、氷のカラカラと鳴る音が響いた。

なんだか気詰まりな空気の中、押し黙っていると、それを打ち破るように百合が声を上げた。

「そうだ、衛くん。お通夜の前に、いまのうちに聡くんの顔を見てあげたら」

その言葉に妙子も同調する。

「そうね。聡ちゃんに会ってきてあげて」

「あ、そうだね……」

板張りの廊下を挟み、居間の向かいには少し広めの和室がある。幼い頃、そこは衛と聡の遊び場でもあったし、夜になると健蔵がそこに布団を敷き、鼾《いびき》をかいていた。

そんな些細《ささい》な思い出が染み付いた一室に、いまは聡の遺体が置かれているという。

百合が襖《ふすま》をそっと開ける。物音を立てないように、とても慎重な手付きだ。

それはまるで、寝ている聡を起こさないように気遣っているようにも見え、衛は奇妙な気持ちになった。

襖を開け放つと、線香の匂いに混じって、ほのかに花の香りが鼻をくすぐった。おそらく祭壇に使われている生花からのものだろう。

その前に、聡の棺が置かれていた。

「朝一で納棺師さんがやって来て、聡くんのこと、すごく綺麗にしてくれたの。顔なんて、まるで……」

話しながら涙声になった百合は、そこで言葉に詰まってしまった。

ゆっくり近づき、棺についた小さな窓を開ける。そこには静かに眠っているかのような聡がいた。頬に薄らと擦り傷のようなものが見えたが、それもあまり目立たないよう、化粧が施されていた。声をかければ、いまにも目を覚ましそうだ。

衛が高校を卒業した当時、聡は二十五歳。それから七年が経った。それでも棺の中の聡は若若しく、衛の記憶の中に残る姿そのままのように見えた。まるでひとりだけ時の流れから取り残されてしまったようだった。

「兄貴、全然変わってない」

衛の言葉は、聡には届かない。

百合と目を合わせる。衛が言わんとしていることを理解したのか、百合は微笑みながら頷いた。

「なんだか……信じられない」

「だよね。揺すったら、すぐに目を覚ましそう。でもね、起きてくれないの。何度も声をかけたんだけど、起きてくれないんだよ」

百合は声を震わせながら泣いている。形の整った瞳から、一筋、また一筋と涙が流れ落ちていった。

「兄貴」

声をかけてみた。当然、反応はない。

「兄貴！」

聡の耳元で、少し大きな声を出した。それでも反応はなかった。

「なんで、自殺、なんだよ」

棺に手をかけ、衛はその場にへたり込んでしまった。力が抜けていく。

七年ぶりに会った兄は、物言わぬ人となっていた。

聡が最期になにを思ったのか、もはや知るすべもない。

圧倒的な無力感を覚え、衛は棺の小窓を閉めた。最後まで、聡が目を開けることはなかった。

「兄貴は一体、どこで自殺したの？」

衛の言葉を耳にして、百合は瞬間、身を硬くしたように見えた。その表情は、少しだけ怯えているようだ。

「衛くん、どこまで聞いたの？」

「伯母さんから、兄貴が薬物で自殺したって電話をもらったきり。それしか知らない」

正座していた百合はスカートの裾を整えながら、衛に向き合うように座り直した。

「昔、三人でよく行ってた展望台、覚えてる？」

衛の脳裏に、懐かしい風景が蘇る。一心不乱にスケッチする聡を、衛と百合は両側から見守っていた。白い紙の上に、徐々に世界が形作られていくのを見ては、ふたりで息を呑んだ。

「ああ、兄貴に絵を描いてもらったよね」

「うん。あの展望台の裏手を下っていくと小さな海岸があって、双子松ってあったじゃない？」

その海岸はあまり人が寄り付かない場所で、衛たちにとっては秘密基地のようなものだった。砂浜には寄り添うようにして生える二本の松の木があり、あまりにも仲が良さそうに見えることから、百合がそれを「双子松」と名付けたのだった。

「聡くん、あの双子松の根元に寄り掛かるようにして、倒れてたんだって」

「えっ」

思わず大きな声が出てしまう。温かい郷愁に満ちていたはずの光景が、黒く塗りつぶされていくような気がした。

「……兄貴は、わざわざあそこまで行って、自殺したってこと？」

「そう、なんだと思う。妙子さんが警察から聞いた話を又聞きしたんだけど、目撃証言もあったらしくて、それによると、二十一時頃、聡くんがひとりで国道沿いを歩いていたんだって。おそらく、あの展望台に向かうところだったんじゃないかな。で、その後、あの双子松のところで亡くなっていたのが発見されたみたい。解剖まではされなかったんだけど、死亡推定時刻は朝の四時から八時くらいって。でも、あんな場所で亡くなっているなんて想像もしないから、発見が遅れて、夕方になってようやくおじさんたちのところに連絡がいったの……」

「そうなんだ……。そして、その死因が薬物。兄貴が自分で薬物を飲んで、死んだ」

「私も聡くんがそんなことするはずないって思ったんだけど、たとえば誰かに無理やりなにかを飲まされたとしたら、抵抗してできた傷跡が体のどこかに残っているはずなんだって。でも、聡くんの体にはそういう不審な傷もなくて、警察は事件性がないって判断したの。そもそも、聡くんが誰かに殺されるほど恨みを買うわけもないし」

「一体なにを飲んだのか、特定はされてるの？」

百合が首を振る。

「ううん、結局、事件性がないってことでそれ以上の捜査はされなくて」

「事件性はないって言っても、遺書もなかったんだろ？」

「そうだね……」

言いながら百合は立ち上がると、部屋の隅に置かれていたビニール袋を手に取り、そしてまた衛の前に腰を下ろした。

「これ、発見されたときに聡くんが持っていたもの。残念だけど、遺書みたいなものはなかったの」

袋の中を漁ってみる。聡が身に着けていた衣類や小さなカバンに加えて、財布、数本の色鉛筆、ハンカチの他、チラシの切れ端、丸めたアルミホイル、曲がったストロー、貝殻など、用途がわからないゴミのようなものも複数あった。しかし、聡からのメッセージを感じるものはなにもない。百合が言う通り、遺書のようなものは見つけられなかった。

「なんだよ、これ。まるで子どものカバンをひっくり返したみたいな……。こんなんじゃなにもわかんないよ……」

衛が独りごちると、百合は悲しそうな表情を浮かべた。

「解剖すればまたなにかわかったかもしれないけど、おじさんも妙子さんも、それは反対したみたい。聡くんの体に傷をつけたくないって……。だからわかるのは、聡くんが自殺したってことだけなんだよ。でも、最後を引っ掻き回したくないっていうおじさんたちの気持ちも理解できるでしょう？　私たちにできるのは、聡くんを見送ることだけなんだよ」

「そんな！　そんなんで納得できるわけないだろ！　そもそも、兄貴は知的障害者だぞ？　そんなやつが、服毒自殺しようだなんて思うかよ！」

つい声を荒らげてしまう。

それを聞き、百合は沈痛な表情を浮かべた。

「衛くん、聡くんのこと、わかってないよ……。聡くん、立派に働いてたんだよ？　自分の意思を持って、ちゃんと生きてた。だからって今回のことを肯定するわけじゃないけど、自らの命を絶つことだって、できたと思う。たしかに障害はあった。それでも、聡くんはなにもできない人じゃなかった」

百合の瞳が、静かに波打っていく。

「ごめん」と呟くと、衛はもうそれ以上、なにも言えなくなってしまった。

「聡くんね、私が紹介した会社で働いてたの」

「え？」

「私、聡くんみたいな人たちをサポートする仕事してでさ。それで、聡くんも。一般企業にある障害者雇用枠での採用なんだけど、聡くん、すごく真面目で評判もよかったんだよ」

「そっか……」

知らないことばかりだ。

地元の中学校を卒業した聡は、高校には進学しなかった。進学できなかった、というほうが正しいかもしれない。受け入れ先が見つからなかったのだ。結果、聡は、県が運営する通所施設でボランティアのようなことをはじめた。でも、なにが嫌だったのか、ズル休みをしたり早退したりと、とにかく働くことには意欲的ではなかったと、衛は記憶している。結局、衛が中学生になる頃、聡は通所施設でのボランティアも辞め、半ば引きこもりのようになっていた。

だから、百合の話を聞いて、にわかには信じられなかった。

「さ、向こう行こっか」

暗然たる空気を察したのか、百合がやけに明るい声とともに立ち上がった。

「そろそろお通夜も始まるし、準備しとかないと」

衛も立ち上がり、聡が入った棺を一瞥《いちべつ》すると、百合の後をついていった。


自室にある全身鏡の中で、喪服を着た自分が居心地の悪そうな顔をしていた。

二年前、仕事関係の知人が急死し、その場しのぎで用意した安物のスーツだった。そのうちちゃんとしたものを用意しようと思っていたものの、すぐに必要になるとも思えず、なんとなく先延ばしにしていた。

——いざというときに慌てても遅いんだから。

そう言いながら呆れている玲奈の顔が浮かんでくる。

「ほんと、その通りだったな」

鏡に映るもうひとりの自分を見つめ、衛は慣れない手付きでネクタイを締めた。

そろそろ、通夜がはじまる時間だ。

弔問客は思っていたよりも少なかった。健蔵が「小ぢんまりとやりたい」と譲らなかったため、ほとんど誰にも連絡をしなかったらしい。

それでも妙子から事情を聞いた人たちが何人か駆けつけてくれた。見知った顔も初対面の顔もあったが、衛は機械のようにただ頭を下げた。お悔やみの言葉をもらっても、まったく心が動かない。悲しそうな表情を浮かべる裏で、みな、聡になにが起きたのかを探ろうとしているように見えて仕方なかった。

最後の客が帰ると、外はすっかり暗くなっていた。やけにベタつく闇の中からは、虫の声しか聞こえてこない。

「冷蔵庫に簡単なものを入れといたから、あとで衛ちゃんと食べて」

台所で誰よりも勤勉に動き回っていた妙子は、非常に通る声で健蔵に言った。

健蔵が無言で頷くのを認めると、妙子は僅かに眉尻を下げ、ため息を吐いた。瞬間、妙子が心地よい疲労感に包まれているように見えた。

そんなわけがない。衛は目を瞑《つむ》り、穿《うが》った想像を脳内から追い出す。

妙子はきっと忙しなく動き回ることで、気を紛らわせようとしているのだろう。

「じゃあ、また明日ね。ちゃんと寝るのよ」

弔問客に出していた湯呑も綺麗に洗い終え、妙子は帰っていった。百合と皐月もそれに続いた。

衛と健蔵だけが残された家は、とても静かだった。

「飯、食うだろ?」

居間で呆けるようにテレビを観ていた衛は、健蔵に声をかけられてもすぐに反応できなかった。

振り返ると、いつの間にかスウェットに着替えた健蔵が立っていた。

「あ、えっと」

「なんだ、食欲ねぇのか」

「いや、食べるよ」

健蔵は頷くと、台所へと消えていった。冷蔵庫を開ける音がして、「衛、どんくらい腹減ってる」と声が響く。

「ちょっとで大丈夫」

「酒は？　少しならあるぞ」

「いらない」

それきり会話が途切れると、衛はテレビに目を向けた。画面の中では、芸人たちが漫才を披露し、若手のタレントがオーバーリアクションで笑っている。でも、なにが面白いのかわからない。適当にザッピングするも、特に観たいものもなく、ニュース番組に落ち着いた。

もしかしたら、聡のことが報道されるかもしれないとも思ったが、すぐにそんなわけがないと頭を振る。地方に住む、ひとりの障害者が自殺した。そんなことは大したニュースではない。ひとりの生命の価値は、驚くほど些少なものだ。

ぼんやりした意識が、食器を乱雑に並べる音で現実へと引き戻される。テーブルに並んだ皿からは、湯気と旨そうな匂いが立ち上っていた。魚のアラと大根の煮付け、こごみのお浸し、岩海苔《のり》の味噌汁。子どもの頃、妙子がよく作ってくれたものばかりだ。特段、ご馳走というわけでもないが、東京で暮らすようになってからは食卓で目にする機会も減った。もしかすると妙子なりの気遣いなのかもしれない。衛の胸中には、妙子への感謝が広がっていた。

「着替えなくていいのか」

ビールを傾けながら、健蔵が言った。健蔵とは異なり、衛は喪服のままだった。でも、わざわざ着替えるのも面倒だ。

「風呂入って寝るだけだから、もうこのままでいいや」

「んだか」

ふたりで黙々と箸を進める。居間にはテレビの騒がしい音と食器を鳴らす音だけが響いた。時折、健蔵が喉を鳴らす音までも聞こえてきそうだった。

なにか話さなければいけない。そう思えば思うほど、衛の頭の中から言葉が消えていく。

「仕事は？　向こうでなにしてる？」

衛の焦りを察したのか、健蔵が水を向けてくれた。しかし、視線がぶつかることはなく、健蔵はテレビを観ていた。衛に興味があるのか、それとも気詰まりなだけなのか、わからない。

「フリーライターやってるんだ。いろんなところに記事を書く仕事。ビジネス系の仕事がメインだから、起業家とかお医者さんとか学者さんに話を聞くことが多いかな。以前は編集プロダクションに所属してたんだけど、いまは独立して、ひとりで仕事してる。ものすごく儲かってるわけじゃないけど、それなりに生活はできてるよ」

玲奈のこと、子どもができたことも報告しようと思ったが、いま言うべきではないような気がして、やめておいた。でも、それでは話すべきこととはなんなのか。衛にはそれがわからなかった。

「明日の天気をお伝えします」

テレビから天気予報が流れはじめる。

「明日は全国的に晴れるでしょう。気温が上昇するので、熱中症には注意してください」

爽やかな風貌の気象予報士が、日本地図の前で笑顔を見せている。宮城県内も快晴らしい。

「明日も晴れか」

健蔵が呟いたので、目を向けた途端、衛は固まってしまった。思わず箸を落としそうになる。

「明日も、晴れるんだな。なんも……、なんも変わんねぇんだ」

目の前で、健蔵は涙を流していた。両目から止めどなく流れ落ちた雫が、そのままテーブルを打つ。そんな健蔵を見るのは、初めてのことだった。

「俺が、わりぃんだ。俺のせいで、聡は……」

健蔵の声は、とても悔しそうだった。震えながら、洟も垂らしている。

口数は少ないし、厳しいところもあったが、健蔵は常に聡を気にかけていた。それなのに、こうして涙を流し自分を責めている。

そんな健蔵の姿を目の当たりにして、衛の困惑の度合いは増すばかりだった。自分には声をかける権利がないことを痛感する。家族を捨てた自分に、なにが言えるだろうか。

幼い頃は仲がよかった聡に対する親愛の情も、衛が小学生になってから、少しずつ変容していった。砂時計の砂が落ちていくように、聡へのやさしい気持ちが時間とともに目減りしていくのを感じていた。それが空っぽになったのは、衛が中学三年生の頃だ。いまでも思う。それがたしかな契機だったと。

＊

中学卒業を目前に控えた二〇一一年の春、東日本を大震災が襲った。

教室の窓ガラスが軋《きし》むような音を立てたかと思うと、一気に天地がひっくり返った。机の下に隠れると、その揺れに机ごと持っていかれそうになる。窓ガラスが割れ、教室中から悲鳴が上がった。

揺れが収まると、教師の誘導に従い校庭へと避難した。学校は山の上にあり、ここまで津波がくる心配はないだろう、という判断だった。

しかし、家は大丈夫だろうか。この時間は、聡と妙子がふたりきりでいるはずだ。胸騒ぎを覚えたものの、衛にはどうしようもなかった。

校庭から見下ろす町並みには、人々が慌てて高台へ駆け上がる様子が窺《うかが》えた。そのどれかが聡たちであってほしい、と強く願った。

町並みを越え、遙か向こうに見える海はどす黒く染まっていく。やがて、地鳴りのような轟《ごう》音《おん》が足元から響いてくるのを感じた。

しかし幸いにも、衛の不安は杞憂《きゆう》だった。

衛が通っていた中学校は災害時の避難場所として指定されていたこともあり、地震の直後から町の人たちが大勢逃げ込んできた。その中に、聡と妙子の姿を見つけることができたのだ。

「衛ちゃん！　どこも怪我してない？」

駆け寄ると、妙子が衛に縋り付いてきた。妙子が着ている割烹着からは、煮物の匂いがした。少し離れたところで、ふたりを見守るように聡が突っ立っている。

「兄ちゃん、大丈夫だった？」

話しかけても、聡はなかなか返事をしない。

「聡ちゃん、すごく怖がっちゃって。でも、どこも怪我はないから」

衛の視線の先で、聡は両手を組んだり離したりと、落ち着きのない様子だった。

真っ黒な海に夕日が呑み込まれていく少し前、健蔵も姿を見せた。妙子と連絡を取り合っており、混乱が収まる頃合いを見て勤め先から車を飛ばしてきたという。汚れた作業着のままだった。

「うち、寄ってきたけどダメだな。一階は泥まみれだ」

沖合に点在する島々が防波堤の役割を果たしたことで、住居が大きく損壊する事態は免れた。衛の自宅も床上浸水したものの、それだけで済んだのは不幸中の幸いだった。ただし、一帯はガスも水道も止まってしまっている。今夜は帰れそうにない。近くに住む妙子の家も同様だろう。落ち着いて寝られる場所がない。

結局、衛たちは、学校の体育館に身を寄せることになった。

数日間の辛抱。せめて水道だけでも使えるようになれば、家の掃除もできる。それまでは大勢の他人とともに寝泊まりすることも我慢しなければならない。でも、それくらい大丈夫。衛はそう思っていた。

その気持ちが折れてしまったのは、避難生活をはじめてすぐだった。

最初こそ、みな、互いを気遣い合う余裕があった。しかし、慣れない場所での集団生活によるストレスは、音もなく一人ひとりを蝕《むしば》んでいく。次第に、ちょっとしたことで怒りを顕《あらわ》にする人が現れてきた。その怒りの標的になってしまうのは、和を乱す者だ。トイレの順番を守らない、居住スペースから荷物がはみ出している、食事中の咀嚼《そしゃく》音がうるさい。そんな些細なことも和を乱す一因と見做《みな》され、冷たい視線をぶつけられる。

そして、聡も標的になってしまった。

二日目の夜から、聡は声を上げて泣くようになった。

最初は、幼い子どもがすすり泣いているのだと、衛は思った。しかし、その声があまりにも大きく、耳元で反響するようだったので、暗がりの中で見回してみると、隣で聡が泣いているのだった。時間は深夜二時過ぎ。起きている人はほとんどいない。

心配になり、聡を揺さぶる。

「兄ちゃん、どうした？　どっか痛い？」

聡は衛の呼びかけには答えず、ただ首を振るだけだった。二十歳を過ぎているというのに、その姿はあまりにも幼く見える。衛はやや困惑し、乱れた毛布を聡に掛け直すと、その手を握った。冷たく、震えていた。

三日目の夜、聡は同じように泣いた。衛がどんなに声をかけても泣き止まない。すると、どこからか舌打ちの音が聞こえてきた。衛はそれに身を硬くしたが、聡には聞こえていないのか気にしていないのか、泣き声は静まらなかった。甚大なストレス下でも平静を保とうとする心に、どうしようもない苛立ちが浮かび上がってくるのを、衛はたしかに感じていた。

そして四日目の夜、消灯の時間を迎える直前だった。寝る前に小便を済ませておこうと衛がトイレに向かうと、数人のクラスメイトたちに囲まれた。

「あれ、衛んちの兄ちゃんだろ」

クラスメイトたちは、刺々しさを隠そうともしない。

「うるせぇんだよ」

聡のことだ。兄に代わって、いま、自分は責められている。やり場のない怒りがこみ上げてきたが、それをどこにぶつければいいのかわからなかった。

「ごめん」

衛は手のひらに爪が食い込むくらいに拳を握りしめた。

「どうにかしろよ。まじ寝れねぇんだよ」

「兄貴、大人だろ？　なんで泣いてんだよ」

もしかしたら、聡はこの状況をうまく呑み込めていないのかもしれない。言い訳しようと思ったが、クラスメイトたちの顔を見ていると、理解してもらえるとは思えなかった。

そして、ひとりの男子生徒が吐き捨てるように言った一言が、衛の心を打ち砕いた。

「無駄だよ。こいつの兄ちゃん、チテキだもん。ふつうじゃないんだって」

それが号令だったかのように、クラスメイトたちは散り散りになっていった。みな、口々に「うぜぇ」「頭おかしいんじゃねぇ」という雑言《ぞうごん》を言い残して。

衛は体が震えるのを抑えきれなかった。

これは怒りだ。そう認識した。

でも、一体誰に対しての？

自問して浮かんできたのは、泣いている聡の顔だった。

五日目の朝、自宅に帰りたいと衛は訴えた。まだ家は生活できるような状態ではない。健蔵は渋ったが、衛は譲らなかった。

衛たちは、自宅に戻ることにした。居住スペースを片付けていると、隣にいた中年女性から「家に戻るの？」と尋ねられた。衛が頷くと、女性はあからさまに安堵の表情を浮かべた。

そのとき感じた痛みも聡には伝わっていないのだ。そう思うと、衛は悔しくて仕方なかった。

まるで聡の尻拭いをしているみたいだ。そして、自分はこのままずっと、こうして兄の尻拭いをしながら生きていかなければいけないのだろうか——。

衛の中で頭をもたげた思いは、どうにも収まりそうになかった。

それから衛は、聡を避けるようになった。家の中で顔を合わせても、ほとんど言葉を交わさない。その日の聡の様子を妙子から聞かされても、反応しなかった。健蔵に聡のことを尋ねられても、口から出るのは「知らない」という素っ気ない言葉だけだった。

自分の中にある聡の影を徹底的に漂白し、つながっている糸を完全に断ち切りたい。そう思っていた。

そうしなければ、自分の人生を生きられない。いつまで経っても、どこへ行っても、「きょうだい児」という形容詞が外せない。衛にとって、それは憂悶《ゆうもん》をもたらすものでしかなかった。

だから衛は、高校を卒業すると同時に、上京した。東京に対し、憧れや夢を持っていたわけではない。ただ都会の人混みに紛れれば、誰にも自分の正体を知られることがないと思っていたのだ。

そして見知らぬ人たちの中に身を置いて初めて、きょうだい児という鎖が外れていく自由さを感じた。それはつまり、家族を捨てることと同義だったが、それで自分らしく生きられるのであれば、胸は痛まないと思っていた。

＊

しかし——。
聡が自ら命を絶ち、目の前で健蔵が泣いている。彼らを思うと、吐きそうなくらいの罪悪感に襲われた。

一連の出来事は、あの日のどす黒い波のように、衛の眼前に押し寄せてくる。避難したはずなのに、衛はその波に足を取られてしまう。身動きが取れない。やがて衛の脳内で、その波が真っ赤に染まっていく。血だ。血のつながりとは、こんなにも濃いものなのか。ようやく断ち切れたと思っていたはずの糸が切れていなかったことに自分でも驚き、しかしこれが血というものなのだと納得する。自分は聡の弟であり、健蔵の息子なのだ。それはコインの表裏のように、呪いと祝福を併せ持っている。どこへ行っても、

「親父、今日はもう風呂に入って、寝よう」

衛が声をかけると、健蔵はグラスに残っていたビールを一気に飲み干した。そして、「先に入ってくる」とぶっきら棒に言い、風呂場へと消えていった。

ふと思い立ち、衛は二階へと向かった。一歩足を踏み出すごとに、踏み板の軋む音がする。昔はこんな音がしなかった。家が古くなったのか、自分が大きくなったからなのか。

上がりきると短い廊下があり、右側に衛が使っていた部屋がある。その向かいが、聡の部屋だ。ドアノブに手を伸ばす。

最後に入ったのは、いつだっただろうか。朧気《おぼろげ》な記憶を引っ張り出しながら、部屋へと踏み入る。窓際に置かれたシングルベッドと、その横には小さな机。壁にはポスターが貼られていた。

〈かまぼこは　海で育って　ぼくのくち〉

かまぼこを持ち走り回る少年たちの絵に、そんな標語が重ねられている。

それは衛が小学生の頃に開催された標語コンクールに応募したポスターだった。絵を描いたのは、もちろん聡だ。それがコンクールで優秀賞に選ばれ、衛と聡は大喜びした。

あのときのポスターを、いまだに大切にしてくれていただなんて。ポスターを眺める衛の顔は、思わず綻んでしまう。

その隣にはもう一枚、印象的なポスターが貼ってあった。幼い頃、家族で水族館を訪れたときに買ったものだったように記憶している。水の中を漂う海月のほか、半透明の花のようにも見える、不思議な形態をした生物も写った写真がプリントされている。

その下にはこんな一文があった。

〈エフィラとは、海月の幼生をさします。小さな円盤型をしており、花びら状の弁を持ちます。海中を浮遊しながら発達し、やがて海月になるのです〉

このポスターもまた、聡にとっては大切な思い出だったのだろうか。

ベッドの反対側には、壁一面を占拠するように作り付けの棚が設置されている。そこには大量のスケッチブックが並んでいた。

目の前に広がる光景は、記憶の中のそれと寸分も違わない。

懐かしさがこみ上げてくるが、同時に、言い知れぬ寂しさを覚えた。まるで成長が止まってしまった部屋の中で、聡はひとり、どのように過ごしていたのだろうか。みなが生きる世界から隔離されてしまったような孤独感に苦しんでいたのだろうか。

思考が、緩やかな斜面を少しずつ滑り落ちていく。頭を振ると、衛は棚に近づいた。

聡が絵を描いていたスケッチブックには、描いた時期を記した小さなシールが一つひとつに貼り付けてあった。それが丁寧にも、順番に並べられている。最初のものには〈一九九二年四月〜六月〉とある。母親である恵《めぐみ》の字だ。以降、〈七月〜九月〉〈十月〜十二月〉と続いていく。どのスケッチブックにも三カ月ごとのシールが貼られているが、これはきっと、そのペースで一冊分使い切ってしまっていたということなのだろう。途中から年月を記す文字が乱れている。成長した聡が、自ら記入するようになったのだろう。

一番古いスケッチブックを手に取ると、衛はベッドに腰掛けた。ページをめくる。そこに現れたのは、鉛筆で描かれた丸や四角だった。いかにも子どもらしい絵のタッチに、衛の頬は緩んだ。しかし、徐々にただの図形になんらかの意味を見出せるようになっていく。

並んだ四角は、おそらく連なる家々。上部にある丸は、太陽。紙面を上下に分かつように引かれたギザギザの線は、もしかすると海をイメージしているのかもしれない。

時期から計算すると、このときの聡はまだ三歳くらいだ。同じ頃の自分は、こんな絵を描けただろうか？

続けて別のスケッチブックを取り出し、ページをめくっていくと、聡の絵がみるみる上手くなっていくのがわかった。意味の取りにくい図形が、徐々に写実的に変化していく。絵を通して、聡の過去に触れているような心持ちがした。

小学生の頃の聡が描く絵は、その時点ですでに大人でも舌を巻く域に達していた。衛の思い出に残っている絵は、まさにこれだ。まるで写真のような、世界の一瞬を切り取った一枚。

この頃になると、スケッチブックの中に人物画も増えていった。久しく見ていない健蔵の笑顔や、なにやらポーズを決めている衛自身の絵もあった。

「すきなものを、いっぱい、かいてるの」

子どもの頃、スケッチブックを抱きしめながら聡はよくそう言っていた。もしかしたら、聡にとって絵を描くことは、生きづらい世界に抵抗するための唯一の手段だったのかもしれない。ページをめくれば、いつだって好きなものが眺められる。嫌なことだって忘れられる。その時間はとても幸福で、聡に必要なものだったのだろう。

だとすれば、自分はそれを知らなければいけないような気がする。まるで義務感にも似た思いに駆られるように、衛は手を速めていった。

しかし、あるページを目にしたとき、ふと手が止まってしまった。そこにいたのは、恵の姿だった。恵は小さな衛と手をつないでいる。絵の中のふたりは見つめ合い、うれしそうに笑っている。でも衛には、このときの記憶がほとんど残っていなかった。

恵が死んだのは、衛が五歳のときだった。入退院を繰り返す姿を見ては、幼い胸に不安が広がっていった。後に、恵の死因は病気だったと健蔵から聞かされたが、それ以上のことは知らない。恵のことを話そうとすると、健蔵があまりにも悲しい目をするので、やめた。以降、話題に上がることもなかった。

恵が死んだとき、聡は十二歳だった。衛よりも七つも上なのに、聡は衛以上に泣いた。そんな聡を見て、幼いながらにも衛は、自分はしっかりしなければいけないのだと強く思った。だからだろうか、恵の最期の様子はほとんど覚えていない。代わりに焼き付いているのは、取り乱すように泣く聡の姿だけだ。

「お前は、聡のことを守ってやんだぞ」

恵が死んでから、事あるごとに健蔵は衛に言い聞かせた。

その言葉が、気づかないうちに衛を蝕んでいったのは事実だろう。兄と弟という関係が、時折、捻れる。仲はよかったけれど、それだけでは言い表せない関係。当時の感情を呼び起こそうとすると、どうしても顔が歪んでしまう。

聡がなにを見て、なにを描き残したのか、知らなければいけない。でも、その過程にはどうしたって痛みを伴ってしまう。覗いた穴の奥底にいるのは、聡に対して仄暗い気持ちを抱いていた自分自身だ。その存在は自覚している。でも、あらためて突きつけられるのは、苦しい。なにも葬儀の前の日に、自ら進んで嫌な気持ちになる必要はない。また落ち着いた頃に、あらためて確認していけばいいのだ。

衛はスケッチブックを閉じ、棚に戻す。

棚には期間順に大量のスケッチブックが並んでおり、最後は〈二〇二一年七月～〉で終わっている。本当につい最近まで、それこそ死の直前まで聡は絵を描き続けていたのだ。

聡は最後に、一体なにを描いたのか。ふと気になり、〈二〇二一年七月～〉のスケッチブックを開いた。そこにあったのは、より精度を増した見事な絵ばかりだった。町並みや海岸、家族の姿などモチーフはいずれも代わり映えしない。しかしそのどれもが、子どもの頃の絵よりもさらに「写真」に近づいていた。

最後のページにあったのは、実家を真正面から捉えた絵だった。古びたトタン屋根や錆びついた郵便受け、少し崩れたブロック塀などがどれも正確に写し取られていた。

感嘆のため息を漏らしながら、衛はスケッチブックを閉じた。これだけの才能を活かすことはできなかったのか。勿体ない、と独りごちながら、眼前に広がる棚をぼんやり眺めた。

そのとき、奇妙なことに気づいてしまった。

綺麗に整頓されたスケッチブックの中で、ある一定の期間がぽっかり抜け落ちているのだ。前後のスケッチブックから、それは〈二〇〇二年四月〜六月〉〈二〇〇二年七月〜九月〉の半年間であることがわかった。

その年をもとに計算すると、当時の聡は十三歳。恵が死んで、約一年後だ。その半年、聡は絵を描いていなかったのだろうか？

直後の〈二〇〇二年十月〜十二月〉のスケッチブックを開くと、そこにはなんの異変も感じさせない、聡の絵が描かれてあった。絵の上手さも変わらないので、ブランクがあったわけでもなさそうだ。ならば、どうして半年分だけが残されていないのか。

そういえば、衛がここに到着した頃、健蔵は聡の部屋を片付けていたらしい。だとするならば、健蔵がどこかへしまい込んだのか。あるいは、妙子や百合が、形見分けとして持ち帰ったのか。いずれにしても、どうして二〇〇二年四月〜九月の半年分だけないのだろう。

凪《な》いだ水面に小石を投げ込んだように、衛の心に波紋が広がっていく。

そもそも、遺書すらないのだ。それなのに、どうしてみな、自殺として処理されてしまった聡の死をこうも簡単に受け入れられるのか。事件性がない？　それだけのことが根拠になり得るのか？

率先して家事をこなし、やたらと元気よく振る舞う妙子。

ムキになり、聡はなにもできない人ではないと主張した百合。

頭を垂れ、力なく自分を責めていた健蔵。

一つひとつを思い返していくと、衛の心がさらに波打っていく。

なにかが不自然だ。誰か、あるいはみな、なにかを隠している？　それは、もしかしたら、聡の死に結びつくことではないのか。

荒唐無稽だな、と自嘲する。しかし、一度湧いた疑念が膨らんでいくのを止められない。

聡が発見された場所へ行ってみよう——。

そう思い立つと、衛は勢いよく階下へ駆け下りた。

居間を覗いてみたが、健蔵はまだ風呂から上がっていないようだ。念のため、声をかけておくことにする。

「親父、ちょっとコンビニ行ってくるから」

やや声を張って、風呂場のガラス越しに言うと、中から「ああ、気ぃつけろよ」という健蔵の声が聞こえた。

それから、聡が安置されている部屋を覗き見た。まだ線香の煙が縦に長く揺れている。しばしそれを見つめると、静かに襖を閉めた。

玄関で靴を履きながら、自分がまだ喪服のままだったことに気づく。こんな姿で夜にうろついていたら怪しまれるだろうか。でも、そんなことに構っていられない。衛はそのまま、まとわりつこうとする闇を振りほどくように走り出した。


海辺の町の夜は、密度が濃い。昼間よりも潮の匂いが強く、濡れたような空気を吸い込むとむせ返りそうになる。

実家から路地を抜け、海岸通りまで出る。その自動車道を道なりに十五分ほど歩けば、目的地である藤山に到着する。その距離を衛は一心不乱に駆け抜けた。昼間は激しく往来していた車も、夜になると一気に数が減る。少々心許なかったが、点在する外灯だけが衛に寄り添ってくれているみたいだった。

五分もしないうちに、全身から汗が吹き出るのがわかった。ジャケットを脱ぎ、ワイシャツのボタンを三つほど開ける。それでも暑い。額に浮かんだ玉の汗が、目に入る。初めて海に潜ったときに感じたものと同じような痛みに、強く目をこする。

走る。

決して止まってはいけない。

自分でも噛み砕くことのできない衝動のようなものが、衛を突き動かしていた。

走り続けて十分ほど経った頃、藤山に到着した。見つけた案内板に手をかけると、衛は腰を曲げ、えずいた。気管が痙攣《けいれん》しているようで、痛みを感じる。息を吸い込むたび、垂れた汗が地面を打つ。しばしそのままの姿勢で呼吸を整えると、衛は展望台へと、そして聡が死んでいた場所へと向かった。

眼前に広がる展望台は、静けさに満ちていた。三基のベンチが設置されているほか、双眼鏡がひとつ据えてある。遠くの島々が触れられるほど近くに感じられるので、幼い頃、聡と競い合うようにして覗き込んだ。そんな展望台スペースを取り囲むようにして、大きな松の木々がその根を下ろしている。

展望台には柵が備え付けられているが、端のほうに開閉式の扉が付いていて、そこから下へ降りられる。蛇の身のようにくねくね折れ曲がっている道を下っていくと、そこには小さな砂浜海岸が広がっている。そう、百合の言葉通りならば、ここがおそらく聡の遺体が発見された場所だ。

降り立つと、波が岩を打つ音が大きくなった。街灯はなかったものの、月明かりに照らされているため、周囲の状況を視認できるくらいには明るい。

聡や百合とよく遊びに来ていた場所。そこで遺体が発見されたというのに、特に変わった様子はなかった。聡の死はなんの問題もなく自殺として処理されたからだろうか、現場検証がされたのかされていないのかもわからない。そういった痕跡もなく、事情を知らない人からすればどこにでもあるような場所として映るだろう。

でも、なにか残っているかもしれない。聡の死に隠された謎を明らかにする、なにかが。

より正確に周囲を確認するため、衛はスマホのライトを点け、腰を屈めてはあたりを照らした。

濡れた砂浜、波を受けて飛沫《しぶき》を上げる岩と岩の間、そして聡が倒れていたという双子松の根元。一つひとつにゆっくりライトを近づけ、丹念に視線を這わせていく。時折、海側から湿度の高い風が吹き付けてくると、先程までとは違った種類の汗が額に滲んだ。

三十分ほどそうしていただろうか。結局、手がかりになりそうなもの、不審なものはなにひとつ見つからなかった。

ため息をひとつ吐き、額の汗を手の甲で拭いながら、衛はあらためて双子松に目を向けた。大きな二本の松は、まるで手をつなぐように互いの枝を交差させながら、月の光を受けて立っている。

やはりここで、聡は自殺したのだろうか——。

衛は想像の中の聡と自分の体を重ねるように、その根元に寄りかかりながら、地面に腰を下ろした。柔らかな土に小石が交じっているのか、尻に痛みを感じる。目前に広がる海から漂う潮の匂いが、鼻腔をくすぐる。

月明かりを反射するように海面が煌めいていた。

——海は、すべての命の源です。

いつだったか、学校の授業で教師が言っていた。

その命の源の側で、自ら命を絶った者がいる。これ以上の皮肉があるだろうか。くだらない戯言だと思うと、衛は片頬を持ち上げるように笑った。

そのまま目を閉じてみると、波の音が一際大きく迫ってくる。

もしかしたら、聡は最後に、ここから雄大な海やそこに浮かぶ島々を眺めたのかもしれない。

そして、この波の音を聞きながら、意識を失っていったのかもしれない。でも、わかったのはそれだけだった。

聡がなにを考えていたのか。なにを思ったのか。なにに悩み、悲しみ、苦しみ、葛藤し、絶望し、そしてなぜ死を決断したのか。想像の中にある聡の体と自分とをいくら重ね合わせても、それだけはまったくわからなかった。

「兄貴……なにがあったんだよ……」

衛の嘆きは、どこにも届かない。子守唄のようなやさしい波音に掻き消されてしまう。

気づけば、衛は泣いていた。笑うように唇を歪ませ、泣いていた。それは、聡の死を知ってから初めて流す涙だった。

でもどうして泣いているのか、いま、頬を濡らす涙にどんな意味があるのか、自分でも摑み取れなかった。

潮の匂いをまとった強い風が吹き、衛の涙は千切れていった。

翌朝、目を覚まし階下へ降りていくと、すでに妙子や百合、皐月が集まっていた。

「衛くん、遅いよ！　もう少しで叩き起こしに行こうかと思ってたんだから」

百合が眉間に皺を寄せている。

「早く着替えておけ」

健蔵は朝刊を広げたまま、衛に視線を向けることもなく言った。

朝ごはんは食べるでしょう、と尋ねてくる妙子に首を振り、衛は洗面所へ向かった。

鏡の中の男は、ひどい顔をしている。

昨晩、藤山から戻ると、健蔵が待ち構えていた。

「お前、どこまで行ってたのや?」

そして矢継ぎ早に言葉を重ねた。

「なんだ? それどうした!」

土まみれの衛の喪服を見て、健蔵は驚いている様子だった。しかし、説明できない。衛は「ちょっと転んだだけ」と言って、やり過ごした。訝しげな健蔵の視線を感じたが、それ以上、追及されることもなかった。

布団に入っても、眠れなかった。衛は決して寝付きが悪いほうではない。しかし、聡のことを考えると、睡魔が遠のいてしまう。

高校生の頃、テストの問題に躓くと、その一問にこだわってしまい、先へ進めないことがあった。解けない問題は飛ばしなさいと教師から散々言われていたのに、衛にはそれができなかった。どうしても気になってしまうのだ。

布団の中で抱いていた焦燥感は、それに似ていた。どうしても気になり、先へ進めない。いくら考えても、いまの自分では答えに辿《たど》り着けないとはわかっているのに、身動きが取れなくなってしまう。

結局、疲労感に負けて瞼《まぶた》が落ちてきたのは、カーテンの向こうが白みはじめる頃だった。

顔を洗い、歯を磨いていると、ポケットに入れていたスマホが振動した。

〈衛、大変なときにごめん。いま、少し話せる？〉

玲奈からのメッセージだった。

〈ごめん。これから葬儀で、その後、火葬場に行くんだ。だから夕方くらいだったら大丈夫かも〉

歯磨きの手を止め、返信する。

〈そっか。そうだよね。ごめん〉

〈なんかあった？〉

〈ううん。大丈夫。また今度でいい〉

手を振るキャラクターのスタンプも添えてあったため、それ以上訊くことができなかった。

一方的に話を打ち切られた恰好だ。

一体、どうしたのだろう。

「衛ちゃん！　もう間もなく葬儀屋さん来るって！」

ぼんやりしていると、妙子の声に尻を叩かれた。

通夜のとき以上に、聡の葬儀には大勢の人が駆けつけてくれた。狭い和室が埋まり、廊下にも人がはみ出してしまうくらいだった。「最後くらいは見送らせて」と言われ、健蔵もそれを受け入れるしかなかったようだ。

和室にはエアコンがないため扇風機を回したものの、焼け石に水で、座っているだけで汗が吹き出てくる。僧侶の読経を聞きながら、衛は流れる汗をしきりに拭いた。

五歳の頃に参列した恵の葬儀のことはほとんど覚えていない。その次に参列したのは、東京で知人が亡くなったときの葬儀だった。面倒見がいい人で、ライターとしての振る舞い方や仕事の取り方なども懇切丁寧に教えてくれた。そのように世話になったのは衛だけではなかったようで、葬儀会場では百人以上のすすり泣きが響いていたことを覚えている。

この聡の葬儀で、三回目。衛の年齢でその回数が多いのか少ないのかはわからない。でも、身内をふたりも亡くすには、自分はいささか若すぎるのではないか、と思った。

僧侶の読経はまだ続いている。

衛は俯き気味に、健蔵や妙子に目をやった。

衛の横にいる健蔵は正座した膝の上で拳を握り、畳の一点を見つめている。口を一文字に結び、瞬《まばた》きすら忘れてしまったかのようだった。

その隣に座る妙子はハンカチこそ握りしめているが、どこか穏やかな表情を浮かべている。視線を辿れば、僧侶の前に置かれた棺を注視しているようだ。

やがて読経が終わると、焼香がはじまった。参列者は一人ひとり、聡との別れを惜しむように焼香をしていく。

焼香を終えた衛は、そっと百合や皐月の様子を窺ってみた。順番待ちをしている百合は、ひどく傷ついたような表情を浮かべていた。それを心配してか、皐月は眉尻を下げ、百合の手を握っている。

みな、それぞれの方法で悲しみを処理しようとしているのだろう。悲しいからといって、必ず涙が流れるわけではない。涙は悲しみの証左にはなり得ない。

それでも、いよいよ聡と過ごす時間は最後だというのに、健蔵も妙子も百合も泣いていないことが不思議だった。彼らの顔を見るたび、どこか腑に落ちない気持ちが靄《もや》のように胸中に広がっていくのを止められなかった。

昨夜抱いた疑念が、再び頭をもたげはじめる。やはり、誰かが聡を――。

「衛、ほら」

周囲の声が耳に入らなくなるほど、衛は考え込んでしまっていたようだ。健蔵に呼ばれ、我に返る。聡の棺の周りに立ったまま、妙子や百合たちが心配そうに衛を見ていた。その手には写真や手紙のようなものが握られている。

「お別れの儀です」

葬儀業者に耳打ちされ、衛は慌てて立ち上がった。

聡に持っていってもらいたいものを、一人ひとり棺に収めていく。

「衛ちゃん、これ入れてあげて」

妙子が衛に差し出したのは、新品の鉛筆だった。

「伯母さん、これって」

「聡ちゃん、絵を描くのが好きだったでしょう。天国でもこれで思う存分描いてくれたらいいなって思ったの。ほら、衛ちゃんから入れてあげて」

促されるまま、聡の手元に鉛筆をそっと置いた。聡の体は冷たく、驚くほど硬直していた。

その後、他の参列者が花やお菓子などを入れていき、そうして、棺の蓋は閉められた。

「喪主様より、最後にご挨拶をしていただきます」

いよいよ葬儀が終わる。健蔵は立ち上がると、深く一礼し、話し出した。

「遺族を代表いたしまして、お集まりいただきましたみなさまに、一言ご挨拶を申し上げます」

待望の長男として生まれた聡に、知的障害があるとわかったときのこと。

それでも聡を愛していたこと。

近隣の人たちからの愛情を、聡は一身に受けていたこと。

こういうときの挨拶には定型文がある。それをなぞりながらも、健蔵は素直な思いを吐露《とろ》しているように見えた。

「わたしは不甲斐ない父親でした。聡になにもしてやれなかった。それでも、みなさんに支えられ、なんとかやってこられました。聡が最後になにを思ったかはわかりません。それでも、自分の人生は幸せなものだったと思っていてもらいたい。父親として最後に願うのは、それだけです――」

でも、幸福だったのならば、何故、自ら命を絶つようなことをしなければいけなかったのか。健蔵の言葉が、綺麗事にしか聞こえなかった。矛盾でしかない。

健蔵の挨拶が終わり、参列者からは「健蔵さん、大丈夫よ」「聡くんは天国でお母さんと幸せに過ごせるから」などという声が上がる。それを聞き、健蔵は目頭を押さえている。

葬儀が無事に終わり、いよいよ出棺のときがきた。

「弟様は遺影をお持ちください」

葬儀業者にはそう言われたが、それは妙子がやるべきだと思った。恵が死んでから、聡に寄り添ってきたのは妙子だ。誰よりも聡の遺影を抱きたいはずだろう。

「伯母さん、お願いしてもいい？　兄貴もきっと、そのほうがうれしいはずだから」

衛が頼むと、妙子は少し驚きつつも目を潤《うる》ませながら頷いた。

表には霊柩車が停めてある。位牌を持つ健蔵と、遺影を抱く妙子は一足先に出ていった。衛は棺を運び出す参列者の中に加わった。「せーの！」という掛け声で持ち上げると、予想以上に重い。葬儀業者の先導に従い、ゆっくりと足を進めていく。

太陽の下、額と脇の下に大量の汗をかきながらも、棺は無事に霊柩車へと収められた。あとは火葬場へ向かうだけだ。

すると、不意に後ろから声をかけられた。

「衛……、だよな？」

そこに立っていたのは、被災時の避難所で、聡のことを罵倒したクラスメイトだった。その顔を見て、衛は動揺してしまう。

「あ、久しぶり——」

「うん。あのさ、なんて言ったらいいのか」

目の前にいる青年はあまりサイズが合っていない喪服に身を包んだまま、言い淀んでしまった。

「ううん、大丈夫。それよりも、来てくれてありがとう。兄貴も、きっと喜んでると思う」

そんなわけがない。でも、衛の意思を無視するように、思ってもいない言葉が口を衝いて出てきた。

「よかった」

それを聞き、青年の顔が安堵に緩むのが見て取れた。

「俺、ずっと後悔してたんだ。その、いろいろ嫌なことも言っちゃっただろ……？　だから、最後くらいはちゃんとしておこうって」

「うん、わかってる。兄貴にも伝わってるよ」

「衛、ありがとう。しばらく落ち着かないと思うけど、元気出せよな。そのうち、飲み行こうぜ」

青年は衛の肩を抱き、励ますように二度軽く叩いた。そして、満足そうな笑みを浮かべると、その場を離れ、霊柩車を見送る参列者に加わった。

なんなんだろう、これは——。

誰にも気づかれないように、衛は細く長い息を吐いた。

いなくなってしまった者を、聡を置き去りにして、すべてが勝手に進められている。

聡の声が、聞きたい。もしも生きていたら、この状況を見てなにを感じるのか、聡の言葉で聞きたい。そう思うと同時に、仮に聡が生きていたとしたらこんな状況にはなっていないという矛盾に、衛は苦笑をこぼした。それでも、聞きたい。

衛のかすかな願いを掻き消すように、火葬場へ向けて出発した霊柩車のクラクションがやたらと大きく鳴り響いた。

「衛くん、私たちも向かいましょう」

皐月が火葬場まで連れて行ってくれることになっていた。

家の前の小道に白い自動車が停めてあり、皐月も百合もさっさと乗ってしまう。

ドアに手をかけ、参列者に向けて頭を下げた。それに反応するように、深い一礼が返ってくる。

そのとき、気づいた。玄関横の郵便受けになにかが入っている。錆が浮いた郵便受けの投函蓋を押し上げるように、真っ白な封筒のようなものが風に揺れている。

視線を外すことができず、体が固まってしまう。

「衛くん？　早く乗って」

「すみません、ちょっとだけ待っててもらえますか」

「え？　どうしたの？」

皐月が驚くような声を上げ、それに引っ張られるように参列者がざわついた。訝しげな視線を振りほどくように、衛は早足で玄関横に備え付けられた郵便受けに向かった。

それは、やはり手紙だった。

〈みんなへ〉

封筒の表には、歪んだ字でそう書かれていた。封筒を持つ手が、かすかに震える。この文字には、見覚えがあった。

これは、聡の字じゃないだろうか――。

でも、衛は聡が書いた文字を七年もの間、目にしていない。文字の巧拙や癖が変化することだってあり得る。だから確信は持てない。

衛は祈るように、封筒を裏返した。左下のほうに控え目に〈おのでらさとし〉と署名してある。これはやはり、聡からの手紙だ。つまり、存在しないと思われていたはずの、遺書。

嫌な汗が背中を伝っていくのを感じた。ジャケットの下で、ワイシャツが肌にくっついている。

「衛くん、本当にどうしたの？　そろそろ行かないと」

立ち尽くす衛の背後から、百合の声がする。心配して降りてきたのだろう。

「ごめん、ごめん。玄関、ちゃんと閉まってるか不安になっちゃってさ」

咄嗟に封筒を内ポケットへ押し込む。振り返ると、衛は精一杯の笑顔を作ってみせた。瞳から動揺を読み取られないように、日差しに目を細めた素振りを交えつつ笑う。

うな気がした。

その後ろ姿を見つめながら、いまはまだ、聡の遺書のことを誰にも気づかれてはいけないよ

と言うと、踵《きびす》を返した。

「なんだ。大丈夫だったでしょ？　行こ」

百合は少し呆れたように、

聡の体は、一時間半ほどで完全に焼き尽くされ、骨になるという。その間、衛たちは休憩室で昼食を摂りながら待つことにした。

「時間もなかったし簡単なものしか用意できなかったんだけど」

妙子が持ってきた重箱には小さな握り飯が詰められており、ウインナーや卵焼きも添えてあった。

「さ、ちゃんと食べないとね」

妙子のカバンからはペットボトルの麦茶も出てきて、一人ひとりに配られた。相変わらず用意がいい。

「やだ、ちょっと塩加減間違ったみたい。しょっぱいかも」

自ら作ってきた握り飯に誰よりも早くかぶりついた妙子は、おどけるように舌を出してみせた。どことなく緊張感が漂っていたが、妙子の姿に笑みがこぼれた。健蔵も苦笑している。

「私も用意してきたんです。妙子さんがお弁当を作るって仰っていたので、ちょっとした副菜

だけ」

皐月が取り出したタッパーには、海藻のサラダが入っていた。

「ワカメと布海苔と、これはオゴノリか。久しぶりだな、これ、うめぇんだよ……。皐月さん、わざわざありがとうございます」

健蔵が頭を下げる。

「いいえ、差し出がましいかと思ったんですけど。時期外れなのにたまたまたくさん採れたって、知人がくれたんです。でも、私ひとりでは食べ切れなくて。店でも消化しきれそうになかったので、喜んでいただけてよかったです」

衛は聡の遺書のことが気がかりだったが、目の前に並べられた弁当を見ていたら腹が鳴ってしまった。手を伸ばし、一口頬張る。妙子の言う通り、たしかに少しだけしょっぱかったが、疲れていた体にはちょうどよかった。

続けて、皐月が用意してくれた海藻のサラダにも手を付けた。コリコリした食感と酸味のある味付けで、思っていた以上に箸が進む。

「衛くん、どう?」

「これ、美味しいです。新鮮だし、こんなの東京じゃ食べられないですよ。久しぶりに地元に帰ってきた感じがします」

「そう、よかった」

皐月はうれしそうに微笑んだ。

「あと、どれくらいだ？」

みなで弁当を平らげると、健蔵が誰に話しかけるともなく呟いた。

「四十分くらいじゃないかしら」

腕時計を見つつ、皐月が答えた。

「あっという間に、焼けちゃうんだね……」

百合は寂しそうに俯く。

あと四十分。その前に、確認しておきたいことがある。

「俺、ちょっと一服してくる」

衛は立ち上がった。

「衛くん、タバコ吸うの？　って、さすがにここは禁煙じゃない？」

「うん。ちょっと訊いてみるよ。すぐ戻るから」

休憩室を出ると、衛は早足でトイレに向かった。個室に入り、鍵を閉める。ここでなら、誰の目にもつかず、聡の遺書をゆっくり読めるだろう。

ジャケットの内ポケットを探り、封筒を取り出す。慌ててしまい込んだため、皺が寄ってしまっている。

あらためて表を眺める。

封筒には切手も消印もなかった。つまり、これは郵便局の配達員によって届けられたわけではなく、誰かがこっそり郵便受けに置いていったということだ。

聡が自殺する前に入れておいた可能性は考えられないだろうか。さすがにそれはあり得ない。聡が自殺したのは数日前のことだ。その間、健蔵や妙子が郵便受けを覗いていたはずだ。実際、健蔵は今朝も朝刊を読んでいた。

そう、今朝、健蔵か妙子が新聞を取りに行った時点では、遺書を見つけられなかった。ということは、遺書が入れられたのは、聡の葬儀が行われる直前から終わるまでの間になる。

誰かが生前の聡から遺書を受け取り、葬儀で人の出入りが激しいタイミングを狙って、誰にもバレないように置いていった。冷静に考えると、そうなるだろうか。

でも、一体誰がそんなことを……？

こんなことになるなんて想像もしていなかったため、一人ひとりの行動を覚えていない。いくら考えても、衛には見当もつかなかった。

答えの出ない問いかけを中断し、封筒を開けてみることにした。しっかり糊《のり》付けしてあったので、封筒の上部を少しずつ破る。中からは一枚の便箋が出てきた。三つ折りになったそれを広げ、一行ずつ目で追いかけていく。

〈おとうさん　おばちゃん　まもるくん〉

思わず出てきた自分の名前に、視界が滲んでいく。歯を食いしばり、袖口で目元を拭うと、続きを読み進めていった。

おとうさん　おばちゃん　まもるくん

こんなことになってしまって　ごめんなさい。
ぼくは　もう　つかれてしまいました。
ほんとうは　みんなと　おんなじなのに　わかってもらえないことに　つかれました。
いままで　どうも　ありがとうございました。
でも　しんぱいしないで　ください。
てんごくで　おかあさんと　いっしょに　くらしてます。
ぼくは　とても　しあわせでした。

これを聡は、どんな気持ちで書いたのか。想像するだけで胸が潰れそうになる。涙が溢れてくることなどお構いなしに、聡からのメッセージを何度も何度も読み返した。

同時に、恐ろしい仮説がちらつく。

この遺書は、本当に聡が書いたものなのだろうか――。

〈こんなことになってしまって〉という表現は、どこか客観的だ。これから自殺をしようと思っている聡が書くならば、〈こんなことをしてしまって〉と書くほうが自然だ。〈てんごくでおかあさんと　いっしょに　くらしてます〉という言い回しにも違和感がある。それは現在から見た視点であり、遺書作成時に浮かぶ表現ではない気がする。もしも書くとすれば、〈いっしょに　くらします〉あたりが妥当ではないか。

もちろん、これは些細なことだ。聡がそこまで考えられたかというと、それもわからない。

それでも、これを聡の遺書としてすんなり呑み込むことができないのも事実だ。

言うなれば、これは「聡のことを思いながら、第三者が書いた文面」に近い気がする。

もしもそれが事実だとするならば、それはなにを意味するのか。

遺書を用意することで、聡の死を自殺として確定させたい人物が存在するということにならないか。それは翻って考えると、聡は自殺ではないということ、誰かに殺されたということにつながる。

聡の死の背後には、やはり誰かがいる――。

衛は再度、目元を拭うと、大きく息を吐いた。肺の中を空っぽにするみたいに、長く、深く。

そして、健蔵たちが待つ休憩室に向けて歩き出す。その手に、聡の遺書を握りしめて。

やがて、休憩室の入り口が見えてきた。近づくと、妙子の朗らかな声や、百合たちの談笑がかすかに聞こえてくる。

入り口に立つと、みなの視線が衛に集中した。衛は口を開こうとして、一度、深呼吸する。

脳裏には、あの一文が浮かんでいた。

〈ぼくは　とても　しあわせでした〉

第二章　小野寺健蔵の悔恨

――幸せにしてくれる？

火葬場の休憩室で、健蔵は恵の言葉を思い出していた。

緊張でやたらと汗をかきながら求婚した健蔵に対し、恵はたった一言、そう答えた。僅《わず》かに舌っ足らずで、どこか悪戯《いたずら》っぽい口調が好きだった。うれしいとき、恵の口元には小さな笑窪《えくぼ》が浮かぶ。このときもそうだった。

でも、幸せとは一体なんなのか、どういう状況のことを示すのか、健蔵にはよくわからなかった。いや、未だによくわかっていない。

ただ、それでも唯一わかるのは、幸福の二文字が自分には相応《ふさわ》しくないということだ。

妻が死に、息子が死んだ。そんな人生を、どうして幸せと形容できるだろうか。

ぼんやりしていると、妙子の快活な声が健蔵を現実に引き戻した。

「健蔵さん、ほら。梅干し入れてあるから」

腹は減っているのに、火葬場での食事はどうしても喉を通っていかない。それでもなんとか握り飯を口に運ぶ。

妙子が結ぶ握り飯は力の入れ具合が絶妙で、米がほろほろと解《ほぐ》れていく。長年、食事の世話を頼んできたから、おそらく健蔵の好みが身に染み付いているのだろう。妙子とは夫婦でもなければ、血のつながりもない。しかし、ともに過ごしてきた時間は長い。その積み重ねによって、もはや切っても切れない関係が生まれている。

大切な家族を失い、残ったのは妻の姉と疎遠だったもうひとりの息子だけ。皮肉な現実を思い知らされると、胸の中の水面がざわざわと波打つようだった。

笑いたくもない場面で笑顔を作り、握り飯を無理やり麦茶で流し込むと、百合が声を上げた。

「衛くん？　どうしたの……？」

視線を追うと、真っ青な顔をして立ち尽くす衛がいた。いまにもどこかへ飛び込んでしまいそうな、そんな危うさがあった。

「衛、どうした」

健蔵が声をかけても、衛はその場から動こうとはしなかった。よく見れば、かすかに震えているようだ。体調でも悪いのだろうか。衛の側に寄ろうと立ち上がりかけた瞬間だった。

「遺書があったんだ」

衛が呟くと、誰かの息を呑む音が聞こえた。

休憩室の畳に縫い付けられたみたいに、健蔵の体は固まってしまった。

瞬間、凪《な》いだ海のように、休憩室が静まり返る。

衛は俯《うつむ》いたまま、誰とも目を合わせようとしない。

「……どういうこと？」

声を上げたのは皐月だった。

「聡くんの遺書が、あったの？」

「そう、兄貴の遺書」

衛の言葉を契機に、先程まで静かだった室内が騒然とする。妙子も百合も皐月も、誰もが動揺しているようだ。

雨粒が落ちるような音がした。気づけば、額に浮いた汗が頬を伝い、次々と流れ落ちていた。ワイシャツの袖口で顔を拭い、健蔵は立ち上がった。

「それ、本当なのか。どこにあるんだ！」

詰問したつもりはなかったが、つい口調が厳しいものになってしまう。そこになにが書かれているのか、誰よりも先に確認しなければいけない。切迫感に襲われる。こちらの質問になかなか答えようとしない衛を見ていると、もどかしくなる。早く答えろ。思わずきつい二の句を継ぎそうになり、自制するため拳を握った。

みなが見守る中、衛はジャケットの内ポケットから一通の封筒を取り出した。

「それが……聡ちゃんの……」

妙子の声は震えていた。圧倒的な悲しみが蘇ってきたのか、ハンカチで顔を覆うと、声を殺すように泣きはじめた。隣に座る皐月が、その背中を擦《さす》る。向かいに座る百合は、妙子の様子などお構いなしで、封筒に釘付けになっていた。

「衛、読んだのか?」

努めて冷静に、一音一音たしかめるように、健蔵は衛に尋ねた。

衛はなにも言わず、ただ首肯した。

健蔵はゆっくりと、手を差し伸べる。

「俺にも見してくれ」

衛は動かず、射抜くような視線だけが健蔵に投げかけられた。ふたつの瞳に浮かぶのは、戸惑いか動揺か、あるいは怒りか。衛がなにを考えているのか、健蔵にはわからなかった。ただ、なにか強い感情を秘めていることだけが伝わってくる。

やがて、衛は封筒を差し出した。受け取ると、慌ててそれを開いた。

しかしそこに書かれていたのは、危惧していたような内容ではなかった。あまりにも悲しい、聡からのメッセージだ。

〈ぼくは　とても　しあわせでした〉

本当にそうであってほしいと願う。それだけだった。

「健蔵さん、私たちにも見せて!」

悲痛な表情を浮かべる妙子に、健蔵は遺書を渡してやった。妙子も百合も皐月も、聡の遺書に釘付けになっていた。読み終えると、誰もが俯き、悲しみをまとったため息を吐いた。

みなが遺書を読み終えたとき、衛が口を開いた。

「でもそれ、本当に兄貴が書いたものかはわからない」

その言葉に、一斉に顔を上げる。

衛の瞳に浮かんでいたのは、疑念の色だった。それをいま衛は、この場にいる全員に向けている。

「封筒には兄貴の名前が書いてあるし、筆跡も、きっと兄貴のそれと似ていると思う。ただ、それだけでこれを兄貴の遺書だとは断定できない。これ、葬儀が終わった直後に見つけたんだ。郵便受けに入ってた。でも、こんなの朝にはなかったんだろ?」

今朝、健蔵自身が郵便受けから朝刊を取り出した。衛が言う通り、その時点では新聞以外の郵便物は入っていなかったはずだ。しかし、そこまでしっかり確認したわけではない。そもそも、遺書が入っているかもしれないだなんて、想像もしなかった。見落としていた可能性もある。今朝の風景を鮮明に思い描こうとするが、ここ数日の疲れも相まって、記憶は非常に曖昧《あいまい》だ。

「たしかに、朝にはなかった、と思う。新聞を取りに行ったときには、目に入らなかった。でも正直、わからない。俺が見落としていたかもしれん。申し訳ないが、自信はない」

「親父が気づかなかった可能性はゼロじゃない。でも、真っ白な封筒が入っていたら、どうしたって目につくと思う。それに、問題はそこじゃないんだ」

どことなく、衛は苦しそうだった。頭の中にあるものを言葉に紡いで吐き出すのが、とてもつらく苦しいように見える。

「問題って……、一体なにが問題なんだ」

「仮に、この封筒の存在を親父が見落としていたとするだろ？　じゃあ、いつの時点で郵便受けに入れられたのか。昨日、それとも一昨日？　その間、親父も伯母さんも、誰も封筒に気づかなかった？　そんなこと、ありえないだろ」

「昨日は俺が、一昨日は妙子さんが朝刊を取りに行った。でも、封筒は入ってねかった。妙子さん、んだよな？」

妙子は両手でハンカチを握りしめ、不安そうな表情を浮かべている。

「私、朝だけじゃなく、夕方、健蔵さんのおうちをお暇《いとま》するときにも郵便受けを覗いていくのよ……。でも、一昨日も昨日も、そんな封筒は入っていなかったと思う……」

妙子の言葉を聞き、衛がため息を吐いた。眉根を寄せ、怒りと悲しみが入り混じったような表情を見せる。

「となると、これが入れられたのは今日の朝以降になるよね。親父が見落としていたとするなら今朝の時点で、そうじゃないなら、葬儀がはじまって俺らが火葬場へ出発する前までに、入れられたってことになる」

俯いて話を聞いていた皐月が、突然顔を上げた。

「ねぇ、聡くんが自殺する前に投函していて、なんらかの理由で配達が遅れてしまったという可能性はないの？」

「それはないんだ。だって、切手も消印もないから。だから——」

そこでなにかを言い淀むように、衛が口を閉じた。

衛はなにか恐ろしいことを言おうとしている。

ダメだ。それ以上言うな。頼む、もういいから黙ってくれ——。

健蔵の願いは衛に届かなかった。

「兄貴が書いたようにも読める、この真偽不明の遺書は、第三者によってうちに届けられたんだよ。その真意はまだわからないけど、俺はこう考えてる。兄貴の死を自殺として処理したい、誰かがいるって」

その場にいた皆の視線が交錯するのがわかった。疑心暗鬼。互いに相手を疑ってしまっている。

もう間もなく聡を弔う儀式が終わるというのに、どうして身内で身内を探るようなことをしなければならないのか。

どうして——。

誰かの呟きが漏れたかと思えば、それは自分自身の口から発せられた言葉だった。脱力するように、健蔵は畳にへたり込んだ。

ふと顔を上げると、こちらを見下ろしていた衛と目が合った。衛はいまにも泣き出しそうだった。

人の骨はあまりにも軽い。それは恵のときに実感したことだった。しかし、抱きしめるような恰好で持ち上げた聡の骨壺のあまりの軽さは、まるで聡自身の存在を象徴しているようで、健蔵の胸に悔しさが広がっていく。

俺の息子なんて、はなからそんなものだったのかもしれない――。

飾られた聡の遺影に手を合わせながら、健蔵は自嘲するような思いに囚われた。

「親父、伯母さんがお茶飲むかって」

後ろから衛の声がした。健蔵は振り返らず、「ん、すぐ行く」とだけ答えた。

「あのさ」

衛がなにか言おうとしていたが、健蔵は反応しなかった。ただ真っ直ぐに、顔を前へ向ける。

「……暑いし、早く着替えて、こっち来なよ」

「わかった」

ひとりにしておいてほしい。その気持ちが伝わったのか、衛がその場を去る気配がした。

暑さのピークが過ぎたのか、和室に降り注ぐ午後の日差しは幾分、和らいだ。それでも、窓ガラス越しに聞こえてくる蟬の鳴き声は、いまだに喧しい。じっとしているだけで、粘つくような汗が滲《にじ》んでくる。健蔵はジャケットを脱ぎ捨て、足を崩して胡座《あぐら》をかいた。

聡の遺影の隣では、長方形のフレームの中で笑う恵がいた。恵に病魔が忍び寄る前に撮ったものなので、まだ彼女が三十歳になる手前だろうか。どこで撮影したものかは、もはや覚えていない。でも、とても穏やかな時間が流れていたに違いないことは、その笑顔が証明していた。

もしもいま、自分が恵の隣に並んだとしたら、夫婦ではなく、きっと親子だと思われるだろう。時間の流れから降りた恵と、流れるままに生きた自分。忘れたことなどなかったのに、どんどん距離が離されていくようだ。思いだけでつながっていられるほど、この世界はやさしくできていない。どんなに頑張っても抗《あらが》えない無情な摂理の上に、誰もが生きている。

そんなことを知ったのも、恵と出会ったからだ。恵と生きた日々は甘露のような時間の積み重ねであり、そして世界の残酷さに打ちひしがれる時間の連続でもあった。

＊

一九六三年の夏、健蔵は、岩手県南部にある海沿いの小さな町に生まれた。豊かな自然に囲まれて育ったものの、そこでの暮らしは決して豊かではなかった。一九五五年頃からの高度経済成長によって日本の景気は上向きになっていたが、田舎に生まれた健蔵からすれば、そんなことはあまり関係なかった。

住んでいた長屋は築年数がわからないほど古びており、海風の影響で雨樋《あまどい》は錆びきっていた。玄関を開け閉めするたびにキイキイという動物の悲鳴にも似た音が鳴った。

自分の家庭が貧しいことは理解していた。近所に住む農家の計らいもあり、米だけはあったものの、食卓にまともなおかずが並ぶことはほとんどない。焼いた小魚や漬物が出れば上等、塩と茶をかけただけの味気ない茶漬けで済まされることも珍しくなかった。しかし、文句は言えない。おかずが欲しいなどと言おうものなら、父の平手が飛んでくる。

「誰に食わしてもらってんじゃ！」

怒鳴り声が響いたかと思うと、次の瞬間、健蔵の小さな体が吹っ飛ぶ。躾《しつけ》なんてものではなかった。それは暴力だ。

脳の病気が原因で半身に軽い麻痺が残った元漁師の父は、いつも片足を引きずるように歩いていた。ずり、ずり、という音が耳に入ると、反射的に健蔵は身を硬くする。父が側に寄ってきたら、殴られる。それは沈鬱な刷り込みだった。

父にはこの家の大黒柱としてのプライドがあったようだが、その実、まったく働いてはいなかった。日がな酒を浴びるように飲んでは、泥酔して寝てばかりいる。そして酔ってはまた、健蔵を殴りつける。健蔵は殴られるために存在する、人形のようだった。

代わりに働いていたのは母だ。縫製工場で休みなく働き、しかしそこで得られるのは僅かばかりの賃金だった。もちろん、三人での生活を賄えるわけがない。

一度だけ、健蔵は母に尋ねたことがある。

「母ちゃん……、父ちゃんから離れて、ふたりで暮らさねぇか」

そんな健蔵に、母は汚物でも見るような目を向けた。

「あんた！　自分がなに言ってっかわかってんのか！」

そうして母からも平手で打たれ、健蔵は丸二日、飯を与えられなかった。物置に閉じ込められ、いくら謝っても許してもらえない。諦め、カビ臭いゴザに包《くる》まり隙間風を凌《しの》いでいると、耳元を鼠が駆けていった。

――仏様なんて、この世にはいねぇんだ。

そう悟ると、空腹を訴える腹を自ら殴りつけ、健蔵は目を閉じた。

親には頼れない。小学校高学年になると、健蔵は日銭稼ぎをはじめた。朝は新聞配達をし、その後は農家の畑仕事を手伝う。休日には朝から晩まで働いた。学校の勉強なんて、もはやどうでもよかった。食い扶持《ぶち》のために金を稼ぐ。そして、早く家を出るために、金を稼ぐ。健蔵の胸中にあったのは、そんな思いだけだった。

もちろん、子どもが稼げる額などたかが知れている。それでも、無いよりはマシだ。十円でも多く金を稼ぐため、健蔵は日々、汗を流した。

その真面目な働きぶりは近所でも評判になり、健蔵は大人たちから可愛がられるようになった。特に懇意にしてくれたのは、ひとりで小さな畑を見ている、老婆だった。

「けんちゃん、これ食うかい？」

農作業を終えると、老婆からは干し柿や飴をもらえた。それだけで育ち盛りの胃袋が膨れることはない。しかし、そもそも甘いものなんて食べさせてもらったことがない健蔵からすれば、それらはまるで天国からの贈り物のようだった。

勧められるまま縁側に腰掛け、干し柿にかぶりつく。水分を失った柿はその分甘さが凝縮されていて、涙が溢れるほど旨かった。あまりの旨さに、慌てて口いっぱいに詰め込む。誰かに取り上げられてしまう前に、急いで食わなければいけない。意地汚いほど、食欲に突き動かされていた。

「そんなに慌てて食わんでも。ほら、お茶も飲めぇ」

干し柿を喉に詰まらせそうになり、老婆から奪うように湯呑を受け取ると、温《ぬる》めのお茶を流し込む。そうやってほっと一息つく。

「あっは。そんなに旨かったかい？　こりゃ来年も作らんとな」

健蔵を微笑《ほほえ》ましそうに見つめると、老婆は健蔵の頭を撫でてくれた。皺だらけの手のひらはゴツゴツしていたが、なによりもやさしいと思った。

しかし、やさしさに触れるたび、家庭内での地獄がその輪郭を色濃くしていく。

畑仕事を終え、疲れ切って帰ってきた日曜日だった。体中が泥だらけになっていた。風呂に入ってから、昼寝でもしよう。そう思いながら玄関の戸を引くと、自室のほうから物音がした。瞬時に三和土《たたき》に目をやる。父がいつも履いているボロ靴があった。

嫌な予感がし、襖《ふすま》を開けると、父が健蔵の机の引き出しを漁っている姿が目に飛び込んできた。

「父ちゃん！　なにやってんだよ！」

振り向いた父の目は、完全に据わっていた。カーテンの代わりに新聞紙を貼られた窓から、かすかな日差しが注ぐ。その光は、父の口元から垂れる一筋のよだれをぬらぬらと照らした。あまりの酒臭さに、健蔵は片手で鼻を覆った。それだけではない。酒の匂いのほかに、かすかなアンモニア臭がする。まさか、と思い、父のズボンを見ると、小便で濡れていた。

「父ちゃ――」

「金、どこさやった」

「え……？」

父の言葉の意味が、理解できなかった。

「金だ金！　おめぇ、こそこそ稼いでんだってなぁ？　俺が食わしてやってんのに、馬鹿にしてんのか？　おめぇのせいで、俺ぁいい笑いもんだ。てめぇのガキひとり食わせらんねぇのかってな」

「違うよ！　俺だって稼げば、ちょっとは楽になっぺや」

その言葉を聞き、父はいやらしく笑った。口元から覗く歯は茶色く染まり、ところどころ欠けていた。

「んだらば、出せ」

「だから、なして」

「楽にさしてくれんだろ？　ほら、早く出せってんだよ、こんクソガキがぁ！」

父の罵声を浴び、身が竦《すく》む。思わず目が泳ぎ、引き出しを見てしまう。

父はそれを見逃さなかった。

「やっぱここかぁ」

乱暴に引き出しを漁りはじめる。

健蔵が稼いだ駄賃は手渡しで受け取っており、個人名義の口座など作らせてもらえなかったため、金はすべて引き出しの奥に隠してあった。初めて老婆から駄賃をもらったとき、それが入れられていた茶封筒を貯金箱の代わりに使っていた。その表には、〈けんちゃん〉と自身の名前が書かれている。

「父ちゃん、やめろって！」

縋《すが》り付くように、父の腰に手を回した。密着すると、より一層、酒と小便の匂いが鼻腔を刺す。足の裏に伝わる、濡れた畳の感触が気持ち悪い。

足を滑らせそうになりながらも、健蔵は父にしがみつく。しかし、父はびくともしない。

「父ちゃんお願い、お願いだから！」

懇願すると同時に、体が宙に浮き上がる感覚がした。自分がどこを向いているのかわからなくなる。やがて、思い切り畳に叩きつけられた。強く打った右半身が、熱板を押し付けられたように熱い。肺にうまく空気が入っていかない。必死に息を吸おうとすると、喉から奇妙な音が漏れた。

「うるせぇって言ってんだろうがよ！　誰の金だと思ってんじゃ！」

頭上から父の罵声と唾が降り注いでくる。そして、父に顔を踏みつけられた。何度も何度も。痺れる腕で庇おうとするも、痛みと恐怖でうまく動かせない。鼻血が喉の奥へと入り込み、思わずむせてしまう。咳き込むと、血と唾が入り混じった赤黒い液体が出てきた。

「おらぁ、早く出せよ！　どこに隠した！」

髪の毛を鷲掴みにされ、父が耳元で叫ぶ。痛みに目をつぶり、健蔵は絞り出すように呟いた。

「引き出しの……奥。教科書の間に、挟んでる……封筒……」

健蔵の言葉を認めると、父は慌てて引き出しを探り、封筒を掴み取った。健蔵が必死になって稼いだ、全財産だ。

「なんだ、これっぱかしか。出し惜しみしやがって」

「持って、いかないで……。父ちゃん……」

「うるせぇな！　さっさと言やぁ、いがったんだ」

吐き捨てるように言うと、父は乱暴な足音を立て、出ていこうとする。襖を閉める瞬間、健蔵を振り返る。

「母ちゃんには言うんじゃねぇぞ！」

床を踏みつけるような音が遠ざかり、やがて玄関を激しく開ける音が響いた。

あの金できっと、また飲みに行くのだろう。

部屋の中には、かすかな酒の匂いと小便に濡れた畳、そして血だらけになった健蔵だけが残された。遠くから、虫の鳴き声が聞こえてくる。もう日が暮れはじめたのだろう。

風情を感じさせる虫の音に包まれながら、健蔵は大粒の涙をこぼした。痛くて泣いているのか、悔しくて泣いているのか、あるいはそのどちらもなのか。意味もわからず、健蔵は泣き続けた。

それを機に、健蔵は日銭稼ぎをやめた。身を粉にして働いても、金はどうせ奪われてしまうのだ。馬鹿らしい。

しかし、どんなに厭世的になったとしても、腹が満たされるわけではない。相変わらず家には食うものがなかった。

父は留守にすることが増えた。どこに行っているのかはわからない。それでも、殴られることに怯えずに済むのはありがたかった。

ただし、父の不在に伴い、母は家事の一切を放棄するようになっていった。洗濯も炊事も、健蔵が自分でしなければいけない。それらをしていないと、縫製工場から帰ってきた母から嫌味を言われるようになった。

「あたしが働いてんだから、家のことくらいやんなさいよ！」

父のように母から殴られることは少なかったが、邪険にされるのは殴られることと同じくらいつらかった。そのうち、母は食材を買ってくることもなくなってしまった。自分はどこかで飯を食っているのだろう。しかし、健蔵の分はない。米だけはあるものの、それでは足りるわけがない。

もう、なりふり構っている場合じゃない――。

健蔵は、あの老婆を頼ることにした。

三日はろくなものを食べていなかっただろうか。ふらふらする足取りで、健蔵は老婆の家を訪ねた。玄関を叩く。

「ばあちゃん、ばあちゃん」

物音に気づいたのか、老婆が顔を出した。しかし、健蔵の顔を見るなり、老婆は露骨に嫌な表情を浮かべた。

「あんた……、なにしに来た」

「ばあちゃん……、俺なんも食ってねくって」

瞬間、老婆は同情心を顕《あらわ》にしたが、すぐに無表情に戻る。

「こんなことされっと、あたしも困るんだ」

「……え?」

「あんたんち、近所でも有名だど。あんたの父ちゃん、昼間っから酔っ払って、みんなさ迷惑かけてる。こないだだって、向かいの旦那さんさ喧嘩吹っかけて、みんな迷惑してる。んだから、もうあんたんちとは関わりたくねぇんだ」

あのやさしかった老婆の言葉とは思えなかった。目の前にいるのは、一体誰なのだろう。視界がぶれていく。

「もう二度と来ねでけろ」

忌々しいように言うと、老婆は力強く玄関を閉めた。健蔵は呆然とその場に立ち尽くし、老婆の言葉を反芻《はんすう》するだけだった。

誰にも頼れない。だったら、腹を括《くく》るしかない。

食べるものは、自分の手で用意する。健蔵は、盗みに手を染めるようになった。それしか選択肢がないのだ。

食べられるものなら、なんでも盗った。民家の軒下に配達されたばかりの牛乳、畑の脇に転がっている大根や玉ねぎ、市場の隅で蠅が集《たか》っている小魚。ときには腹を下すこともあったが、それでも空腹より何倍もマシだ。

しかし、コソコソやっているところを見つかってしまい、殴り飛ばされることもあった。

週末の早朝、人でごった返す漁港の市場に忍び込んだときのことだった。市場の隅に積み重ねられた発泡スチロールの中に、色が悪くなった海老が三尾ほど転がっていた。

これはもう売り物にならない。そのまま捨てられるのだろう。だったら――。手を伸ばした瞬間、荒々しい声が健蔵の耳をつんざく。

「てめぇっ！　なにやってんだ！」

そのまま思い切り頭を殴りつけられ、握りしめた海老を落としてしまった。拾おうとするも、長靴を履いた足が海老を踏みつける。顔を上げれば、ゴミでも見るような視線に射抜かれた。

「おい、おめぇ、どこんちの子や？」

見上げたまま、健蔵は動けなかった。

騒ぎを聞きつけやって来た男たちが、健蔵を取り囲む。

「ん？　どうした？」

「こいつ、海老かっぱらうとこだった」

「なんだぁ？　悪ガキだな」

そのうち、ひとりが声を上げた。

「こいつ、あそこんちのガキだろ。ほら、酒ばっか飲んでるろくでなしの」

「あぁ、あすこか。可哀想に、親に似たんだな」

胸の内で、心臓が激しく暴れまわる。なにか言おうとしても、なにを言えばいいのかわからない。謝るべきか。むしろ、助けてほしいと言うべきか。同情を引けば手を差し伸べてもらえるかもしれない。

でも、できなかった。強く嚙み締めた唇からは、鉛のような味がした。

もう二度と来んじゃねぇぞ、と凄まれ、健蔵は市場を蹴り出された。

このまま、死んでしまいたい——。魚臭い服の袖で涙を拭うと、健蔵はそう思った。でも、せめて最後は苦しまずに死にたい。生き地獄のような日々を過ごしてきて、最後の瞬間も苦しむなんてあまりにも不幸ではないか。じゃあ、どうすればいい？　健蔵の小さな手のひらには、苦しまずにこの世を去るための手段なんてなかった。

結局、生きるしかないのだ。健蔵にとって、生きることと絶望は同義だった。

ところが、状況が変わったのは数日後だった。父が交通事故に遭い、死んだのだ。酒に酔い、ふらふら歩いていたところを轢《ひ》かれてしまったという。

母は悲しみに暮れ、相変わらず健蔵には目もくれなかった。それでも、父の死は健蔵にとって朗報だった。もうこの世に存在しないのならば、殴られる心配も、金を奪われる心配もない。

健蔵はすぐに新聞配達を再開し、あらためて金を貯めはじめた。

そうして中学校を卒業すると同時に、家を出た。

これでやっと自由になれる——。

掃き溜めのような閉じられた場所を抜け出してみると、世界は広かった。

幸福というものに触れたことがなかった健蔵にとって、それは一体どんな形をしているのか、そもそも本当に存在しているのかすらわからなかったが、もしかしたら、いつか手にできるかもしれない。蜃気楼のような期待を胸に、健蔵は一歩踏み出した。

地獄のような場所を抜け出してから五年が経ち、ようやく落ち着いたのは宮城県にある塗装工場だった。

一九八三年の夏、二十歳を迎えたばかりの健蔵は、板金塗装を請け負う工場の塗装工員として採用された。経験も知識もなかったが、若さ故に有り余る体力を見込まれたのだ。

そこで、恵と出会った。

「すごいですね。ここに来れば、あっという間に車が元通りになるなんて」

初めて会ったとき、恵はそう言った。

自動車を擦《こす》ってしまった父にくっついて、健蔵が働く工場を訪れていた。まだ就職したての健蔵はうまく返事ができず、曖昧に笑った。恵も健蔵と同じく、二十歳を迎えたばかりだという。

「そう、ですか」

「どんな色の自動車も、あっという間に塗ってしまうんでしょう？　これなら、父の車も元通りにしてくれそう。ここだけの話、あの車、買ったばかりで、父も相当落ち込んでるんです」

少し皺の寄ったシャツにGパンという恰好だったが、着飾らない様子には好感が持てた。でも、薄汚れたツナギに身を包んでいると、清潔感の漂う彼女に対してなんだか気後れしてしまう。

　それまで、女性と交際する経験がなかった健蔵は、屈託のない笑みを向けてくる恵にどう接したらいいのかわからなかった。いや、女性だけではない。他人と深く付き合うという経験が、健蔵にはなかった。

「あの……、先輩たちが綺麗にしてくれると思うので、安心してください」

　ぼそぼそと呟く。すると恵は、首をかしげた。

「あなたが担当するわけじゃないの？」

「いえ、俺はまだ下っ端なんで、雑用しか……。お客さんの車、立派なやつだし、俺なんてまだまだ……」

　そんなつもりはないのに、つい卑屈になってしまう。少し離れたところで先輩工員と話し込んでいる恵の父親の姿が目に入った。

「じゃあ、私と一緒なんですね」

「……え？」

「私、多賀城《たがじょう》にある染物屋で働いてるの。でも、いまだに仕事を任せてもらえなくて。いつも先輩たちのお手伝いで終わっちゃう」

「染物、ですか」

「そう。だから、車の塗装にもちょっと興味があって、今日はお休みだったし無理やり付いてきたんです」

それだけ言うと、父親に呼ばれるまま、恵は行ってしまった。父親と並んで歩く恵の後ろ姿が小さくなるまで、健蔵は見つめていた。

「健蔵！　手ぇ止まってんぞ！」

先輩工員に怒鳴りつけられるまで、健蔵はその場を動けなかった。

恵と再会したのは、それから半年後だった。

恵の父親に依頼された車の修理が終わり、引き渡しのときに会えると思っていたが、恵は姿を現さなかった。忙しい毎日の中で、一人ひとりの客に思い入れを抱いていられない。作業が終わり、金を受け取ればそれきりだ。

しかし、恵にはもう一度会いたい。会って、もっと話してみたい。

誰かに対してそんな感情を覚えるのは、初めてのことだった。

仕事が休みの日曜日、多賀城をぶらつくことにした。それほど広い町ではないし、染物屋なんて何軒もあるものじゃない。もしかしたら会えるかもしれない。淡い期待を胸に、健蔵はひたすら歩いた。

駅前の商店街の外れに、そこはあった。〈清水染物店〉という看板が掲げられたその店はガラス張りで、通りから中の様子が窺《うかが》える。色鮮やかに染められたハンカチや巾着袋、手拭いなどが陳列されており、染物にさほど興味がない健蔵の目にも、その光景は楽しかった。

ふとガラスに映る自分の姿に目がいく。白のTシャツに淡いブルーのシャツを羽織り、綿パンという面白みのない恰好だが、手持ちの中で一番綺麗なものを選択してきたつもりだ。足元には買ったばかりのランニングシューズを合わせてきた。洒落《しゃれ》ているようには見えないだろうが、地味ながらも清潔感はあるだろう。

意を決するように、健蔵は店に足を踏み入れた。扉を押し開けると、花の香りのようなものが鼻先をくすぐった。染料の匂いだろうか。馴染みのないものなので、健蔵にはわからない。しかし、人を心地よくさせる匂いだと感じた。

店内を見渡しても、恵の姿はなかった。何組かの客と、レジカウンターに立つ女性店員がひとり。「いらっしゃいませ」と笑顔を向けられるも、それが恵ではないとわかると、胸の内で少しだけ落胆した。

この店ではないのかもしれない――。一通り店内を見て回り、帰ろうとした瞬間だった。扉が開く音とともに、聞いたことのある声が耳に飛び込んできた。

「戻りました！」

恵だった。どうやら注文品を届けに出ていたようで、先輩らしき女性店員に受け取った代金やら引換証やらを手渡している。よほど急いでいたのか、息も切れ切れだ。

その姿に目を奪われていると、こちらを振り向いた恵と目が合った。

こんなところまでやって来て、怪しまれただろうか。なにか言わなければ――。

動揺を隠せないでいると、恵が先に口を開く。

「あ！　まさか来てくれたんですか！」

「あ、いや……。たまたま、つぅか……、染物ってどんなんだろうって気になって」

「わざわざ来てくれるなんて、うれしい。お店の名前も言ってなかったのに、探すの大変でしたよね？　あ、でもこの辺で染物屋っていったら、うちしかないか」

恵はその言葉に違わず、本当にうれしそうに話した。その声を聞いていると、心の裏側を覗き込もうとしなくても済むことに安堵する。目の前にいる自分のことを、そのまま見てくれている感じがする。それは初めて会ったときから感じていたことだった。

あぁ、だから俺は、この人にもう一度会いたいと思っていたのか――。

「恵ちゃん、知り合い？」

女性店員に尋ねられ、恵は目を細めた。

「はい。父の車の修理でお世話になった工場の方なんです」

女性店員は恵と健蔵を見比べるように視線を行き来させたかと思うと、ふっと笑い、恵に言った。

「だったら、いまから休憩行ってきたら？　お昼、まだでしょ？」

「いいんですか？　じゃあお先に行ってきます」

想定外の流れに、どう振る舞ったらいいのかわからなかった。うれしくないわけではなかったが、戸惑ってしまう。しかしそんな健蔵をよそに、恵は奥から小さなカバンを持ってくると、「さ、行きましょ」と言った。快活な足取りに釣られるようにして、健蔵は店を後にした。

商店街を駅に向かうように歩いていく。喫茶店やレストランなどが目に入るが、女性を連れてそんなところに入る勇気はなかった。かといって、定食屋のようなところではさすがに色気がないだろう。どこかから魚を焼く旨そうな匂いが漂ってきて、思わず腹が鳴る。でも、健蔵の中にある見栄が、誘い文句を邪魔する。すると恵が、足を止めた。

「ここでもいいかな」

目の前にあったのは、決して綺麗とは言えないカレー屋だった。店と恵を交互に見るように、視線を泳がせてしまう。

「あ、ちょっと汚く見えるかもしれないんだけど、ってすごく失礼なこと言ってるけど、ここ、本当に美味しいの。だから嫌じゃなかったら、ここにしない？　もうお腹空いちゃって、今日はカツカレーにしようって思ってたんだよね」

そのあけすけな態度に、口元が緩む。

「うん、ここにしよう」

「じゃ、決まりね！　オススメはカツカレーだから」

昼どきをやや過ぎていたため、店内にはまばらな客しかいなかった。四人がけの広いテーブルに、向かい合わせで座る。

「ほら、これ！　カツが載っててね、それで三百五十円なの。安いよね？　カツなんて手のひらくらいあるんだよ。しかもさ、いつ注文しても揚げたてなの。作り置きじゃなくて、その都《つ》度《ど》揚げてるんだと思うんだけど、店内が満席のときもなんだよ。すごいよね」

恵の勢いに、堪えていた笑いがこぼれてしまう。

「え、なにかおかしかった？」

「いや……カツカレーでそんなに熱弁する人、初めて会ったから」

「一度食べてみればわかるよ！　笑ってらんなくなるからね？」

面と向かって話してみて、想像以上に恵は明るく、そしてお喋りな子なのだと知った。

本当はそこまで腹が減っていたわけではなかったが、恵に押し切られるようにして、健蔵もカツカレーを頼んだ。

それが運ばれてくるまで、さまざまな話をした。互いにきちんと自己紹介していなかったことに気づき、まずは名前と年齢。出身地や学生時代のこと、それからどうして今の仕事に就いたのか。話題が幼少期に移ると、どうしても言い淀んでしまうことも増えたが、恵には嘘を吐きたくなかった。父や母のことも言葉を選びながら伝えると、恵は時折、目に涙を浮かべた。でも、「つらかったね」とも「可哀想に」とも言わない。ただ、健蔵の話に耳を傾け、すべてを受け入れるように深く、ゆっくりと頷くだけだった。

そんな人は初めてだった。

工場にいる先輩工員たちも、健蔵の出自を知ると、あからさまに侮蔑《ぶべつ》的な眼差しを向けてきた。健蔵とそこまで変わらない境遇だった者もいたが、誰かを下に見ることで、自分の立ち位置を確認したいのだろう。俺は、ここまで悲惨ではない。健蔵を見下す者たちの瞳には、いつもそんな言葉が浮かんでいた。

だから、恵と会話するのはとても楽しかった。昼休憩の一時間、健蔵は食べるのも忘れそうになるほど話に夢中になった。

「本当にご馳走になって、よかったの？　私の休憩に付き合わせちゃったのに、なんかごめんね」

カレー屋を出ると、恵がこちらに向き直り、申し訳なさそうな顔をした。

「いや、千円くらいでお礼なんていいって」

「違うよ！　飲み物も頼んだし、食後にデザートも追加したから、千二百円でしょ」

「そうだけど、それくらい俺だって払えっから」

「そっか。……それもそうだよね。って、一応、言ってみたの。奢《おご》ってもらったのになにも言わないなんて、なんか嫌な女って思われそうでしょ？　だから、ありがとうね！」

あっけらかんとした恵の態度に、健蔵は思わず吹き出してしまった。ふたりで散々笑うと、恵が健蔵の腹のあたりを指差す。

「あっ！」

羽織っていたブルーのシャツにカレーの染みができていた。話に夢中になっていたため、カレーが跳ねたことにも気づかなかったらしい。

「あ、帰って洗濯すっから大丈夫」

「ダメだよ。ちゃんと染み抜きしなきゃ」

「染み抜きって、どうすりゃいいんだ……」

恵は得意そうな表情を浮かべる。

「私がやってあげるよ」

「えっ、いや、いいって」

「半人前だけど、これでも染物屋で働いてるんだよ？　任せといて」

半ば強引に、恵は健蔵のシャツを脱がせてしまう。Tシャツ姿になった健蔵を見ると、

「うん、Tシャツ着てるし、そのまま帰ってもおかしくないよ。これは預かって、次会うときまでに綺麗にしとくね」

次があるのだ。思いも寄らない展開に、健蔵の顔は綻んでしまう。

三日後に再び会う約束をして、その日は別れた。

健蔵と恵の付き合いは、こうしてはじまった。やがて健蔵が正式な交際を申し込むと、恵は笑窪を浮かべながら頷いた。そして三年が経つ頃、ふたりは夫婦になった。

「幸せにしてくれる？」

恵の問いかけに対し、健蔵は何度も「絶対に」と口にした。その約束が果たされたのかどうか、いまとなってはもう確認のしようがない。

さらに結婚から三年、ふたりが二十六歳を迎える頃、家族が増えた。待望のひとり息子には、「聡」という名前をつけた。

明るく、賢く、人の役に立つような生き方をしてほしい――。恵の願いが込められた名前だった。

聡の障害が判明したのは、三歳の頃だった。

「さすがに、病院に連れて行こうと思うの」

夕飯を食べながら、恵は顔中に悲愴感を漂わせていた。その隣で、聡は機嫌よく飯碗を箸で掻き混ぜている。

なかなか言葉を発しないな、とは思っていた。しかし、声をかければちゃんと反応するし、単語にはならないものの喃語《なんご》のようなもので意思表示もする。

試しに、細切りにして炒められたピーマンを聡の取り皿に載せてみる。途端に聡は首を振った。

「ほら、わかってっちゃ。成長が遅いところはあんのかもしれねぇけど、なにも心配するほどじゃねぇさ」

でも、その言葉に恵は納得していないようだった。それ以上に、健蔵自身が納得していない。もしかしたら、聡にはなにかあるのかもしれない。その予感が現実になってしまうのを恐れて、自分を誤魔化そうとしているだけなのだ。

「でも、もし聡に障害があるとしたら、早くわかったほうがいいでしょう？　療育だって早めのほうがいいって聞くし、なにより聡のためでもあるじゃない。だから、一度診てもらってくる」

聡の顔を見つめる。少しだけ垂れ目で、愛くるしい。

俺の息子に限って——。喉元まで出かかった言葉を呑み込み、聡に話しかける。

「聡、病院なんて行きたくねぇよな？」

健蔵の言葉を理解しているのかしていないのか、聡は何度か瞬《まばた》きをし、飯碗に視線を落とした。聡の頭を撫でながら、恵は不安そうにしていた。

それから一カ月後、聡に障害があることがわかった。

「もしかすると聡くんには、軽度の知的障害があるかもしれません」

初老の男性医師は、こちらを動揺させまいとしているのか、やけにゆったりした口調で言った。どこかやさしさも感じる声音だったが、眼鏡の奥にある目が笑っていないことから、決して楽観視できる事態ではないことを悟った。

聡は言葉の発達が遅い。文字の読み書きや、数字の計算も難しい。他者ともスムーズにコミュニケーションが取れない。一般の小学校には入るのは難しいし、大人になったところで就職先も見つからない。

それらはあくまでも「そういう可能性がある」という話だ。しかし、否定形ばかり並ぶ息子の人生を、どうやって肯定していけばいいのか、健蔵には見当もつかなかった。まだ三歳にして、困難ばかりが待ち受けていることを宣告されたようなものだ。

「なんにせよ、あらためてきちんと検査を――」

男性医師の言葉は、途中から耳に入ってこなくなった。早々に病院を後にし、三人で家路についた。

どうして自分ばかりがこんな目に遭うのか――。幼い頃、何度も繰り返し頭を過《よぎ》った言葉が、ありありと蘇ってくる。地獄のような世界を抜け出し、恵と出会い、やっとこうして人並みのている自分に気づく。どう頑張っても、抗えない。

　しかし、落胆する健蔵とは裏腹に、恵は前向きだった。

「できないことを無理にやらせるんじゃなくて、聡にできることを伸ばしていけばいいと思うの」

「できることって、なにができんだよ」

「これ、見て」

　恵の手には、一枚のチラシがあった。その裏側に、落書きが描かれていた。

「聡が描いたの。上手だと思わない？」

　鉛筆で描かれた丸や四角の羅列。親の贔屓目《ひいき》で見ても、うまいとは思えない。しかし、同世代の子どもがどんな絵を描くのかもわからなかったため、判断のしようがない。

「なにかわからないって顔してるね」

　恵は愉快そうに言った。なにが面白いのか。健蔵は訝《いぶか》しげに恵の言葉を待った。

「上に描いてある丸は、きっと太陽だと思うの。この四角はおうちかな？　ここにあるギザギザは多分、草木よね。聡、よく見てるんだよ。この世界のことをよく観察して、それを描いたの。まだ三つでそれができるって、すごいことじゃない？　先生は聡にはできないことが多いかもしれないって言ってたけど、絵を描く才能があるなら、私たちがすべきことはそれを伸ばしてあげることだと思う。もしも聡になにかすごい才能が眠っているんだとしたら、それをバネにして生きていくことだってできるでしょう?」

恵が言わんとしていることはわかった。でも、絵の才能なんて大層なことを期待していいのだろうか。仮にそれがあったとしても、聡の生きづらさは変わらないはずだ。誰よりも上手い絵を描くという特殊なことよりも、みんなと同じように、当たり前のことが当たり前にできるようになってもらいたい。そうじゃなければ、この世界からは取り残されてしまうではないか。

健蔵の思考を遮《さえぎ》るように、恵は一際明るい声で続けた。

「だからね、明日からは思いっきり描いてもらおうと思って」

何冊ものスケッチブックと、鉛筆、クレヨン、コピック、それに絵の具。恵はどうやら本気のようだった。

「一冊描き終えたら、年月も記しておこうかなって。そうすれば聡の成長がわかるし、本人もやりがいがあると思うの」

その日から絵を描くことが聡の生きがいになった。いや、より正確に言うならば、それは聡の生きがいというよりも、恵のそれに近いように感じられた。

聡の絵は、みるみる上達していく。六歳になると、大人顔負けの絵を描くようになっていた。

「だいすきなの、かいてるの」

その頃には聡もなんとか話せるようになっていた。同年代の子どもと比較すれば幼く、語彙《ごい》も少ない。それでも屈託なく話す聡は可愛かった。

聡が言うように、絵の題材にするのは「大好きなもの」らしい。そこには海岸や近隣住民が飼っている犬、スイカ、向日葵《ひまわり》などが何枚も何枚も描かれていた。もちろん、恵や健蔵の顔もあった。スケッチブックの中の恵は、いつだって笑っている。一方で健蔵は、眉間に皺を寄せた表情が多い。

聡には俺が、こう見えているのか――。あまりにも無邪気で素直さが表れている絵を眺め、健蔵は苦笑をこぼした。

しかし、微笑ましいこととして終わらせることはできなかった。本音を言えば、恵のようにいつも笑っていたい。でも、そうはできない理由があった。

小学校側とも何度も話し合った結果、聡は特殊学級に通うことになった。そこには聡と同じようになんらかの障害のある子どもらが集められているらしい。その事実は、想像以上に健蔵を打ちのめした。聡は他の子どもとは違う、と突きつけられているような気がしたのだ。

小学一年生ともなれば、ひらがなの読み書きや足し算引き算を教わる頃だ。でも、聡にはそれができない。「できる範囲で、ゆっくり学習していけばいいんです」などと教師は言うが、時間が経てば経つほど、他の子どもたちが歩むレールの上から外されていくような不安を覚えた。

そのうち、通常学級の子たちから聡がいじめられているのではないかという疑念も湧いた。

「聡のカバンにね、大量の砂が入ってたの」

床に就くと、隣で恵が言った。恵は天井を一心に見つめ、こちらに顔を向けない。

「悪戯、されてんのか?」

「自分でやったの？　って訊いても、聡は首を振るだけで……。多分、学校で他の子にされたんだと思う。それって、いじめってことだよね」

いじめ。その三文字が薄闇の中で反響するように聞こえる。

「やっぱり……先生に相談したほうがいいよね？」

相談したところで、なにか変わるのだろうか。聡の姿と、幼き日の自分自身が重なる。大人は子どもを助けてはくれない。結局、自分自身を救えるのは、自分自身だけなのだ。健蔵はそれを、身を以て理解している。

「そんなことしたって、なんも変わんねぇさ」

「じゃあ……どうすればいいの？」

恵の問いかけには答えず、健蔵は目を閉じた。そこに広がっているのは、一切の光がない世界だけだった。

その日以降、健蔵は聡に厳しく接するようになっていった。聡を疎ましく思ったわけではない。むしろ、その逆だ。いまは子どもの悪戯で済むようなことも、これから先、成長するにつれてどんどんエスカレートしていくだろう。そのとき、恵や健蔵が側にいてやれるとは限らない。目の届かないところでの嫌がらせも増えるはずだ。そうなったとき、聡自身の力で身を守らなければいけないのだ。だからこそ、心を鬼にしてでも、仮に聡に嫌われてでも、生き抜く力を身に付けさせなければいけない。

案の定、聡は泣き出すことが増えた。

「がっこう、いきたくない」

ふとしたときにそう漏らしては、泣きべそをかく。

しかし、健蔵はそれを許さなかった。

「聡、学校には行け。なにがあっても休むな」

「いきたくない」

「だめだ。行け」

「やだ！　やだやだやだやだ！」

「聡！」

思わず手を出すこともあった。頰を張ると、聡はさらに大声で泣き喚《わめ》く。その声を聞くと、恵が飛んできた。

「どうしたの！」

聡は恵に縋り付き、嗚咽《おえつ》を漏らす。そして、言葉にならない言葉で、健蔵の仕打ちを訴えかけている。

「どうして……どうして聡にやさしくしてくれないの？　この子はなにも悪くないじゃない。学校には居場所がなくて、その上、家の中でも安心できなかったら、あまりにも可哀想すぎる。あなたが聡を逞《たくま》しくしようとしているのはわかるけど、それでも無理なものは無理なのよ」

なかなか泣き止まない聡の頭を撫でながら、恵が苦しそうに言った。

「だったら、このままでいいっつーのか？」

「聡がひとりで頑張る必要なんてないでしょう？　私たちがいるんだから、聡がつらい目に遭ったなら、味方になってあげればいい。そのための家族じゃないの？」

「家族が、味方になる……」

健蔵が呟く。それに答えるように、眉尻を下げた恵が健蔵を真っ直ぐ見つめ、口を開いた。

「そう。家族がいるんだから、聡は大丈夫。大変なときは、助けてあげればいいのよ」

「だったら、もうひとり作るか」

「……え？」

「聡のことを支えてくれる、弟か妹を」

その言葉がうまく咀嚼《そしゃく》できないのか、恵はなにも言わずに口を半開きにしたまま、健蔵を見ていた。いつの間にか、聡を撫でる手の動きも止まっていた。

そして聡が七歳になった頃、次男が生まれた。今度は健蔵が名前をつけた。聡のことを守っていってくれるようにと願いを込めて、「衛」と名付けた。

＊

「親父、百合ちゃんたち、そろそろ帰るって」

衛に肩を叩かれた。振り返ると、衛は困りつつも笑っているように見えた。無理やり笑顔を作っているのだろう。

「全然こっちの部屋に来ないから、百合ちゃんも皐月さんも心配してたけど」

「あぁ、すまん。ちょっといろいろ思い出してな」

「ううん。別にいいっていうか、当然だろうし……。とりあえず、挨拶だけしてね」

それだけ言うと、衛は居間へ戻っていった。その背中がやけに大きく見える。いつの間にこんなに大人になったのだろうか。思い出そうとしても、浮かんでくるのは聡のことばかりだった。自分は衛とちゃんと向き合ってこなかったのかもしれない。途端に申し訳なさに襲われた。衛と話さなければいけない。立ち上がると同時に、胸の奥に覚悟がふつふつと湧いてくるのを感じた。

玄関先で百合と皐月に礼を言う。

「いろいろ世話んなったね」

「そんな、なにもできてないです。あの……あらためて、このたびはご愁傷さまでした」

皐月が深々と頭を下げた。その隣で百合も続く。そして顔を上げると、遠慮がちに口を開いた。

「おじさん、聡くん、会社ではすごく頼りにされてたんです。仕事は丁寧だし、みんなにも好かれていて。でも……」

それきり言葉に詰まってしまい、百合は涙を流しはじめた。

「もう百合、泣かないの。健蔵さんごめんなさい。この子、聡くんと本当に仲良しだったから」

「わかってますよ。百合ちゃん、小さい頃から聡と遊んでくれて、本当にありがとうな。聡はもういねぇけど、また顔を見せに来てくれよな」

　両手で顔を覆ったまま、百合は何度も首を縦に振った。幼い子どもを見守るような眼差しを向け、皐月が百合の背中を擦った。

「健蔵さん、また遊びに来ますね」

　皐月は百合を支えるようにして帰っていった。

　居間に戻ると、妙子がテーブルを拭いているところだった。

　恵が死んでしまってからずっと、家のことを担ってくれていたのは妙子だ。聡には障害があり、衛はまだ幼い。そんなふたりを置いて仕事に出るのは容易なことではない。いっそのこと、もっと自由の利く仕事に転職しようかとも考えた。しかし、中学卒業と同時に家を出て、塗装工として愚直に働いてきた健蔵には、学歴もなければ他にできることもない。途方に暮れていたところ、手を挙げてくれたのが恵の姉の妙子だった。

　夫と別れ、子どももいない妙子にとって、聡や衛は我が子のように可愛い家族も同然だったのだろう。「健蔵さんさえよければ、私がおうちのことをやるわよ」という言葉は、何度思い出しても胸がいっぱいになる。

　それ以来、妙子は早朝から健蔵が帰ってくるまで小野寺家に滞在し、家事の一切を担当してくれるようになった。

　でも、いつまでも甘えているわけにはいかない。そもそも、聡がいなくなったいま、妙子に頼る理由などないのは明らかだった。衛が東京へ帰れば、あとは自分だけ。ひとり分の食事なんてどうにでもなるし、掃除や洗濯も休日にまとめてやればいい。

「妙子さん」

あらたまった声を出すと、目を丸くしながら妙子が手を止めた。

「やだ、健蔵さん、どうしたのよ。そんな深刻な顔しちゃって」

空気を察したのか、妙子はやたらと明るい声を出そうとしている。

「妙子さん、これまで本当に世話になりました。妙子さんのおかげで聡ものびのび育つことができたし、俺も仕事に打ち込めた。本当に感謝してます。でも、もう聡はいないし、衛も東京で元気にやってるようだから、あとのことは心配しないでください。独り身の男なんて、どうにでも生きていけます。今更こんなことを言って申し訳ないと思います。でも、妙子さんは妙子さんの人生を生きてほしい。本当にありがとう」

深く頭を下げる。

「健蔵さん、そんなこと言わないで。寂しくなるじゃない……。聡ちゃんはいなくなっちゃったけど、それでも健蔵さんが家族であることに変わりはないでしょう。血はつながっていないけど、健蔵さんは私の弟なんだから、困ったときはお互い様なんだし。私もね、こうやって家のことをやってるのが生き甲斐みたいなもんなのよ。じゃないと時間を持て余しちゃうしね」

「いや、でも――」

言い淀むと、妙子はより一層朗らかに話し出す。

「わかった。じゃあお言葉に甘えて、これからは毎日じゃなくて二日に一遍、ううん、三日に一遍くらいにお邪魔することにするわ。空いた時間は趣味に使おうかしらね。最近、なにか新しいことをやってみたいなって思ってたのよ。健蔵さん、ありがとうね。あ、ただ、衛ちゃんがこっちにいる間は、毎日ご飯作りに来るわよ？　せっかくの機会なんだし、それくらいいいでしょ？」

それだけ言うと、妙子はどこかすっきりしたような表情で台所へ向かっていった。「今日の晩ごはん、なにがいいかしらね」と独りごちている。まるで寂しい自分自身を鼓舞するために、歌っているかのようだった。

その声を聞きながら、衛と目が合う。衛はどこか困ったように、弱々しく笑っていた。

少し早めの夕食には、サバの味噌煮が供された。少し甘めの味噌味に生姜《しょうが》が効いており、箸が進む。火葬場ではほとんど食べていなかったため、さすがに腹が減っていた。妙子が自ら漬けている白菜の古漬けと海苔《のり》の味噌汁を箸休めにしつつ、あっという間に平らげた。

たとえ家族が死んでも、腹は減る。大切な存在を失った傷跡は想像以上に深いものだが、決して回復しないものでもない。それは恵を失ったときに初めて理解したことだった。

目の前では衛も同様に皿を綺麗にしていた。どこかバツが悪そうにも見える。身近な人の死を乗り越えて生き続けることの不条理さを、きっと身を以て感じているのだろう。それは誰にも咎《とが》められることではないというのに。

「お茶でも淹れましょうか」

食器を下げながら、妙子が気を遣う。

「いや、そんくらい俺らでやっから、今日はもうこれで。朝から疲れただろうし、ゆっくり休んでください」

健蔵の言葉に妙子は眉尻を下げ、割烹着を外した。

「じゃあ、今日はこれで。また明日、来ます。聡ちゃんのお部屋、掃除しなくちゃいけないしね」

「ああ、そのままだと、どうしても聡を思い出しちまうしな……。今週いっぱい休み取ってるし、一緒にやりますよ」

「そうね。じゃあお暇するから。今夜は衛ちゃんとゆっくりお話でもして」

なにかを見透かされているようで、心臓が跳ねる。しかし健蔵はポーカーフェイスのまま、

「ええ、そうします」

とだけ言った。

妙子も帰ってしまうと、家の中が静寂で満たされていった。

衛はつまらなそうにスマホをいじっている。

「衛」

声をかけると、ピクッと飛び跳ねるようにこちらに顔を向けた。

「ん？　なに？」

そう問われると、次の言葉がなかなか出てこない。ただ照れくさいのか、それとも怖がって

いるのか。あるいは両方か。自分の感情をうまく把握できなかった。

「ちょっと、話でもしねぇか」

絞り出すように言うと、自分の声に心細さのようなものが滲んでしまった気がして、慌てて言い直した。

「いや、なんだ。その、久しぶりだし、ゆっくり話したいこともあってな」

「別にいいけど……。あ、ちょっと待って」

衛が台所へ消えると、麦茶が注がれたグラスをふたつ持ってきた。

「はい」

「ああ、すまんな」

幼い頃からこうだった。常に先回りして考え、行動するようなところが、衛にはあった。そんな風に躾《しつ》けたつもりはない。現に、健蔵はそうやって誰かに気を配ることができなかった。周囲に目配りをし、足りていないものを察し、手を差し伸べる。ひとりで生きてきた健蔵には、どうすればそうできるのか、わからなかったのだ。

でも、衛にはできる。それはきっと、聡のことを支えてきたからなのだろう。そして、そのように生きることを衛に強いてきたのは、他でもない健蔵だったのだ。

「衛、すまんな」

「麦茶持ってきてあげただけで、大袈裟じゃない？」

「いや、それじゃねぇんだ」

衛が訝しげな顔をしている。言葉を呑み込みそうになるが、どうにか吐き出す。

「聡のことだ」

「兄貴のことって……?」

「聡に知的障害があることがわかったとき、俺はどうしたらいいのか、わからなくなった。まさか自分の息子に限ってって、何度もそう思ったんだ。時間が経てば、あるいはどっかで治療すれば治るかもしれないとも思った。でも、障害は病気じゃない。治るもんじゃねぇんだよな」

「俺はまだ誰かの親じゃないから、親父の気持ちを完全には理解できない。でも、自分の子どもに障害があったら、親父みたいに戸惑ってしまうかもしれない。それは仕方ないことだし、誰も責められないよ」

「いや、それだけじゃねぇんだ。幼い聡がちょっとずつ成長していくにつれて、他の子どもらと比べてしまうことも増えてな。そうすると、不安が大きくなってってたんだよ。こいつは将来、ひとり立ちできるんだろうか。自分の力でちゃんと生きていけるんだろうかって。でも、聡を見ていて、それは難しいことなんだと思った。だったら、親である俺らが支えてやりゃいい。そうも考えた。でもな、どう頑張ったって、親は先に死ぬだろ? そうなったとき、誰が聡の面倒を見るんだ」

子どもよりも親は先に死ぬ。実際には、子どもである聡が先に死んでしまった。なんという皮肉だろうか。自分の言葉がまるで空虚に聞こえる。

それでも衛はなにも言わず、神妙な面持ちでこちらを見つめていた。

「だから、お前を作った。もちろん、生まれてきたお前は可愛かったし、親としては愛情を注いできたつもりだ。でも、聡のことを支えてやってほしいと思ってたのも事実なんだ。それは誰よりもお前が感じてたと思う。だから、本当に申し訳なかった。今更謝って済むことじゃねぇのはわかってる。ただ、いつか言わなきゃいけないと思ってた」

テーブル越しに、健蔵は頭を下げた。

こんなことで許してもらえるとは思っていない。しかし、いま言わなければ、また疎遠になってしまうかもしれない。これ以上、息子を失いたくない。ここで関係を修復しておかなければ、三度目の喪失感を味わうかもしれないのだ。

それを考えれば、頭を下げるくらいなんてことはなかった。

「親父、顔上げて」

衛は柔らかく微笑んでいた。

「親父が言うように、俺、わかってたよ。自分になにが求められているのか、全部わかってた。子どもってさ、なにも考えていないように見えるかもしれないけど、周囲の大人をちゃんと観察していて、自分に望まれていることとか立ち位置とかを敏感に察するんだよね。俺には障害者の兄貴がいて、弟として支えてやらなきゃいけない。それがみんなの望むことなんだってわかってたし、小さい頃は嫌じゃなかったんだ。兄貴になにかしてあげると、『衛ちゃんはやさしいのね』ってみんなが言ってくれて。ああ、俺は兄貴のヒーローなんだなって思ったりもしてたんだよ」

衛が一呼吸置く。次の言葉を探しているみたいに、深く息を吸い、吐いた。

「でも、少しずつそれがうまくいかなくなっちゃって、中学を卒業する頃には、兄貴の側にいることも嫌になってた。高校を卒業してすぐ東京に行ったのもさ、知ってる人が誰もいない場所で生きてみたかったからなんだ。俺には障害者の兄貴がいるってことを、誰も知らない場所。そこでなら、自由に生きられるんじゃないかって。でも、その代償はあまりにも大きすぎたよね……。兄貴に寂しい思いをさせちゃってたと思う。だから、謝るのは俺のほうだよ」

衛の言葉に救われるような心持ちだった。

東京に行くことを衛から告げられた日、健蔵は応援してやれなかった。聡と自分を置いて、ひとりで東京に行く衛の後ろ姿を見て、逃げ出したのだと感じたのも事実だ。

だから、こちらから連絡する気にはなれなかった。そのうち衛から連絡があるだろう、それまでは絶対に連絡しない。頑《かたく》なにそう決めていたのだ。

しかし、衛からの連絡はなかった。だから自分からも連絡しない。そうやって意地を張っているうちに、七年も経ってしまっていた。

もしも、もっと早く連絡していれば。もっと早く謝っていれば。もっと早く、衛の抱える重荷を取り除いてやっていれば。意味のない仮定ばかりが浮かんでしまう。

「お前が謝ることなんてなにもねぇさ。悪かったのは、全部俺なんだ。たしかに聡には寂しい思いをさせてた。でもそれは衛のせいじゃなく、昔からなんだよ。恵が死んだとき、聡は十二歳だったのに五歳だったお前なんかよりもひどく泣いて、もう手がつけられねぇくらいだった。

あいつは、そんくらい母親を求めてたんだろう。俺はそんな聡に構ってやれなかった。構ってやる余裕すらなかったんだ。必死で働いて、いつか俺が死んでも大丈夫なように充分な金を用意してやる。そんなことしか考えられなくて、聡のことは衛と妙子さんに投げっぱなしだった」

「親父が必死で働いてるのは、俺たちのためなんだってわかってたよ。それはきっと、兄貴だってわかってたと思う」

「どうだろうな……」

「それに、親父が仕事に打ち込んでいる間、俺と兄貴はふたりきりで寂しい思いをしてたわけじゃないよ。家に帰れば伯母さんがいたし、それに、百合ちゃんも仲良くしてくれてた。そのうち、百合ちゃんちにも遊びに行くようになってさ、そこで皐月さんがご飯食べさせてくれるんだよ。豚汁がとにかく美味しくて、お腹いっぱいになって帰ってきたら伯母さんのご飯が入らなくて、それで伯母さんはへそ曲げちゃったこともあったな。まあ、そんな感じで、俺も兄貴もやさしい人たちに囲まれてたんだよ。だから、子どもの頃の兄貴は、そんなに寂しい思いをしてなかったんじゃないかな」

衛が言う通り、百合も皐月も聡に対してとても親しくしてくれた。

――障害があるなんて、可哀想に。

聡と外を歩いていると、時折、聡の障害を知る人たちから憐憫《れんびん》の目を向けられることがあった。

面と向かってはっきり言われたことはなかったものの、その視線がすべてを物語っていた。

そういった偏見をぶつけられるたび、健蔵の心は少しずつ疲弊していった。なにも悪いことをしていないのに、四方八方から咎められているような気がした。

しかし、百合や皐月の存在が、健蔵の傷を癒やしてくれた。聡のことを障害者ではなく、ひとりの人間として見てくれているような気がして、それだけでどれほど生きやすくなっただろう。おそらく、聡にとってもそれは同じだったに違いない。

ただ、それでも埋められない寂しさというものは存在する。

「たしかに百合ちゃんや皐月さんが親しくしてくれたことは、聡にとっていいことだったんだろう。でもな、それでも聡は寂しかったんだよ」

「どうしてそう思うの？」

「恵が死んで一年くらい経った頃か。聡がな、俺に言ったんだよ。『おかあさんが、ぎゅっとしてくれる。だから、もうさみしくないの』って」

そのとき、聡は十三歳だった。地元の中学の特殊学級に通っていた。

ある日、帰宅した健蔵に対して、そう言った。

正直、意味がわからなかった。

すでに恵はいないというのに、どういうつもりで言っているのか。もしかして、母親が欠けてしまったことに対する当てつけなのか、それとも。

「どうした、聡」

「おかあさんが、ぎゅっとしてくれるんだよ」

わけのわからないことを言う聡に、苛立ちが募った。

「馬鹿なことを言うな！」

聡は真っ直ぐに健蔵を見上げている。

「そんなんでどうすんだ！　お前はそのうち、ひとりで生きてくんだぞ！　いつまでも衛に頼ってらんねぇし、俺だって先に死ぬ。そうしたら、お前はひとりで生きていかなきゃいけねぇんだ！　だからいつまでもガキみてぇなこと言ってんな！」

怒鳴りつけると、聡は泣き出してしまった。大きな瞳からボロボロと涙をこぼす。その目に見つめられると、ますます自分が責められているような気になってしまう。病気の母親を助けられず、家庭を顧みず働く、出来損ないとしての父親である自分を。

「余計なことばっか言ってねぇで、少しでも勉強しろ」

吐き捨てるように言うと、健蔵はその場を去った。

グズグズ泣いている聡の声が、いつまでも耳に残った。

知的障害のある聡は、衛がいるにしても、将来はひとりで暮らすことになるだろうと思っていた。だからこそ、多少苦労しても、ひとりで生きていく知恵と覚悟を持ってもらわなければいけないのだ。心を鬼にしてでも、聡には現実を教えてやらないといけない。その日からより一層、健蔵は聡に厳しく接するようになっていった。

健蔵の話を聞くと、衛は眉をひそめた。

「なにそれ……。兄貴はどういうつもりで言ったんだろう」

「あのときの俺は、母親を失ったことを責められていると思った。どうしようもないことだったが、聡からすれば、母親がいなくなったのは父親である俺のせいだと思ったのかもしれん。正直、もうわからねぇな……。ただ、聡の中には理想の世界があって、それを求めていたんだろうとも思う。あの言葉に加えて、ああやって絵ばかり描いていたのも、現実逃避だったのかもな。そうすることでしか寂しさを紛らわせない。そんくらい、聡が抱える喪失感は大きかったんだろう」

「そんなことって……」

「同時に、そんな聡を見て、俺は諦めたんだ。ああ、もう無理なんだな。現実を真正面から受け止められないくらい、聡は弱いんだって」

衛は黙り込んでしまった。

いつの間にか、外から虫の声が忍び寄ってきていた。沈黙を埋めるように響くその声は、寂しげだ。

「本当は他に言ってやれることがあったのかもしれん。でも俺は、聡が求める言葉を、言ってやれなかった」

「仮にそうだったとして……。それでも、もう今更だよ。ここで今更そんな話をしたって、兄貴は戻ってこない。親父が後悔してるのはわかったけど、もうやめよう」

健蔵は天を仰いだ。しばし目を閉じる。暗闇の中では、より一層、虫の声が大きく聞こえる。

そして目を開けると、覚悟を決めて口を開いた。

「まだだ。大事なのはこっからなんだ」

健蔵は立ち上がった。車のキーを取り、衛に告げる。

「ちょっと、付いてこい」

玄関に向かうと、後ろから慌てるような衛の声が聞こえてきた。


ヘッドライトが国道を白く染めていく。助手席に座る衛を不安にさせないよう、なるべく安全運転を心がけているつもりだが、どうしてもアクセルを踏み込む右足に力が入ってしまう。昼間は快晴だったのに、今夜は曇り空のようだ。フロントガラス越しに光る星が、今日はやけに少ない。

「親父、どこに向かってるの？　一体なんなんだよ……」

衛は流れていく風景を眺めながら、ため息を吐いた。

向かっていたのは健蔵の勤め先である板金塗装工場だった。しかし、一度も衛のことを連れて行ったことはない。目的地もわからないままでは、戸惑うのも当然だろう。

「俺の仕事場だ」

「……なんでこんな時間に？　誰もいないだろうし、なにしに行くのさ。明日じゃダメなの？」

健蔵が働く塗装工場は勤務開始時間が朝七時半と早く、遅くとも十八時には業務を終える。残業したとしても、二十時には誰もいなくなる。現在は二十二時過ぎ。余程のことがない限り、人はいないはずだ。

誰もいない時間だからこそ、行くのだ。誰にも見られてはならない。誰にも気づかれてはならない。

これから健蔵は、墓場まで持っていくつもりだった秘密を、衛にだけ打ち明けるつもりだった。

「いまじゃなきゃ、ダメなんだ。すまん」

聞こえたのか聞こえていないのか、衛は返事をしない。でも、そんなことを気にしていられず、健蔵はアクセルを踏み込んだ。

自宅を出て三十分ほど走らせた頃、工場に到着した。近くの路上に車を停める。

案の定、工場内には誰もいないようで、すべての明かりが消されている。外灯が浮かび上がらせた全景は、とてもじゃないが立派とは言い切れない。それでも衛は、興味深そうに眺めている。

「ここが親父の会社なんだね」

これがもっと昔だったなら。衛がまだ幼い頃だったならば、と健蔵は夢想する。

他の工員たちがいる時間帯に衛を連れてきて、父親の職場訪問という体《てい》で好きなだけ見学させてやったら、どんなに喜んだだろうか。そうやってコミュニケーションを重ねておけば、関係が拗《こじ》れてしまうこともなかったのかもしれない。いまとなってみれば、それはなにも難しいことではなかった。でも、できなかった。聡が障害者であることに囚われすぎており、視野が狭まっていたのだ。だから、当時の衛のことも視界に入っていなかった。

本当に、申し訳ない——。

工場を眺めている衛の背中に向かって、健蔵は胸の内で何度も繰り返した。

裏口にまわり、鍵を開ける。ドアを押しやると、嗅ぎ慣れている塗料の匂いが鼻をついた。スイッチを入れると、蛍光灯が明滅しながら廊下を照らした。

真っ直ぐな廊下の右手には事務所が、左手にはロッカー室が配置されている。さらに奥に進むとトイレ、シャワー室、備品倉庫が並び、突き当たりには作業場が広がっていた。

健蔵は事務作業の類をしないため、就業中は備品倉庫と作業場を行ったり来たりするだけだ。若い工員は仕事終わりにシャワーを浴びて帰ったりもするが、健蔵はほとんど利用したことがない。

「こんな風になってるんだね」

「ああ、小せぇ工場だ。でも、ここがあったおかげで、お前たちを育てることもできた。だから……、感謝してんだ」

「そっか」

岩手から出てきて何の知識も経験もない健蔵を、ここは拾ってくれた。言わば、恩義のある場所だ。下っ端の頃はそれなりに嫌な思いもしたが、地道に働き続けたおかげで、いまでは何人も部下ができた。健蔵を馬鹿にする者は、もういない。ようやくできた居場所なのだ。

それなのに、健蔵はその恩義すらも踏みつけるようなことをしてしまった。結果的にここに迷惑をかけることはなかったようだが、警察がどこまで捜査をするのかわからない。聡の死を自殺として処理したということは、これ以上、捜査が続けられることはないのだろう。それでも、万が一のことを考えると不安は消えない。時間が巻き戻せるのならば、あのときの自分を全力で止めたい。しかし、もうどうにもならない。だからせめて、衛には本当のことを話しておこうと思った。それが親としてできる、最後のことだと信じていた。

「衛、こっちだ」

衛を連れて、〈備品倉庫〉というプレートが掲げられたドアの前に立つ。取り扱いに注意が必要なものも多いため、ここの鍵は厳重に管理されている。しかし、勤勉に働き、信頼を積み重ねてきた健蔵は、鍵を持つことが許可されていた。

「備品、倉庫……？」

「ああ」

鍵穴にゆっくり鍵を差し込み、手首を返すとカチリと小さな音がした。まるで終焉《しゅうえん》を告げられているみたいだった。

まだ引き返すことはできる。でも観念して、健蔵はドアを引いた。

備品倉庫は十畳ほどの広さで、大小さまざまな棚が並んでいる。そこには仕事で使う塗料や防塵マスク、保護メガネなどが置かれていた。倉庫の整理は若い工員の仕事だが、どうにも雑で、おざなりなのが見て取れる。

「ぶつかるなよ」

それらが並ぶ棚と棚の間を進むと、さらにドアに突き当たる。〈危険物〉と書かれたプレートが嫌でも目につく。

「ここだ。こん中には、絶対に外に持ち出しちゃいけねぇもんばっかりが入ってる」

衛はなにも言わない。返答を待たず、健蔵は鍵を開けた。

ドアの奥には二畳ほどの細長いスペースが広がっており、壁に沿って大きな棚が鎮座していた。

健蔵は歩を進め、棚からポリボトルを手に取った。そのまま向き直り、衛に見せる。

「これ、なにかわかるか？」

衛は眉間に皺を寄せていた。質問の答えがわからないというよりも、健蔵の行動の意味がわからないようだった。

健蔵はボトルに目を落とし、ラベルに書かれた文字をゆっくり読み上げた。

「医薬用外劇物メタノール、メチルアルコールのことだ」

衛は黙り込み、こちらをじっと見ている。

ボトルの側面には注意書きがある。健蔵は続けてそれを読み上げていった。

「全ての安全注意を読み理解するまで取り扱わないこと。この製品を使用する時に、飲食または喫煙をしないこと」

引火の危険性があること、吸入しないように注意することなど、いくつも書かれた警告文から、この薬品がいかに危険なものなのかが伝わってくる。

「親父、なに？　なんなんだよ」

不安そうな衛の声には耳を貸さず、健蔵は続けた。

「暴露またはその懸念がある場合：医師の診断・手当てを受けること……。つまり飲み込んだ場合、医者にかからねぇと、死ぬ危険性もあるってことだ」

健蔵の言わんとしていることを理解したのか、衛が目を見開く。

「……まさか」

「ああ、聡は、俺が殺した」


事務所は工員たちの休憩室も兼ねており、事務員用のデスクが四台置いてある他、六人ほどがかけられる少し大きめのテーブルが中央に陣取っていた。そこに健蔵と衛は向き合うように座る。

空気が滞留しているのか、やけに湿度が高く暑い。エアコンのスイッチを入れると、事務所内の鬱屈とした空気を冷たい風が掻き回しはじめた。

「それで……どういうこと？　親父が殺したって、まさか本当にそのままの意味じゃないよね……？」

蛍光灯の下、衛の瞳は潤《うる》んでいるように見えた。無理もない、突然の告白に動揺しているのだろう。

「聡が恵を求めて現実から逃げはじめた頃、『おかあさんが、ぎゅっとしてくれる』なんてことを言い出した頃だ。そのとき、俺はもう未来にまったく希望が持てなくなった。目の前にいる聡の弱さを思い知ったんだよ。このままじゃ、きっと聡は孤立する。この社会に馴染むことなんてできず、ひとりで生きていくことになる。でも、そんなの無理に決まってるだろ。だからな、俺は聡に渡したんだ」

言葉を続けようとして、唾を飲み込んだ。静けさの中で、喉が鳴る音が一際大きく聞こえたような気がした。

「渡したって、なにを？」

「さっき、見せただろ」

「……え？　メチル、アルコール？」

衛の問いかけに、健蔵は無言で頷いた。

衛は目を見開き、口元を押さえる。

「どうして！　死ぬ危険性もある劇薬だろ！」

衛が激昂するのももっともだった。

なるべく落ち着き払った声を意識して、健蔵は続けた。

「だからだ」

「は？　どういうこと？」

「聡が死にたいときに死ねるように、倉庫から盗んだメチルアルコールを渡したんだ。小さな瓶に移して、お守り袋くらいの大きさの巾着に入れて。もしもこの先、本当につらいことがあったら、一息でこれを飲めば楽になれる。……恵が待ってる、って」

「そんな……そんなこと言ったのかよ……」

「聡がどこまで理解していたのかはわからん。でも、うれしそうに受け取ってくれてな。あれからもう十九年か。……正直、このタイミングで聡が飲むとは思ってなかった。俺や妙子さんがいなくなって、世界に絶望して、どうにもならなくなったときに、そのときに飲めば楽になれる。そのつもりで渡したんだ。だから、警察から連絡をもらったときは、言葉を失った。最近の聡はいつも元気そうだったし、悩んでるようには見えねかったんだ」

衛が戦慄《わなな》く。怒りのやり場をどこに向ければいいのかわからないようだ。

「親父がしたことは、自殺幇助《ほうじょ》じゃないか！」

「んなこと、俺が一番わかってっさ！」

つい大きな声が出てしまう。健蔵の迫力に驚いたのか、衛はビクッと身を硬くした。

ひとつ咳払いをして、努めて平静を装った。

「……そんなこと、誰よりも俺がわかってるんだよ。いや、そもそも自殺幇助なんて生ぬるいもんじゃねぇ。俺がやったのは、れっきとした殺人だろう。言い訳なんてしねぇさ。だからお前に打ち明けたんだ。ただ、世話になったここには迷惑をかけたくない。幸か不幸か、聡は自殺として処理された。でも、いつ真実が明らかになるかわからねぇ。だから、薬の出どころについては適当な話をこしらえて、俺がやったって自首する」

「あんまりだよ……」

衛は両手で顔を覆い、涙声を出した。父親が罪を犯し、兄を失った。この短期間に抱えきれない荷物を押し付けられたようなものだ。

身勝手な告白だとわかっている。この先、衛がどれほど苦しむのかも、わかっている。それでもなかったことにはできなかった。自分の行動が息子の死のトリガーになってしまったことを隠して生きるなんて、考えられなかった。

言いたいことはすべて伝えた。このまま帰り、出頭しよう。そう考えているときだった。

衛が顔を上げた。先程までは絶望に塗り込められていたような瞳が、何故か鋭い光を宿している。

「親父、ちょっと待って」

「……なんだ。どうした」

「兄貴は親父が渡したメチルアルコールを飲んで、自殺した。だとしたら、それが入っていた小瓶はどこにあるの？　巾着は？　現場からそれが見つかっていたなら、警察からの報告だって違っていたはずだろ！」

たしかに、警察からは事件性はない、とだけ伝えられていた。現場に不審なものは残されていなかったのだ。

「それは、わからねぇ……。でももしかしたら、メチルアルコールを飲んだ聡が、瓶も袋も海に投げ捨てたのかもしれん」

「その可能性もあるかもしれない。でも、わざわざそんなことをする理由がある？」

「それは……、俺に罪がかぶらないようにって」

「親父は『これを飲めば楽になれる』って言ったんだよね？　毒物であることは伝えていなかった。だとすれば、なおさら兄貴が小瓶や巾着を処理する必要性はないだろ。それに……、メチルアルコールを飲むと、人はどうなるのか知ってる？」

咄嗟《とっさ》に口を開こうとして、ぐっと堪えた。

愚問だ。

言われなくともメチルアルコールを飲んだ者の顚末《てんまつ》はわかっている。少量であれば失明で済み、それ以上なら死に至る。個人差があることを踏まえても、聡には死に至るであろう分量を渡していた。

「昔、歴史の授業で習ったことを思い出したんだけど、戦後、物資が不足していた頃にお酒が欲しい人たちがメチルアルコールに手を出して、失明したり、命を落としたりしたんだよね。でもさ、それを飲むとどうやって死ぬのかは知ってる？」

メチルアルコールを摂取すれば、命を落とす。健蔵はそれしか理解していなかった。だからといって、それがなんなのだろう。死は死でしかないじゃないか。

釈然としない思いが湧いてくる。

先程から衛は、スマホでなにかを調べている。一体なにが言いたいんだと急かしたくなる気持ちを堪え、健蔵は衛の言葉を待った。

「今、調べてみたんだ。もちろん個人差はあるみたいだけど、致死量のメチルアルコールを飲むと、吐き気や腹痛に襲われたり、呼吸障害を起こしたりすることもあるみたい。でも、メチルアルコールを飲んでから十二時間、長くて三十時間くらい無症状のことが多いって。つまり、どういうことかわかる？」

衛はなにを言おうとしているのか、健蔵には見当がつかない。

「それが、なんなんだ」

「百合ちゃんから聞いたけど、兄貴は働いていたんだよね？　だからふつうに考えて、家を出たのは兄貴が遺体で発見される前日、三日前の朝ってことになる。それは合ってるでしょ？」

「ああ、たしかにそうだ」

「三日前の朝、兄貴は会社へ行った。そしてそのまま、帰ってこなかった。その間、なにをしていたのかはわからないけれど、仮に自殺の準備をしていたとするよ？　で、目撃証言によれば、二十一時頃、ひとりで藤山に向かっていたらしい。とすると、自殺を図ったのは早くても二十二時くらい。そして死亡推定時刻は朝四時から八時の間。それを踏まえると、辻褄《つじつま》が合わないんだよ。自殺を図って死ぬまで、長くて十時間。メチルアルコールが死因だとしたら、症状が出るまでの時間があまりにも短い」

「でも、個人差があんだろ？　聡の場合はそれが早かったってことも考えられるじゃねぇか」

「もちろん、断言はできない。でもやっぱり、親父が兄貴に渡したメチルアルコールが死因だと断定するのは、早計だとも思う。そもそも、あの遺書は？　じゃああれは、親父が書いたの？」

「まさか！　んなわけねぇだろ！」

「だったらなおさら、兄貴の死には謎が残るじゃないか。兄貴の死は自分のせいだと思い込んで、それを隠すために、親父があの遺書を書いたのだとしたらまだ辻褄が合う。でもそうじゃない。そう考えると――」

「なんだ、なんなんだ」

「兄貴の死の背後には、別の誰かがいるのかもしれない」

正直、衛の話を鵜呑みにはできないと思った。しかしそれが真実だとしたら、この罪の意識からは解放されるのだろうか。

そこまで考えて、思考が止まる。だとすれば、聡は一体どうやって死んだというのか。

「衛……、だったら、聡はどうして死んだんだ」

「後から発見された遺書の件と総合して考えると、こう結論づけるのが自然なんだと思う。自殺に見せかける形で、兄貴は誰かに殺された」

「なして……なして、そんなことに……」

聡が、殺された。そんなことがあってたまるか。

否定すればするほど、衛が提示したひとつの可能性が真実味を帯びていくように思える。

自分の喉が、唸り声を上げるのを止められなかった。憤りは言葉にならず、意味をなさない音として吐き出されていく。同時に、壊れた水道のように涙が溢れる。

椅子から崩れ落ち、床に突っ伏す。硬い床を、何度も何度も拳で殴りつける。それでも痛みは感じない。

それ以上に、心が魂が、健蔵の命が言葉にできない痛みを覚えていた。

延々と泣き叫び続ける健蔵の背中に、そっと温かいものが触れた。それが衛の手のひらだと気づきながらも、健蔵は泣き叫ぶのを抑えられなかった。


ようやく落ち着き、自宅へ戻るためにハンドルを握ったのは日付が変わる頃だった。

隣に座る衛は、あれきり口を噤《つぐ》んでいる。

車内に漂う沈黙が健蔵の肺を満たしていき、うまく呼吸ができない。窒息しそうだと思い、ラジオをつけようかと手を伸ばしたときだった。

「親父」

「……どうした」

「俺、本当は葬儀が終わったらすぐに帰ろうと思ってたんだ。でも、もう少しだけ残るよ」

「大丈夫なのか？」

「うん。仕事の心配ならいらない。それよりも、このままじゃ帰れないよ。兄貴を殺した犯人を、見つけないと」

犯人。衛が口にした単語は、仄暗い車内を漂っては消えた。あまりにも現実感がなさすぎる。でも、衛を止めることなどできないのだろう。

真っ直ぐに前を見据えるその両目がなにを捉えているのか、健蔵にはもうわからない。ただ、衛の話を聞いても尚、言っておきたいことがあった。

「お前がなにをしようとしてるのか、俺にはわからん。やめろって言ったって、お前が俺の言うことを聞くとも思えねぇしな。ただな、仮にその……犯人がいたとしてもだ。それでもやっぱり、俺が聡を殺したことに変わりはないと思ってんだ。俺は聡の可能性を信じてやれなかった。あのとき、お守りとしてメチルアルコールを渡した時点で、俺は聡を殺したも同然なんだ。だから、犯人が見つかったとしても、この考えは変わらん」

衛がこちらを見つめる気配がした。でも、健蔵は目を合わせられなかった。

「わかってる。俺がなにをしたって、親父の中にある罪悪感が消えることはないって。でも、これは親父のためじゃなく、兄貴のためだから。兄貴のために、俺は真実が知りたい。……勝手でごめん」

フロントガラス越しの風景が、思わず歪みそうになる。唇を嚙み、寸前でそれを堪えた。

「わかった。好きにしろ。ただし、危ねぇことだけはするなよ。聡に続いてお前まで、衛まで失いたくない。やばいと思ったら、すぐに東京に帰れ。それだけ、約束しろ」

「……うん、わかった」

それだけ言うと、衛は眠ってしまったようだった。ここ数日間でいろんなことがあった。疲労もピークに達しているだろう。

衛を起こさないように、健蔵はアクセルを緩めた。振動に合わせて、衛の寝息が聞こえてくる。それは大分昔によく聞いていたものと、なにも変わりがなかった。

先程とは打って変わって、今度の沈黙は居心地がいいものだった。

赤信号に合わせて、車を停止させる。横目で見る衛の寝顔は、久しぶりに見る無垢な子どもの顔そのものだった。その顔を見ていると、衛が言った一言が耳元で蘇ってくる。

——メチルアルコールを飲むと、人はどうなるのか知ってる?

衛にそう訊かれたとき、どうしても言えなかったことがある。

メチルアルコールを飲んだ人間の顚末は、幼い頃、実際に目にしていた。

父親が死んだ原因、それは実は健蔵にあった。父親からの暴力に耐えかねていた健蔵は、学校の理科室にあったアルコールランプを盗み出し、そのアルコールを家にある日本酒の一升瓶に混ぜておいたのだ。

殺すつもりなんてなかった。ただ束の間、吐き気や気持ち悪さに襲われればいいと思っていた。子どもとしての精一杯の抵抗だ。

結果として、健蔵が忍ばせたメチルアルコールは日本酒に混ぜたせいで希釈されてしまい、致死量には至らなかった。しかし、父親は視力を失った。そして目が見えず、酩酊状態でふらふら出歩いていたところを車に轢かれてしまったのだ。でも、驚くほど心は痛まなかった。圧倒的な解放感により、罪悪感など上書きされてしまったのだろう。

その事実を知ったら、衛は何を思うだろうか。

これだけは本当に墓場まで持っていくつもりだ。

やがて信号が青に変わり、車を発進させる。自宅まではあと十五分ほどだろうか。健蔵は思った。

俺は一体、どこからやり直せばいいのだろう――。

やり直したい。そう一言伝えれば、悪化の一途を辿《たど》る夫との関係も、修復可能なところで踏みとどまることができたのかもしれない。

でも、妙子にはその一言が、どうしても言えなかった。夫である雄一郎《ゆういちろう》の心が離れていく気配を感じつつも、「やり直したい」という言葉が出てこない。喉の途中で引っかかり、口内に苦いものが広がる気がした。

そもそものきっかけは、ふたりの間に子どもができないことだった。

何歳になっても、妙子の心の中にはその事実がささくれのように残っていた。

＊

高校を卒業後、妙子は仙台市にある小さな設計事務所の事務員として採用された。一九七九年、二度目のオイルショックにより、日本中が混乱の渦に巻き込まれているときのことだった。給与が特別いいわけではなかったが、そんな状況だったので、就職できただけでもありがたいと思っていた。

市内で慣れない一人暮らしをしながら働くのは容易なことではなかったものの、社会人として一歩ずつ歩んでいくのはそれなりに楽しい。両親とは頻繁《ひんぱん》に連絡を取っており、妹の恵はしょっちゅう妙子のもとへ遊びに来てくれた。

「私も早く一人暮らししてみたいな。できればお姉ちゃんの近くがいい。そうしたら、いつだって遊びに行けるもんね」

いち早く大人になった妙子に対して、恵はしばしば羨望の眼差しを向けてきた。

「なに言ってんの。一人暮らしって大変なんだからね？　ご飯だって自分で作らなきゃいけないし。恵、料理できないでしょう？」

「別にいいの。お姉ちゃんちに食べに行くし」

「なに言ってんのよ」

言いながら、気分はよかった。

二歳しか変わらない恵とは、子どもの頃から仲がいい。なにかにつけ、「お姉ちゃん、お姉ちゃん」と付いてくる恵は可愛かった。

恵の視線は気分を高揚させる。憧れを微塵《みじん》も隠そうとしないその視線を浴びるたび、妙子の心の中は少しずつ満たされていった。しかし、やがて潮が引いていくように、すぐに心は干上がってしまう。だからその前に、さらに恵の眼差しを求めた。

それは依存でもあったのだろう。

恵を失望させないように、いつまでも憧れの存在でいられるように――。そう思えば思うほど、自分でも気づかぬうちに、妙子は自身を追い詰めていった。

どんなときだってアイロンのかかったハンカチを持ち歩き、さり気なくそれを差し出せる女性でいなければいけない。部屋には埃ひとつ落ちておらず、布団カバーからは日向の匂いをさせておく。ブラウスの襟元には皺がないように、スカートは毛羽立っていないように気を配る。歩いているときも座っているときも、疲れていても悲しくてもやり切れなくても、なにがあったとしても常に柔らかい微笑《ほほえ》みを絶やさない。

いつの間にか、自身に課せられていることが増えていった。

恵がいつやって来るかわからないから。恵がどこで見ているかわからないから。

そんな妙子のことを、社内の人間は「たえちゃんはいつだってちゃんとしてて偉いね」と評した。もちろん、最初はうれしかった。恵だけでなく、赤の他人から見ても自分はまっとうなのだ。そう思うと、僅《わず》かな自尊心がくすぐられていく。

しかし、社会人になって二年が経つ頃には、そんな言葉をかけられるたびに苛立つ自分に気づいてしまった。恵のためにやっていることを褒められたところで、それは妙子自身への称賛ではない。みなが褒めるのは、恵の視線によって形作られた妙子なのだ。それは自分のようで、自分ではない。

自分はなんなのだろう――。

いつからか背後に虚無が忍び寄っている気配を感じ、それに気づかないふりをするように仕事に打ち込んだ。皮肉なもので、妙子が自意識に苛まれ、心に蓋をするように必死になればなるほど、周囲からの評価は上がっていくばかりだった。

　そんなとき、声をかけてくれたのが雄一郎だった。

「いつも疲れてるよね？　もっと力抜きなよ」

　雄一郎は事務所で働く建築士のひとりで、妙子より五歳ほど上だった。いつも代わり映えしないスーツ姿だったが、ネクタイにだけはこだわりがあるのか、洒落《しゃれ》たものを身に着けている。妙子を心配するように、濃い眉毛が八の字に下がっている。その下で、一重の垂れ目が瞬《また》いた。

「疲れているように、見えましたか？」

　時刻は昼時。他の事務員は昼食を買いに出ている。妙子はデスクで弁当箱を広げているところだった。

「いや、えっと……。気を悪くさせちゃったらごめん。でも、なんだか疲れているように見えて。勤務態度も真面目だし、それはありがたいことなんだけど、なんていうか……、もう少し楽にしたらいいのにって思って」

　手元の弁当箱からは今日も美味しそうな匂いがする。

　しらすを交ぜた卵焼き、切れ目を入れたウインナー、ちくわの磯辺揚げにマカロニサラダ。どれも妙子の手作りで、弁当箱にぎっしり詰め込んである。ちょっとした隙間もない。

　不意に涙がこぼれた。一滴、また一滴と、頬を伝っていく。

「え！　あの、大丈夫？　ごめん、余計なこと言っちゃったよね。そんなつもりじゃなかったんだけど」

「いえ、違うんです。大丈夫、大丈夫ですから」

慌てる雄一郎がポケットからハンカチを取り出し、差し出してきた。しかし皺だらけで、どことなく醤油の匂いもする。

「あの、これ……」

「え、あ！　ごめん！　こないだ昼飯食べてるときに醤油をこぼしちゃって、これで拭いたんだった！」

仕事中は寡黙《かもく》でどこか近寄りがたい雰囲気すら漂わせていたのに、こんなに親しみやすい人だったとは知らず、妙子は雄一郎に初めて好感を抱いた。

雄一郎との距離が縮まっていくのは、あっという間だった。

声をかけられて以来、知らず知らずに意識しているのか、業務中も雄一郎の姿を目で追いかけてしまう。それは雄一郎も同じだったようで、気がつけばこちらを見ている。目が合うと伏目がちに逸らすのだが、妙に女慣れしていないところも好印象だった。

夕食に誘われた日、連れて行かれたのは大衆居酒屋だった。駅前に行けば洒落た店がいくつも並んでいるし、少し歩けば常に賑わいを見せる飲み屋街もある。しかし雄一郎が選んだのは、大通りから外れた路地の隅にある、お世辞にも綺麗とは言えないような店だった。

暖簾《のれん》をくぐって入ると、靄《もや》がかかったように店内はタバコの煙で充満していた。ビールケースをひっくり返して用意されたテーブルと椅子に、おずおずと腰を下ろす。狭い店内に無理やり人数を押し込めようとしているのか、やけにテーブル間の距離が近い。隣に座るサラリーマンと肩がぶつかり、妙子は動揺しながら頭を下げた。

二十歳になり、少しずつ酒の席に呼ばれるようになったが、こういった趣《おもむき》の店は初めてだった。

「妙子さん、なに飲みますか？」

「えっ、どうしようかな……。じゃあ、オレンジジュースを」

「あれ？　お酒飲めない？　それじゃあ違う店のほうがよかったかな」

「あ、いいんです。こういうところ、初めて来たけど、なんだか面白いですし」

「そう？　ならいいんだけど」

不思議そうな顔をして、雄一郎は店内を見渡した。

それに釣られて、妙子も思わず店内をキョロキョロと見回してしまう。見るものすべてが新鮮で、子どもの頃、初めて水族館を訪れたときに味わった高揚感を思い出した。

壁にかけられているくたびれた黒板には〈本日のオススメ〉と書かれてあるが、その字もかすれており、いつ書いたものなのかわからない。テーブルに備え付けてある醬油差しは、お世辞にも綺麗とは言えない。その横には爪楊枝入れが置いてあるが、肝心の楊枝が数本しか入っていない。補充することを忘れているのか、それともただ億劫なのか。

そのとき、ドンッと音がして、テーブルが揺れた。エプロン姿の若い店員が飲み物を置いた衝撃だった。見上げると少しもニコッとせず、仏頂面のまま「お料理は？」と尋ねてくる。

視線で促すと、雄一郎はボロボロのメニュー表片手に、マグロの中落ちやアスパラベーコン、ワカメの中華風サラダなどを適当に注文する。

店員が去ると、雄一郎が「店員がちょっとおっかないんだけど、味はいいんだよ、ここ」と苦笑いを浮かべた。

入店して間もないが、妙子もこの店を気に入っていた。飾り気のなさが心地よい。

そして、不思議と雄一郎の雰囲気とも合っているように感じられた。

常に見られることを意識して生きてきたような妙子にとって、周囲の視線を気にせず生きる雄一郎は自由の象徴のようだ。無駄な自意識からの解放。それがこんなに楽なことだなんて、妙子は知らなかった。

「焼酎を、あ、梅干し入れてください」

一杯目のビールを空けると、二杯目に雄一郎は焼酎の梅干し割りをオーダーした。透明な液体に沈む梅干しを潰しながら、舐めるように少しずつ飲むのが好きらしい。

「雄一郎さんは、ウイスキーとか飲まないんですか？　流行ってるみたいですよね」

あまり酒に詳しくない妙子でも、男たちの間でウイスキーがブームになっていることくらいは知っていた。会社の他の男たちは、みなこぞって水割りを頼む。

「一度飲んだことがあるんだけどね、ダメだったんだ」

「ダメ、って?」

「一口飲んでクラっと来ちゃって。あれ、アルコール強いでしょう? ぼくには合ってないみたい。こうやって梅干し割りをちびちびしてるのが性に合ってるんだよ」

雄一郎は唇を舐めるように舌を出した。なんだか間抜けで、恰好悪くて、でもそれがよかった。

顔が熱くなっていくのを感じ、それを鎮めるように、妙子はオレンジジュースを流し込んだ。

「うわっ、そんなに一気飲みして大丈夫? って、妙子さんのにはお酒入ってないんだったね」

喧騒の中、雄一郎が笑う。いくらオレンジジュースを飲んでも、妙子の熱は一向に鎮まらなかった。

ふたりの関係に「恋人」と名前がついたのは、それからすぐだった。

場所は雑居ビルに入っている焼き鳥屋。焼酎や日本酒のボトルが眼前に並ぶカウンターで、隣に座りながら砂肝を嚙んでいるときだった。

「ぼくと付き合ってほしいんだよね」

雄一郎の垂れ目が、いまにも泣き出しそうになっていた。こめかみのあたりに汗をかいているのが見える。

なかなか嚙み切れない砂肝をなんとか飲み込み、「もちろんです」と返答する。

すると、雄一郎は驚いたように両目を瞬かせた。

「えっ、なんで? 本当にいいの?」

「なんでって、その反応、おかしいですよ」

「あ、たしかに……。えっと、じゃあ、ありがとう」

告白のときまで飾らず、それどころかまるで頓珍漢《とんちんかん》な雄一郎を前にして、妙子はお腹を抱えるように笑った。

もしかすると、これは誰もが羨《うらや》むような、それこそ恵が羨むような理想のシチュエーションではないかもしれない。それでも妙子にとっては、これこそが幸福なのだ。そう確信していた。

それから二年後、妙子が二十二歳のときにふたりは夫婦になった。


妙子が子どもを身籠ったのは、結婚から三年が経つ、一九八六年のことだった。ハレー彗星が接近しているというニュースで世間は騒然としていたが、そんなことなど気にならないくらい、妙子は多幸感に包まれていた。

もうすぐ、母親になる。そう思うだけで、たとえ地球に彗星が衝突しようとも生き延びられる自信が湧いてくるから不思議だ。

めでたい出来事は重なる。その頃、恵からは「結婚しようと思ってるの」と打ち明けられていた。相手となる健蔵は塗装工場で働く青年で、寡黙で真面目らしい。事情があり、家族や親族とは疎遠になっているとも聞いた。でも、そんなことは些末《さまつ》な問題だ。むしろ、煩《わずら》わしい嫁姑問題に頭を悩ませることもないと考えれば、好条件と言ってもいいくらいだろう。

妹の結婚を、妙子は自分のことのように喜んだ。

恵も、妙子が出産するのを待ち望んでいるようだった。

「お姉ちゃん、赤ちゃんが生まれたら一番に抱っこさせてね。お姉ちゃんの子は、私にとっても宝物なんだから」

でも、その機会は訪れなかった。

恵と健蔵が結婚するにあたり、ささやかな食事会を開くことになっていた。

その一週間前、急な腹痛に襲われた妙子は病院に運び込まれた。結果、胎児は死亡していることがわかった。流産だった。原因はわからず、ただ、生きた我が子と対面できないことだけが告げられた。

処置が終わると、腫れぼったい瞼《まぶた》の雄一郎が迎えてくれた。

「妙子、体調は?」

「私は大丈夫。でも、赤ちゃんが……。ごめんなさい」

「謝ることないよ。誰も悪くない。今日はうちに帰って、ゆっくり休もう」

雄一郎が腰に手を回してくれる。大きな手のひらに支えられると、お腹の奥底で疼いている鈍痛がゆっくり消えていくようだった。

この支えを失えば、きっと底の見えない暗い穴の中へどこまでもどこまでも落ちていくだろう。心細さと恐怖に包まれ、妙子は雄一郎の手のひらに自らの手を重ね合わせた。

食事会には、参加することにした。ただし、流産したことはまだ内緒にしておくつもりだった。体型の変化で悟られないように、特にお腹周りがふんわりしたワンピースに袖を通した。

「本当に大丈夫？」

雄一郎が心配そうに顔を覗き込んでくる。

「もう大丈夫だって。前から約束してたのに、突然行かないなんて言ったら恵が可哀想でしょう？　それに、姉として、妹の幸せそうな顔はちゃんと見ておきたいのよ。結婚のお祝いなんて、一生に一度のことだしね」

「そうか……。でも、恵ちゃんにはいつ伝えるの？」

「それは……、もうちょっとしてから、タイミングを見て伝えようと思う。なんにせよ、幸せなムードを壊したくないのよ。だから、雄一郎さんも黙っててね？」

「わかった。妙子がそう決めたんなら、ぼくはなにも言わないでおくよ」

雄一郎が少し寂しそうな顔をする。

それを振り切るように、妙子は無理やり笑ってみせた。

食事会は仙台市のホテルに入っている、中華料理屋で行われた。

店は絢爛《けんらん》な造りだった。ほんの少し墨汁を混ぜたような重厚な赤を基調としたカーペットが入り口から広がり、濡羽色をした柱がそびえている。ともすれば悪趣味とも評されそうなところを、そのギリギリ一歩手前で抑えているような印象を受ける。

ここを指定したのは恵ではなく、両親だと聞いた。それだけ恵の結婚がうれしいのだろう。なおさら、祝いの席をぶち壊しにするわけにはいかない。店の前で立ち止まり、呼吸を整えると、肩に雄一郎の手が置かれた。目が合うと、雄一郎は慈愛に満ちたような笑顔を浮かべた。

食事会での恵は、本当に幸せそうだった。生成り色のツーピースに身を包み、頬を薄桃色に染めている。きっと髪の毛もセットしてもらったのだろう。美しく束ねられた黒髪は世界中の光を閉じ込めたみたいに艶《つや》があった。

恵の隣に座る健蔵は緊張しているのか、やたらと汗を拭いている。それもまた微笑ましい。

健蔵側の家族は誰もいなかったものの、その分、妙子の両親や祖父母が場を盛り上げてくれた。固まっていた健蔵も、次第にその雰囲気に心が解《ほぐ》されたのか、少しずつ口を開き、笑顔を見せるようになっていった。

そろそろ会も終わりにしようというとき、恵がうれしそうに立ち上がった。

「今日はみんな、ありがとう。健蔵さんと夫婦になって、楽しい家庭を築きます。それに――」

恵がこちらに目を向ける。なんだか嫌な予感がした。

「私たちも早く子どもを作って、お姉ちゃんの子と遊ばせるの。幼い頃からしょっちゅう会っていたら、きっときょうだいみたいに仲良しになれるでしょう？　それを考えるとすごくワクワクする。だからお姉ちゃん、元気な赤ちゃんを生んで、先に待っててね」

その場にいる、みなの視線が妙子に集まるのがわかった。不意にお腹に両手を回してしまう。この中にはもうなにも入っていないのに、空っぽなのに。それを誰にも気づかれないように、妙子は両手が震えるのを誤魔化しながら、作り笑いを浮かべた。

「そうね。そんな日が早く来るのを、心待ちにしてるわ」

「うん！　お姉ちゃんはいつだって私の憧れで、お手本だから。私もお姉ちゃんみたいなママになれるように頑張る！」

和《なご》やかなムードのまま、会はお開きになった。立ち上がろうとすると、雄一郎がそっと手を差し伸べてくれた。その手を摑み、見上げると、そこには寂しそうな雄一郎の顔があった。目を合わせ、妙子は静かに首を振った。これでいいの、と伝えるように。


それから数カ月後、流産だったことを恵に伝えた。電話口でさり気なく言ったつもりだったが、恵が息を呑む音が聞こえてきた。そして、必死に涙を堪えている雰囲気が受話器越しに届く。

恵がそこまで悲しむ気持ちはわからなくもなかったものの、思わず「どうして恵が泣くの」という言葉が喉元まで出かかる。

『お姉ちゃん、私、全然気づかなくて……。本当にごめんね。一番つらいときに、妹の私が気づかないなんて……』

「ううん、もう終わったことだし大丈夫なの。別にもう妊娠できないってわけじゃないのよ。こればっかりはタイミングだけど、次こそは元気な子を生むつもり。それこそ、恵と同じ時期に生めたら、双子みたいに育つかもしれないね」

意識的に明るい声を出している自分に気づく。どちらが慰める側なのかわからなくなる。

『そうだね……。でも、本当にごめんなさい。お姉ちゃんの気も知らないで、結婚に浮かれちゃって……。もう自分が嫌になる』

「そんなことないって。恵は恵で、自分のことだけ考えてればいいんだから。新婚で慣れないことも多いでしょう？　家事だってちゃんとやれてる？　健蔵さんのこと困らせてない？　なんだか心配よ。そのうち家庭訪問に行くからね」

恵のことをなんとか宥《なだ》め、受話器を置く。途端に脱力感に襲われ、その場にしゃがみ込んだ。

初めての子どもを失った悲しみが完全に癒えたと言えば、もちろん嘘になる。それどころか食事会のときなんて、その真っ只中だった。しかし、恵のことを考え、伝える時期を見計らうくらいの理性は保てていた。きっと、「またできるだろう」という楽観的な気持ちもあったのだ。いや、そう思うことで、悲しみを振り切って前を向こうとしていたのかもしれない。絶望してばかりではいけないことを、妙子は知っていた。

それなのに、恵と話したことで、流産したときの悲痛に引き戻されてしまったような気がする。どうせなら、明るく励ましてもらいたかった。

同時に、青空に少しずつ雲が広がっていくように、心に影が差した。胸の中心部から、重い動悸がする。そっと手を当て、深呼吸をしながら考えた。

もしかして、恵が悲しんでいたのは、「お手本のような姉を失ったから」ではないのか。結婚し、元気な赤ちゃんを生むという順風満帆な物語に、妙子は傷をつけてしまったのだ。でも恵の物語に、そんな傷はいらないのだろう。だからこそあそこまで過剰に失望し、泣いたのではないだろうか――。

思案しながら、妙子は頭を振った。

そんなわけがない。考えすぎだ。でも、もしかしたら……。相反する考えが、抗《あらが》えない波の流れのように頭の中を駆け回る。やがて行き着いたのは、至極シンプルなことだった。

一日でも早く、今度こそ元気な子を生めばいいのだ。そうすれば自分は幸せな母親になれる。恵が求める、理想のお姉ちゃんの姿を取り戻せる。

そのためには、雄一郎にも協力してもらわなければ――。

妙子は立ち上がると、台所へ向かった。そして、今晩はなにか精力が付くものを作ろうと、冷蔵庫を覗き込んだ。

『こんなこと言うのもなんだけど……、一度病院で診てもらったほうがいいんじゃないかしら？　妙子さん、どこか悪いんじゃないの？　雄一郎は、ほら、あの通り元気でしょう。働き盛りだし。うん、やっぱり病院に行ったほうがいいわね。よかったら紹介してあげるから』

流産してから二年半が経つものの、あれから一度も妊娠はできなかった。原因はわからない。雄一郎との間にセックスがなかったわけでもない。それでも子どもはできなかった。

やがて、痺れを切らした雄一郎の母親からは、何かにつけこうした電話がかかってくるようになった。

「お母さんに赤ちゃんの顔をお見せできなくて、本当に申し訳ないです……」

しばしの沈黙の後、大きなため息が聞こえてくる。大仰なそれがやたらと耳障りで、ナイフで耳を削ぎ落としてしまいたくなる。

『私もこんなことが言いたいわけじゃないんだけどね。妙子さんの仕事は、元気な男の子を生むことでしょう？　そうじゃなきゃ、なんのために雄一郎との結婚を許したのかわからないじゃない』

聞き飽きた文句が何遍も繰り返される。窓越しに見える小さな庭は夏の陽気で満ちているというのに、受話器を握る手は徐々に冷えていく。まるで血が通っていないみたいで、感覚すら失いそうだ。

ボールペンを手に取り、電話機の横に置いたメモ帳にペン先を走らせる。子ども、子ども、子ども……と書いたところで、それを上から黒く塗りつぶした。

『妙子さん、聞いてるの？　心配してるから言ってるのよ？　あなたももうそんなに若くないんだし』

雄一郎と結婚し、もう五年が過ぎたが、まだ二十七歳だ。これは若くないのだろうか？　雄一郎の母親の言葉を鵜呑みにすれば、子どもがいないまま年齢だけを重ねてしまえば、自分にはなんの価値もなくなってしまうようだ。

でもそれが正しいことなのかどうか、妙子にはよくわからなかった。

『とにかく病院よ、病院。こちらでもいいところ探しておくからね』

「はい、ありがとうございます」

叩きつけるような音がして、電話が切れる。

小さなため息を吐くと、ようやく指先まで血が通いはじめたような感覚がした。両手を何度か閉じたり開いたりしていると、メモが目に入る。塗りつぶされた子どもという文字を眺め、妙子は苦笑する。

「……わかってるわよ」

誰にも届かない愚痴をこぼすと、メモを破りぐちゃぐちゃに丸めてゴミ箱へ放った。

苛立ちが募る。でもそれは、雄一郎の母親だけが原因ではなかった。

恵が、妊娠したのだ。

その報告を受けたとき、妙子は純粋に喜ぶことができなかった。

いつだって一歩先を歩み、幸福な人生を体現してきたはずなのに、ここで恵に追い抜かされるなんて――。

負けた、と思った。もちろん、先に出産したことが勝敗に結びつくわけではないことは理解していたものの、どうしても理性的になれない自分がいるのも事実だった。

そして生じる焦りの矛先は、雄一郎に向かってしまう。

「恵がね、妊娠したのよ」

「そりゃよかったね」

晩御飯に用意した焼き魚を摘みながら、雄一郎は事も無げに返答した。小骨が多いらしく、身を取るのに苦戦しているようだ。

テレビ画面には野球中継が映っており、実況解説が白熱すると、雄一郎は箸を止め画面を注視した。

「よかったねって、それはそうなんだけどさ」

語気を強めると、雄一郎がようやくこちらを向く。

「えっと……、男の子かな、女の子かな。どちらにしても恵ちゃんの子ならかわいいだろうね。あ、お祝いも用意しないと」

なにを言っているのだろう？　雄一郎の言葉に、思わず喉が詰まりそうになる。

「……ねぇ、私たちよりも先に、妹夫婦に子どもができるのよ？」

「うん？　だからお祝いだろ？」

「どうしてそんな呑気でいられるのよ！　私があなたのお母さんからいつも責められてるの知ってるでしょう？　これで妹が先に出産するなんて知られたら、ますます嫌味を言われるじゃない！」

口走ってしまった言葉に、雄一郎が渋い顔をする。会話が途切れると、「ホームラン！　ホームランを打ちました！」という場違いな実況が響いた。

どうしても試合が気になるのか、雄一郎はチラチラとテレビ画面に視線を送っている。その姿に苛立ち、妙子はテレビを消した。「あっ」と雄一郎が呟くと、食卓に沈黙が訪れた。

雄一郎はつまらなそうに魚を箸でつつきながら、仕方がないという様子で口を開く。

「おふくろは妙子を心配してるんだろ？　さっきからなんだよ、その言い方は」

「心配って……、子どもを生めない嫁なんて価値がないって、暗にそう言うことが心配なの？」

「おふくろが本当にそう言ったのか？」

「いえ、はっきりそう言われたわけじゃないけど、なにが言いたいのかなんてわかるじゃない」

「卑屈になってるんだよ」

「……え？　誰が？」

「お前は卑屈になってる。一度流産して、そのうち妹に子どもができて、どうして自分はって卑屈になってるから、おふくろの言葉も捻じ曲げて受け取ってるんだろ。そうじゃないなら、さっさと病院で診てもらえばいいじゃないか。自分の体に問題があるのに、それを他人のせいにするなよ」

言葉を失った。こちらが伝えたいことが、一ミリも正確に伝わらない。まるで違う言語を持つ者同士で会話しているみたいだった。

やがて興味を失ったのか、面倒になったのか、雄一郎は魚を食べるのをやめ、ご飯に味噌汁をかけるとそれを搔っ込み、風呂場へ向かってしまった。

散々箸で弄られた挙げ句、食べずに放置された魚は、腹を切り開かれた死体のようだった。

その日から、雄一郎は妙子とは別の部屋で眠るようになった。壁を隔てて聞こえてくる雄一郎の鼾《いびき》が、妙子の鼓膜を痛いくらいに震わせた。

「消費税とかってのが導入されたせいで、なんでもかんでも高くなっちゃって本当に困るよ。赤ちゃんが生まれるとなにかと物入りなのに、どうしてこのタイミングだったんだろう。本当に嫌」

喧騒の中で、恵が言った。

その日、妙子は恵と一緒に、仙台市にできたばかりのデパートを訪れていた。平日の昼間は、自分たちと同じような主婦で混雑している。

一九八九年の春、恵は元気な男の子を出産した。聡という名前がつけられ、その愛らしさから妙子の両親にも溺愛されている。

出産とほぼ同時期に健蔵は松島町に小さな家を建て、移り住んだ。海も山もあり、自然が豊かな環境で子育てがしたいという恵の願望を叶えてやった恰好だ。観光地でもあるため、休日になると人でごった返すが、それも含めて恵は満足しているらしい。子育ては孤独になりがちだから、騒がしいくらいでちょうどいいという。

妙子もいまは、雄一郎が仙台市に建ててくれた一軒家に住んでいる。しかし、そこを選んだのは雄一郎の職場に近いからだった。家を建てることになったとき、できることなら恵と同じように自然に囲まれた環境に住みたいと思った。それは妙子自身のこだわりというよりも、近い将来、子どもを育てることになるであろう現実を見据えてのことだった。

でも、強く主張することはできなかった。一度流産し、それから妊娠する気配もない。そんな自分が「将来の子育てのために」と口にすることが憚《はばか》られてしまったのだ。結局、雄一郎の希望を叶え、仙台市内の住宅街に住むことになった。似たような住宅が並び、自然と言えば寂れた公園だけ。バスを使えば市の中心部まで十分ほどで着く。たしかに通勤にはうってつけの立地なのだろう。

しかし、子育てを優先した健蔵と、通勤を優先した雄一郎とをどうしても比べてしまう。どこに住んでいるか。たったそれだけの違いでしかない。それでも妙子の胸中に卑屈さを芽吹かせるきっかけとしては充分だった。

どうして恵ばっかり——。

なにかとそう考えてしまう自分自身を否定するように、妙子は出産したばかりの恵の側にいるようになった。

先程から恵は棚に並ぶベビー用品を手に取っては、あれでもないこれでもないと悩んでいる。その隣で妙子も、「こっちのほうが聡ちゃんには似合いそう」などと言って、アドバイスをしてみせる。

自分にとって恵はかわいい妹だ。

恵が子どもを生んだことはめでたいことだ。

そう思い込もうとして恵の手伝いをしているのに、それはまるで自傷行為のようだった。でも、もはや流れ出す血は止められない。妙子は血だらけになっても尚、こうして恵の隣に立ち、笑顔を見せるのだ。

「消費税のこと言ったって仕方ないんだし、ほら、必要なものだけ買って帰るわよ。お父さんもお母さんも、今頃てんてこ舞いだろうし」

「お姉ちゃん、大丈夫よ。あの人たち、聡のことがかわいくて仕方ないんだから」

赤ん坊用の衣類を手に取りながら、恵が悪戯《いたずら》っぽく笑ってみせた。

「こないだだって、『もう帰るのか？　聡だけ置いて帰ってもいいのに』って。初孫だし、久しぶりの子育てが楽しいのよ。だからこうして預けてるのも親孝行みたいなもんなんだって」

「初孫、ね」

なんの意図もなかったのに、つい口にしてしまった。

途端に恵が気まずそうな表情を浮かべる。

「あ、お姉ちゃん、ごめん。特に深い意味はないんだけど……。でも、お父さんもお母さんも、聡ですらかわいいんだから、お姉ちゃんの子どもはもっとかわいがると思うよ。だから、楽しみにしてるね」

根拠のない励ましが、小さな風のように右から左へと流れていく。心の中は凪《な》いでおり、さざなみすら立たない。

「ありがとう。うちはもう少しのんびりでもいいかな。でも生まれたら、聡ちゃんと遊ばせてよね」

陽に当たったように、恵の顔が明るくなる。この子は昔からそうだった。いつも素直で、コロコロ表情が変わる。そこがかわいくて、みなから愛されて育ったのだ。

「もちろんだよ！　もう毎日でも遊ばせたいな。いっそのこと、お姉ちゃんたちもうちの近くに引っ越してくればいいのに……って、お姉ちゃんも家を建てたばっかりか。雄一郎さん、もっと自然があるところを選んでくれたらよかったのに」

頬を膨らませる恵を見て、妙子は曖昧《あいまい》に微笑んだ。

「そうね、本当にそう。健蔵さんと雄一郎さんは、どうしてこうも違うのかしらね」

言葉の真意を探るような視線を感じたが、妙子はベビー用品の棚を見つめた。何気なく手に取ったズボンはとても小さくて、子どもの頃に恵とよくしていた人形遊び用のそれみたいだった。

よく見ると糸がほつれていて安っぽい。こんなものにお金を払うのか、と仄暗い気持ちに囚われた。同時に、これに価値を見出せない自分と恵との差に打ちひしがれそうにもなってしまう。

紙おむつに粉ミルク、数枚の肌着、音が鳴ったり光ったりする玩具などを買い込むと、両手では抱えきれないほどの荷物になった。仕方がない。荷物の半分を持ち、妙子は恵の自宅まで届けることにした。電車で向かう途中、多賀城で降り、そこに住む両親の元にも寄らなければいけない。預けている聡を迎えに行くためだ。

「早かったわね……ってあらあら、どうしたのそんなに大荷物で！　なに買ったのよ」

パンパンに膨らんだデパートの紙袋を下げる妙子と恵を見て、母が目を丸くする。

「なにって、必要なものだけよ。でも、ちょっと買いすぎちゃった。お姉ちゃんがお金出してくれるって言うから、それにも甘えちゃってさ」

恵が舌を出す。

母は困ったように眉を下げ、柔らかい笑みを向けてくる。

「妙子も、いつまでも恵を甘やかさなくていいのに。この子だってもう母親なんだから、もっと大人になってもらわないと」

「母さん、いいのよ別に。私が聡ちゃんに買ってあげたかったんだから。伯母さんとして、ね」

「……そう」

言外になにかを感じ取りそうになり、それを打ち消すように妙子は声を張った。

「それより、聡ちゃんは？　大人しくしてた？」

「もうお利口さんよ。おばあちゃんですよって話しかけると、ニコッて笑うんだから。でもね、お父さんが話しかけてもダメなの。笑ってくれるのは私にだけ。どれだけ小さくてもわかるのよね、あ、この人はやさしいおばあちゃんだって。そんなんだから、お父さんも機嫌悪くして奥でふて寝しちゃって。あ、ちょっと疲れたでしょう。お茶でも飲んでいきなさいよ。ふたりとも、お夕飯の支度までまだ時間あるでしょう？」

両親はいま、妙子と恵が生まれ育った実家で、ふたりきりで暮らしている。子どもの目にはとても大きな家として映っていたが、大人になってみると、どこにでもあるような小ぢんまりした一軒家だということがわかった。

砂壁はひび割れており、廊下は所々軋《きし》み、体重をかけたら底が抜けてしまいそうだ。家全体が年季を感じさせる。でも両親はここを離れる気もなく、ずっと住み続けるという。

「お父さんも私も、このままこの家と一緒に人生を終えられたら幸せよ」

雄一郎が建築士をしていることもあり、新築まではいかなくとも、家の改修工事を提案したとき、母はそう言った。

ふたりとも調子は良くないらしい。父は大腸を悪くし、何度か手術を受けていた。母は母で、腰やら足やら体中を痛めて、いまでは外出するのも億劫だとこぼす。今更、自宅の工事なんて煩わしいのも理解できる。

居間では座布団の上で、聡が手足をバタつかせていた。

「聡、ただいま！　ごめんね、待たせちゃって」

恵が抱き上げると、喃語《なんご》のようなものを口にしながら笑った。聡の顔を覗き込む恵の横顔は、母親そのものだった。

「聡、今日は伯母ちゃんも来てくれたんだよ。わかる？　たえちゃん。た、え、ちゃん。ほら、言ってみて」

聡はこちらに顔を向けるが、あぁとかうーとか言いながら、物珍しいものでも見るようにキョトンとしている。

「さすがにまだ言葉はわからないんじゃないの？」

「でも、もうすぐ一歳だし、そろそろもうちょっと喋ってもいいと思うんだよね。早い子だと、ママとかパパとか言い出すみたいだし」

「そう、なの？」

ふたりで聡を覗き込んでいると、後ろから母の声がした。

「なに言ってんのよ。赤ちゃんの成長なんて人それぞれなんだから、早い子と比べたってしょうがないでしょう。恵、あんただって喋るの遅かったんだからね。それよりほら、座って。お茶淹れてあげるから」

　塗装の剝げたちゃぶ台に、マグカップがふたつ置かれる。どちらも妙子と恵が子どもの頃から使っていたものだ。

「やだ、お母さんまだこれ使ってるの？　いい加減捨ててよ」

「なんでよ。勿体ないじゃない。あんた、もう人の親なんだから、もっと節約ってもんを覚えなきゃダメよ？　今日だってこんなに買い物して」

「はいはい、わかってます」

　お茶を飲みながら、恵と母とのやり取りを眺める。自分と母との関係は、親子のままだ。でも、恵と母との関係には、母親同士の空気が滲《にじ》むようになった気がする。決して仲間外れにされているわけではない。それでも時折、ふたりが醸し出す慈愛に満ちたような空気に息が詰まりそうになる。密度の濃い子どもへの愛情が、妙子を窒息させようとする。

「で、妙子はどうなの？」

　急に話を振られて動揺してしまう。

「え？　どうって、なにが？」

「なにって……。雄一郎さんとは仲良くしてるの？」

「雄一郎さん、最近は仕事が忙しいみたいで。夜も外で済ませてくることが増えたから、最近は話す時間も減っちゃってるんだけどね」

　途端に母が険しい表情を浮かべる。

「そうなの？　雄一郎さんも少しはゆっくりできないのかしら。そんなんじゃ……ねぇ」

母が聡に目線を向けた。

言わんとすることが、痛いくらいにわかった。

子どもはどうするんだ。母はきっとそう言いたいのだ。

自分ひとりが頑張ったところでどうにもならないことを言われても、どうしようもない。返す言葉を失くし、マグカップの縁を指でなぞる。

「お母さん、別にいいじゃない。その分、お姉ちゃんだってご飯の支度しなくて済むんだし、時間もあるからこうして買い物にも付き合ってくれるんだし。お姉ちゃんのおかげで、私も助かってるんだから」

恵が助け船を出してくれた。でも、その言葉がさらに妙子を惨めな気分にさせる。

それでも母が口を開こうとしたとき、恵が遮《さえぎ》るように言った。

「お姉ちゃん、聡のこと抱っこしてあげてよ。ほら」

恵が抱きかかえていた聡を、こちらに渡す。慎重に受け止め、両手で支えると、聡は饅頭のような頬を上下させ、声を上げて笑った。

「あ、笑ってる！　聡はお姉ちゃんのことも好きなんだね。聡、たえちゃん。た、え、ちゃんって言ってみて」

相変わらず聡は言葉にならない声を上げていた。

それを見ていると、妙子の胸の奥底に温かいものが広がっていくのを感じた。母親ではない妙子には、それが母性と呼べるものなのかどうかわからない。

でも、たしかに心から湧き出た温かいなにかが、つま先から頭のてっぺんまでじんわりと広がっていく。

これはきっと、愛情なのだ――。

聡が痛がらないように、妙子はやさしく、両手に力を込めた。そして、目だけで微笑みかけると、聡も大きな瞳を細めて応えてくれた。その瞳に映り込む自分自身は、まるで母親のような笑みを浮かべていた。

実家で二時間ほど過ごすと、外ではカラスが鳴きはじめていた。遠くの空が橙色に滲み出している。

妙子は恵とともに、荷物を抱えて電車に乗り込んだ。抱っこされた聡は、恵の胸の中で幸せそうに寝息を立てている。

「お姉ちゃん、ごめん。すっかりこんな時間になっちゃって。お母さんの話が長くて、なかなか切り上げらんなくてさ。やっぱり自分で持っていける荷物だけにして、残りはお母さんのところに置いてくれば良かった」

「ううん、大丈夫よ。さっきも言ったでしょう？　どうせ今夜も雄一郎さん遅いんだろうし、せっかくだから家まで持っていってあげる」

「本当にありがとう。今度お礼するからね」

「いいのよ。それに、聡ちゃんがあまりにもかわいくて、私もギリギリまで一緒にいたいし」

「お姉ちゃん……」

「それより、あそこ空いたよ。座って」

運良く空いた座席に、恵を座らせる。すると数分で恵はウトウトし始めた。

自分にはわからない、子育ての疲れがあるのだろう。妙子は聡の様子を気にかけながらも、うたた寝する恵の顔を眺めた。


恵の家に荷物を置き、そのままとんぼ返りするように自宅へ向かった。あたりはすっかり暗くなっており、スーツを着た帰宅途中であろうサラリーマンの姿もある。

さすがに遅くなってしまったかと思うものの、時刻はまだ十九時。このところ雄一郎が帰宅するのは二十二時を過ぎていたので、慌てても意味がない。小走りになりそうな歩調を緩めた。

数分歩き、自宅が見えてきたとき、肝が冷えた。道路に面した窓から、明かりが漏れていた。

玄関まで走ってドアノブを回すと、鍵がかかっていない。もしかして、と思った矢先、奥から雄一郎の声がした。

「今日は随分遅かったんだな」

ネクタイを緩めた雄一郎は、居間で新聞を広げていた。座卓の上には缶ビールが置いてある。語気から、不機嫌であることが伝わってくる。

「ごめんなさい。すぐご飯の支度するから」

「どこに行ってたんだ」

「あの、今日は恵の買い物に付き添ってたの。聡ちゃんのベビー用品をいろいろ買い込んだら、いっぱいになっちゃって。恵ひとりじゃ持ち帰るのも一苦労だから、そのまま恵の家までついていってあげたのよ。でもまさか、こんなに早く帰ってくるとは思わなかったから――」

妙子の言い訳を遮るように、雄一郎がため息を吐いた。肺の中の空気をすべて吐き尽くそうとするような、やたらと長く、わざとらしいため息だった。

「いい身分だな」

まるでそこらに放り投げるかのように吐き出した雄一郎の言葉が、痛みを伴って妙子に突き刺さる。

「……どういう意味？　子どもを生んだばかりで大変な妹の手伝いをすることが、そんなに悪いこと？」

「本当にそれだけなのかよ」

「……え？」

「妹の手伝いをする。本当にそれだけなのかって訊いてるんだよ」

「それ以外になにがあるのよ！」

唇を意地悪そうに歪ませながら、雄一郎が缶ビールをあおる。空になったのか、わざと音を立てるように座卓に叩きつける。そして、妙子を睨みつけた。

「甲斐甲斐しく妹の世話をするふりしてるのも、俺への当てつけなんだろ？　うちに子どもがいないのを、俺のせいにしてるんだろ？　まわりくどいんだよ。子どもが欲しいなら、欲しいって言えばいいじゃねぇか。それをなんだ？　子どもを生んだばかりの妹が大変だぁ？　わざとらしい」

　顔が熱くなっていくのがわかった。血が上っている。冷静にならなければいけない。そう思えば思うほど、そのうち両手の指先まで小刻みに震えてくる。

「あなた……、自分がなにを言ってるのか、わかってるの？」

「わかってるさ。お前は子どもが欲しい。でも、俺らには子どもができない。そしてそれを俺のせいにしてる。本当はお前の体が原因なのに」

　雄一郎の言葉が信じられなかった。聞き間違いだと思いたかった。

　吐き気がするくらい鼓動が速まっていく。妙子は震える手で胸を押さえた。

　それでも雄一郎は止まらない。

「でも、それを認めるのが嫌で、俺のせいにしてる。そして、妹とその子どもの影をちらつかせて、遠回しに俺を責めてるんだよ。そんなこと、馬鹿でもわかるさ。でもな、はっきり言っておくが、うちに子どもがいないのはお前のせいなんだよ。だから俺を責めるなんてお門違いにも程がある。責めるんなら、その役に立たない自分の腹を責めろ！」

「……めて。もう……、もうやめて！」

　腹の底から大きな声で叫ぶと、妙子はカバンを掴み取り、裸足で外へと駆け出していた。

　点在する街灯と、家々から漏れる温かな光が道を照らしている。どこからか、カレーライスの匂いも漂ってくる。

どこへ行けばいいのかすらわからないまま、妙子は必死で走った。ストッキングが破れ、小石かガラスの破片かわからないが足の裏になにかが刺さったらしく、ひどく痛みを感じる。それでも立ち止まることはできなかった。

喉の奥から唸るような声が漏れ、両目からは次々と涙が溢れ出す。時折すれ違うサラリーマンがギョッとした表情をこちらに向けたが、人目を気にする余裕などなかった。

走り続けているとやがて息が上がり、肺が焼けるように熱くなる。口や鼻に蓋をされてしまったかのように、うまく息が吸えなかった。

意識を失いそうになる寸前で、ようやく妙子は立ち止まり、その場に尻もちをついた。肩を上下させ、呼吸を整える。

ゆっくりと霧が晴れていくように、ぼやけていた視界がクリアになっていく。目の前にあったのは、小さな公園だった。街灯が一基だけ静かに灯っており、園内には砂場とブランコ、少し大きめの滑り台があった。

自宅の徒歩圏内に公園があることは知っていた。でも、決して寄り付こうとはしなかった。住宅街の中にある公園なのだから、きっと昼間は、近隣に住む親子が集まるだろう。遊び回る子どもたちと、それを見守る母親たち。いまの妙子にとって、それは直視したくない光景だ。

それでも、誰もいない夜の公園に、妙子はそっと足を踏み入れた。痛みと疲労で、一歩踏み出すだけでうめき声を上げそうになる。

なんとか歩を進め、滑り台の階段部分に腰掛ける。

そっと目を閉じると、園内を走り回る子どもたちの声が聞こえてくるような気がした。甲高い声で笑っている子、転んでしまったのか泣き喚《わめ》く子、母親に甘えるような声を出す子……。
不意に、隣から話しかけられた気がした。

「お母さん」

驚きつつも横を向くと、小さな男の子が笑っている。

「え？」
「お母さん、帰ろう？」

男の子は真っ直ぐに妙子を見つめている。
そうか、この子は自分の子だ。どうして忘れてしまったのだろう。

「……あぁ、ごめんね。自分の子のことを忘れちゃうなんて、ダメなお母さんよね」

妙子の言葉を理解したのか、男の子は首を振った。そして繰り返す。

「お母さん、おうち帰ろう？」
「……そうね。もう遅いし、帰ろうか」

手を取って立ち上がった瞬間、我に返った。男の子の姿はなく、薄闇に包まれた公園には妙子ひとりしかいなかった。
あたりを見回しても、男の子はもういない。
脱力するように、妙子は膝から頽《くずお》れた。
こんな幻を見てしまうくらい、自分は追い詰められていたのだ。

本当はすぐにでも子どもが欲しい。

「でも、私のところには、赤ちゃんが来てくれないのかもしれない」

口にした現実は、夜の柔らかい風に掻き消されていく。

そして自分自身の言葉に打ちひしがれるように、月明かりの下で、妙子は静かに泣いた。

妙子が帰宅したのは、日付が変わる頃だった。もちろん雄一郎は迎えに来なかったし、それどころか妙子を探し回った様子もなく、玄関を開けると、鼾声が聞こえてくる始末だった。

明日、謝罪をしようか。夜にはご馳走を用意して、きちんと向き合う。そうすれば、また出会った頃のようなふたりに戻れるかもしれない。

悔しいけれど、それが最善策なのだろう。

足の裏を赤チンで消毒し、絆創膏を貼りながら、妙子は何度も自分に言い聞かせた。

しかし、翌日から雄一郎は帰ってこなくなった。

それきり、雄一郎とやり直すチャンスは二度とやって来なかった。

*

微睡《まどろ》んだ意識の中で、インターフォンの鳴る音がする。

一瞬、自分がどこにいるのかわからなくなった。

壁掛けのカレンダーを確認する。今日は二〇二一年八月――。次いで枕元の時計を手に取ると、もう十時を過ぎていた。

どうやら昔の夢を見ていたようだ。

雄一郎とは離婚し、いまではもう会うこともない。後に耳にした噂によれば、再婚した女との間にふたりの子どもを儲けたという。

それから恵の病気が発覚した。熱心に看病したが、その甲斐もなく、あっという間に恵は逝ってしまった。それに引っ張られるように両親も亡くなったため、妙子は本当にひとりきりになった。

だからこそ、聡の世話を買って出て、それに縋《すが》るように生きてきたのだ。聡のために生きている。その事実だけが妙子を支えていた。

久しぶりに自分の半生を振り返るような夢を見たことで、寝覚めの気分は最悪だった。

聡の火葬を終え、昨晩はいつもより早く帰宅したものの寝付けず、ひとりで寝酒をしたのが影響したのだろうか。もらい物の日本酒をほんの少し舐めただけだったが、思いの外、酔ってしまった。最近、深く酔うと昔の記憶が引きずり出されることが増えたように思う。

想像以上に疲れていたのかもしれない。やはり酒になんて頼るものではない、と思った。

重い頭を抱え起き上がると、再びインターフォンが鳴る。

一体誰だろう――。

戸惑っていると、ドアを叩く音とともに衛の声が聞こえてきた。

「伯母さん、起きてる？　俺です。衛です」

寝間着のままドアを開けると、そこには安堵の表情を浮かべる衛がいた。

「あ、よかった。伯母さん、今朝はなかなか来ないからなにかあったんじゃないかって、親父が心配してて」

「あぁ、ごめんね。ちょっと寝坊しちゃったみたい。あ、ご飯の支度！　健蔵さんも衛ちゃんもお腹空いたわよね。ごめんごめん！」

するると衛が微笑み、紙袋を差し出してくる。

「ううん。もう食べたから大丈夫。これ、伯母さんの分」

「ええっ？　誰が作ったの？」

「俺が作ったから、そんなに大したもんじゃないんだけどさ」

「やぁだ。衛ちゃんが作ってくれたの？　ありがとうね。じゃあ、せっかくだからいただこうかな。あ、よかったら上がっていって。あんまり綺麗なところじゃないけどさ」

「じゃあ……、お邪魔します」

おずおずと座卓の前に座った衛に、お茶を出す。

妙子はその向かいに座り、衛が作ってくれたというものを並べていった。

握り飯がふたつと、トコブシを甘辛く炒めたもの、それにこごみの胡麻和え。冷蔵庫に残していた材料を使って作ってくれたのだ。どれも作り立てらしくまだ温かい。それがうれしかった。

「こんなものしか用意できなくて、ごめんね」

「なに言ってんの。どれもご馳走じゃない。しかも衛ちゃんの手作りでしょう？　伯母さんにとって衛ちゃんは息子も同然なんだから、息子が自分のためにご飯を作ってくれたと思ったら、これ以上のものはないわよ」

トコブシは砂糖を入れすぎたのか、甘すぎる。それでも衛が丁寧に作ろうとしたことが伝わってくる。握り飯を頬張りながら、妙子は思わず顔が綻んでしまうのを止められなかった。

「美味しいよ、衛ちゃん。本当に上手。ご飯まで作れるようになったなんてねぇ」

「大袈裟だよ。これくらい、誰でもできるって」

「あら、健蔵さんには作れないわよ？　まあ、だから私が家事のお手伝いをしてたんだけどね。でも、ちょっと甘やかしすぎちゃったかしら」

妙子の軽口に、衛が吹き出す。

聡が亡くなり、正直、心が休まる時間はなかった。だからこそ、こんな何気ない時間がとてもありがたい。

「それにしても、伯母さんち久しぶりに来たよ。全然変わってないね」

「そう、かもしれないね。ここは私ひとりだから、必要最低限のものがあればいいし、それに聡ちゃん、衛ちゃんのお世話をするようになってからは、あなたたちのおうちで過ごす時間のほうが長かったからね」

妙子の言葉を聞きながら、衛は懐かしそうに部屋中を見渡している。

雄一郎との離婚が決まったのは一九九六年、恵が衛を出産した頃だった。

関係の修復はもはや不可能で、しかも雄一郎には他に女がいた。その女と別の場所で新生活をはじめるらしく、「この家はくれてやるよ」と吐き捨てられた。

けれど、あの家に、雄一郎との思い出が至るところに残っているあの家に、たったひとりで住み続ける気にはなれなかった。幸せな思い出もあった。しかし、圧倒的に残っていたのは、雄一郎との関係が悪化してからの諍いや、浴びせられた罵詈雑言《ばりぞうごん》、屈辱的な思いなど、負の記憶だった。それが漂う家に住み続けたら、本当におかしくなってしまうだろう。

結局、妙子は家を売り払い、恵たちが暮らす松島町に小さなアパートを借りて生活をはじめることにした。

六畳が二間と、お世辞にも綺麗とは言えない水回り。畳は所々擦り切れており、日に焼けて色褪せている。用意したのは必要最低限の家電と、座卓、箪笥《たんす》、小さな書棚のみ。贅沢な暮らしはできないが、それだけで充分すぎるほどだった。

その頃には、すでに聡に知的障害があることが判明しており、しかも次男である衛が生まれたばかりだった。きっと恵も大変だろう。近くに住むことで、姉としてなんらかの手伝いができるかもしれない。そう思っての決断だった。

家を売って得たお金と僅かばかりの貯金。それに加えて、食費などは健蔵が負担してくれていたため、自分ひとりの生活くらいなんとかなる。その分、恵たちを支えることに時間を使うつもりだったのだ。

もちろん、恵は喜んでくれた。

——お姉ちゃんと一緒に聡を育てられるなら、これ以上心強いことはないよ。

そんな風に喜ぶ姿を見ていると、どれほど恵が追い詰められていたのかと胸が痛んだ。

しかしそれ以上に、恵の側に引っ越してきてよかったと思ったのは、恵が病に臥《ふ》せったときだった。

乳がんだった。しかも発見したときには、すでに手遅れの状態だった。

恵に代わって小野寺家の家事をこなし、聡や衛の世話をし、加えて毎日のように見舞いへ通った。心労も相まって、正直、妙子自身が倒れてしまいそうだった。

それでも恵や健蔵から感謝されると、どこまでも頑張れた。

奇しくも恵が病臥したことで、失っていたはずの「理想の姉」という像が取り戻せるような気さえした。

「伯母さん」

神妙な面持ちで、衛が窺《うかが》うようにこちらを見ていた。

「ん？　どうしたの？」

「伯母さんには本当に感謝してるんだ。母さんが死んじゃってから、伯母さんが俺たちのことを育ててくれた。親父は仕事で忙しかったたし、兄貴は……障害があって他の人にできることが、なかなかうまくできなかっただろ。だから、伯母さんがいなかったら、俺、きっとなにもかもが嫌になってたと思うんだ。だから、本当にありがとうございました」

衛が深々と頭を下げた。

その姿に慌ててしまう。

「やだ、そんなこと言わないでよ。私もね、あなたたちを育てるのが楽しかったのよ。あのね、これはいままで言ってこなかったんだけど、ううん、敢えて隠してたの。でも衛ちゃんももう立派な大人になったし、話しておくわね」

「えっと……、はい」

妙子は深く息を吸い込んだ。今朝見ていた夢の光景が、再び鮮明に蘇ってくる。

でも雄一郎との夢を見たのは、こうして、衛に自分の過去を打ち明けるためだったのかもしれない。そう思うと、不思議と気分が落ち着いた。

「私ね、若い頃に一度流産してるのよ」

「えっ、そうなんですか……」

衛が驚くのも無理はない。この話は恵も健蔵も知っているものの、きっと幼い衛にわざわざ言うことでもないと隠してくれていたのだろう。そんな風に配慮してくれたことはありがたい反面、客観的に見ても自分の過去が痛ましいものだとあらためて突きつけられたような気がして、胸の奥に小さな棘《とげ》が刺さるような感覚に襲われた。

それでも妙子は話を続けた。

「そう、恵が、あなたのお母さんが結婚するのと同時期に、私の子はダメになっちゃったの。お腹の中で死んでいることがわかって、病院に運ばれた頃にはもうどうしようもなかったのよ。すごく悲しかった。ううん、悲しかったなんて言葉じゃ言い表せないくらいだったかな。女としての役割を果たせなかった自分が情けなかったし、悔しかったし、どうして自分が……って、何度も神様を呪うような気持ちだった」

「あの……」

口を開いたものの、衛は言い淀んでしまう。訊きたいことがあるのに、遠慮しているようだ。

「やだ、あまり深刻にならないでちょうだい。もう昔のことだから気にしなくていいのよ」

「そう、ですか……。じゃあ、ひとつだけ訊いてもいいですか?」

衛からの問いかけに首肯する。

「あの、子どもを流産したことがきっかけで、伯母さんはもう生めなくなってしまった、ということですか?」

「ううん。そういうわけじゃなかった。お医者さんからも、またチャンスはあるからって慰められたもの」

「じゃあ、どうして伯母さんは子どもを作らなかったんですか……?」

それは雄一郎との関係が破綻してしまったからに他ならない。雄一郎の母親に責められ、それに感化されたのか雄一郎自身も妙子を責めるようになり、最終的には他の女のところへ行ってしまったのだ。子どもができるどころか、家庭を維持することさえ不可能だった。

「結局ね、夫とはうまくいかなくなっちゃって別れたの。それで子どもには恵まれなかったし、こうしていまは独り身ってわけなのよ」

「そうだったんですね……。俺、なんにも知らなかった」

衛は唇を一文字に結び、黙り込んだまま俯《うつむ》いてしまった。

暗い話をしてしまっただろうか。妙子にとっては、もう終わったことだ。聡や衛と過ごした日々によって、傷も癒やされてきた。

それでも、初めて真実を知る衛にとっては、到底抱えきれない重い荷物だったのかもしれない。居《い》た堪《たま》れないような表情を浮かべる衛を見ていると、申し訳ないとも思ってしまう。

ただ、それでも知っておいてほしかったのだ。

暗い過去も含めて、それが妙子の人生である。それを息子同然の衛に知ってもらうことで、たしかに自分が生きた証を残すことにつながるとも思った。

身勝手を許してほしい。そう思いながら、妙子は衛を見つめた。

どれくらい沈黙が続いただろう。重々しい空気を上書きするように、外では蟬が鳴きはじめた。喧しいくらいの鳴き声が、今日も暑くなるであろうことを伝える。

「そうだ、衛ちゃん。伯母さんも知りたいことがあるんだけど、いい？」

「あ、はい。なんですか？」

衛が顔を上げた。

「ちょっと重い話が続いちゃうんだけど……。聡ちゃんの遺書が見つかったじゃない？　あれって、本当に聡ちゃんのものなのかたしかめられないか、と思って」

妙子は立ち上がり、書棚から数冊のノートを取り出す。表紙には〈算数問題集〉〈国語問題集〉などの文字が並ぶ。

それらを座卓に並べると、衛が興味深そうに手に取った。

「これは……?」

「これね、聡ちゃんが小さい頃にやってた問題集なのよ。学校の勉強についていけなくて、それに困った健蔵さんから、少しでも他の子に追いつけるように見てやってくれって頼まれてね。なにもそこまでしなくても、と思ったんだけど」

恵が病に臥せった頃、聡はまだ十歳だった。恵の看病に加えて、聡の面倒を見ることは決して容易《たやす》いことではなかったものの、駆けずり回るように世話をしていると充足感が得られた。だから、健蔵の願いにも精一杯応えた。

小学校から帰ってきた聡には、毎日、問題集を解かせた。中でも力を入れていたのは算数の問題集だ。

妙子が見守る中、聡は懸命に問題を解こうとする。唇を嚙み締めながら、鉛筆を握る。一問解くのに十分も二十分もかかった。そうしてやっと、「できたよ!」と顔を上げる。

「聡ちゃん、惜しい。間違っているから、もう一度やってみて?」

やさしく語りかけると、聡は泣きそうな表情を浮かべつつも、もう一度同じ問題に向き合う。それでも、「もうやだ」と投げ出すことはなかった。

聡は素直だったのだ。素直で真っ直ぐで、一生懸命。

たったひとつの問題を何度も何度も解き直す。傍《はた》から見れば進歩のない、呆れるようなやり取りだったかもしれない。

でも、聡と過ごすその時間が、妙子にとってはなによりも大切だった。

いま目の前にいる衛とは持つことがなかった、奇跡のような時間だ。

「伯母さん、これ見てもいいですか？」

懐かしさに目を細めていると、衛が言った。

「もちろん、これと照らし合わせたら、遺書の筆跡が本当に聡ちゃんのものかどうかわかるかもしれない、と思うの」

衛がポケットから封筒を取り出した。聡が書いた、と思われる遺書だ。

封筒から便箋を取り出し、それを広げていく。その手付きはやけに慎重に見える。

問題集も広げ、便箋と並べる。衛はそれを懸命に見比べている。

「……どうかしら。やっぱり聡ちゃんの字と同じ？」

「いや……似てるとも言えるけど、似てないとも言える、かもしれません。そもそもこれって、問題のレベルから判断するに、兄貴が小学生の頃にやっていた問題集ですよね？　さすがにその頃の筆跡と、大人になってからのものとを比べるのは無理があるかも……」

やはり子どもの頃の筆跡と、遺書を書いたと思われる最近の筆跡とでは、比較のしようがないのだろうか。

「衛ちゃん、その遺書、あらためて見せてもらってもいい？」

便箋を汚さないよう、綺麗に手を拭いてから受け取る。

遺書には歪《いびつ》な文字で、聡のメッセージが綴られている。

〈てんごくで　おかあさんと　いっしょに　くらしてます〉

あらためて遺書をじっくり読むと、次第に目に涙が溜まってくるのがわかった。

この一文に聡が込めた思いを想像すると、胸がざわつくのを感じる。

自分は、恵の代わりにはなれなかったのか――。

食い入るように遺書を読んでいると、衛が口を開いた。

「それにしても、この問題集、ほとんどバツばっかりですね……。足し算も引き算も、簡単な問題ですら解けていないものが多い。何度も書き直した跡があるし、きっと何回も計算し直したんだろうけど、それでも正解に辿り着けなかったってことなんでしょうね。親父は兄貴の障害を軽度なものだって言ってたけど、これを見る限り、やっぱり俺らが思っている以上に重かったんじゃないのかな……」

「たしかにそうだったのかもしれないね。でもね、そんなこと関係ないのよ。聡ちゃんはただ生きているだけでよかったの。とてもやさしい子だったし、聡ちゃんがその場にいるだけで私なんかは笑顔になれた。それってすごいことだと思わない？　あぁ、この子を守っていくことが私の仕事なんだなって、そんなことさえ思わせてくれるような子だったんだから」

妙子の言葉が耳に入っているのかいないのか、衛は問題集に目を落としたまま、眉間に皺を寄せていた。

実の兄の障害について、ちゃんと理解していなかった。むしろ理解しようともしていなかったのかもしれない。その事実にショックを受けているとしても、仕方ないことだろう。

もっと早くそれを理解していれば、なにかできることがあったかもしれないのだ。でも、もう聡はいない。なにもしなかったまま、衛は聡と永遠に会えない状況に置かれてしまった。

窓の向こうから聞こえていた蟬の鳴き声が突然やんだ。衛との間に流れる空気が、急に森閑となる。

それを打ち破ったのは、衛の呟きだった。

「伯母さん、これ借りてもいいですか?」

幼少期の頃の筆跡はあてにならないと言ったばかりなのに、衛は気が変わったのだろうか。

「ええ、構わないわよ。ただ、それも大切な思い出だから、必ず返してね? 聡ちゃんと一緒に勉強したこと、私にとっては楽しかった日々なのよ」

「はい、必ずお返しします。ちょっと気になることがあったので」

「気になること、って? なにかあるの?」

妙子の問いかけには返事をせず、遺書と問題集を抱えると、衛は靴を履き出す。

「わかったら、お伝えします」

毅然《きぜん》とした口調でそう言った衛は、ドアノブに手をかけた。そして「親父が午後から兄貴の部屋の片付けをするって言ってました。もし来られるなら、待ってますね」と言い、そのまま出ていった。

午後の日差しは強くなる一方だった。妙子の家にはエアコンがないため、扇風機をフル稼働させているが、それでも年齢を重ねた体には堪える。

衛が出ていった後、妙子は食休みも兼ねてしばしぼんやりしていたが、このままでは熱中症になってしまいそうだ。温《ぬる》めのシャワーを浴びると、薄手のシャツに袖を通し、小野寺家へと向かった。

妙子自身は衛が持ってきてくれた遅めの朝食で腹が満たされていたが、衛や健蔵たちはきっと腹を空かせている頃だろう。冷凍庫にあったアサリと、鮭の切り身を持参することにした。これで味噌汁と焼き魚ができる。あとは小野寺家の冷蔵庫の中に、まだ青菜が残っていたはずだ。それでお浸しでもこしらえれば、昼食には充分だろう。

アパートから小野寺家までは、徒歩で五分ほどかかる。日傘を差して歩くものの、それでも照りつける日差しのせいで額に汗が浮かぶ。冷凍してあるとはいえ、食材が悪くならないよう、歩調を速めた。

「こんにちは～」

玄関を開け、明るめの声を上げると、居間から衛が顔を出した。

「伯母さん、来てくれてありがとう。親父はもう先に片付けしてるけど、お茶飲んで一息ついたら?」

「ありがとう。それより衛ちゃんたち、お昼ごはん食べた?　まだだったら作ってあげようと思って」

「そういえばまだ食べてなかった……。そうしてもらえるとありがたいです」

「ふふ。簡単なものだけど、ささっと作ってあげるからね」

小野寺家の台所は、もはや妙子の手に馴染んだものだ。炊飯器や鍋、まな板、それらはすべて使い勝手のいい場所に配置してあるため、目を瞑《つむ》っていても使いこなす自信すらあるくらいだった。

当初は恵の気配が至るところに漂っていたが、もうそれもない。ここは完全に妙子の場所なのだ。

ここでご飯の支度をしていると、聡のことが思い出される。

「きょうの、ごはん、なあに？」

恵が亡くなり、妙子が小野寺家の台所に常時立つようになってから、一年が経った頃だろうか。初めて聡にそう尋ねられたときの感動はいまだに忘れられない。

十三歳になる聡は相変わらず口調が幼いままだった。でも、それすら愛おしかった。むしろ六歳になり、生意気なことも言い出すようになった衛よりもかわいかったかもしれない。

この子は、私がいないとだめなのだ——。

聡を見るたびに、慈愛のような情に全身が包まれる。それこそが母性であり、子どもがいない妙子にとって聡は、母性を強く感じさせてくれる存在ですらあったのだ。

だからこそ、聡は自分のものだ、という思いが日増しに強くなっていくのも事実だった。その分、惜しみない愛情を注いでいたのに、どうしてこんなことになってしまったのか。

自分は、「母親」失格だ。

愛しい思い出も苦しい感情も綯《な》い交ぜになりながら、食材を刻む。味噌汁に散らす小ネギを刻み、冷蔵庫で見つけた小松菜をざく切りにし、合わせて煮浸しにするため油揚げも細く切っていく。一定のリズムで包丁を使っていると、やがて無心になれる。感情のコントロールができなくなりそうなときほど、妙子は台所で食材を刻んだ。

三十分余りでご飯ができあがると、美味しそうな匂いを嗅ぎつけたのか健蔵と衛が居間で待ち構えていた。

「妙子さん、昼飯まで用意してもらってすみません」

健蔵が仰々しく頭を下げる。

「やだ、健蔵さん。頻度は変わるけど、これからもできる限りお手伝いするって言ったじゃない。それにいまは衛ちゃんもいるんだし、その間はご飯作らせてちょうだいよ」

「はい、ありがとうございます」

「そんなに畏《かしこ》まらないで。これまで通り、なにも変わらないんだから」

なにも変わらないわけがない。ここにはひとり足りない、聡の姿がもうないのだ。

それはいまここにいる全員がわかっていることだろう。

しかし、健蔵も衛も、なにも言わなかった。

「さあ、お腹いっぱい食べたら、聡ちゃんのお部屋の片付けをしなくちゃね」

明るい声を出すと、健蔵も衛も「いただきます」と手を合わせた。

食事を終えると、健蔵が休む素振りも見せず二階へ上がろうとする。

「健蔵さん、お茶は？　食べたばっかりだし、ちょっと休憩したら？　その間、私が片付けしておくから」

「あぁ……、じゃあ妙子さん、お願いしてもいいですか」

健蔵は少し逡巡《しゅんじゅん》したが、素直に頷いた。目の下には濃いクマができており、顔だけでなく全身が疲労感に包まれているようにも見えた。

「でも片付けって言っても、聡ちゃんのものを全部処分しちゃうわけじゃないわよね……？」

「もちろんです。ただ、あの部屋をそのままの状態にしておくのは……、やっぱり苦しいんですよ。だから、ある程度は整理して、庭の物置にでも仕舞っておこうと思ってるんです」

健蔵が目を伏せる。どこか頑《かたく》なところがあると思っていたが、やはり健蔵だってつらいのだ。

「そういうことね。わかったわ。それじゃ仕舞いやすいように整理しておくから、運び出すのはお願いね。さすがに私も腰が痛くなりそうだしさ」

「はい、よろしくお願いします。それまでちょっと、横になってますから」

座布団を枕にし、健蔵は仏間で横になった。それを見届けると、妙子は二階へと上がった。

聡の部屋の片付けは、生前の頃からやっていたことだ。畳んだ洗濯物を箪笥に仕舞い、鉛筆やスケッチブックが散らばっていたら元の位置に戻しておく。季節の変わり目には頼まれなくとも衣替えをしておき、晴れた日には布団をしっかり干してやった。

すべては聡のため。聡が生活しやすいように、困らないように、楽に生きられるように、そのためにやっていたことだ。でも、そんな聡はもういない。

聡の部屋に足を踏み入れると、そこに聡がいないことが不思議で仕方なかった。

そして、いまからこの部屋を空っぽにしようとしていることが、ひどく悲しかった。

なにから手を付ければいいのだろう――。

ぼんやり立ち尽くしていると、後ろから衛の声がした。

「伯母さん、俺も手伝います」

「あぁ……、ありがとう。でも、なにからしたらいいのかわからなくて……」

「たしかにそうですね……」

横に立ち、衛も同じように部屋を見回す。

やがて衛が指差したのは、大量のスケッチブックが並ぶ作り付けの棚だった。

「とりあえず、兄貴が残したスケッチブックをビニール紐で縛っちゃいましょう。親父もあれだけは絶対に捨てたくないはずだし、物置の奥に大切に仕舞っておくんじゃないかな」

「……そうね」

聡の生前から、この棚は見慣れていたはずなのに、あらためて眺めてみると異様とも言えるほどの数のスケッチブックがひしめき合うように収められていた。おそらく百冊以上はあるだろう。

執念。咄嗟《とっさ》にそんな言葉が脳裏に浮かぶ。耳を澄ませば、ここに自分はいるのだという聡の叫び声が聞こえてくるような気さえした。

「兄貴、本当に絵が上手かったんですよね」

一冊抜き出し、衛がパラパラとページをめくっている。

それを真似るように、妙子も聡が小学生の頃のスケッチブックを手に取った。中には大人顔負けの写実的なデッサンがあった。風が強い日の浜辺だろうか？　波飛沫《しぶき》が細かく描き込まれており、いまにも潮の匂いが伝わってくるかのようだった。

次のページをめくる。そこにはいまより大分若い、健蔵の顔があった。眉間に皺を寄せ、しかめっ面を浮かべている。特に恵が亡くなってしまってから、健蔵はお世辞にもやさしい父親とは言えなかっただろう。聡に厳しく接しているところを、妙子自身も何度も目にしたものだ。それが愛情から来るものだと妙子は理解していたが、果たして聡はどこまでわかっていただろうか。この絵を見る限り、聡にとっての健蔵はいつも怒っているような父親だったのかもしれない。

でも、なにもそんな父親像を絵にしてまで残す必要はないのに。

不思議に思っていると、衛が口を開いた。

「その親父の絵、よく描けてますよね。いつも怖い顔をしてるところ、リアルだなって思いますよ。他のスケッチブックに描かれている親父の絵も、大抵そんな感じなんです」

「そうなのね。聡ちゃんが絵を描くのが好きなことは知ってたけど、こうしてまじまじと見たことがなかったから、こんな絵を描いてるなんてね……。これを見る限り、聡ちゃんにとっての健蔵さんって、やっぱり怖い父親だったんでしょうね」

「怖いか怖くないかで言えば、そりゃ怖かったと思いますよ。でも、それ以上に好きだったんだと思います。兄貴、好きなものしか描かないタイプだったみたいだから」

「好きなものしか描かない……」

だったら、自分の絵はあるのだろうか――。

次のページ、次のページとめくっていっても、一向に妙子のことを描いたと思われる絵は出てこない。次第にページをめくる手の動きが速く、そして乱暴になっていく。

「……伯母さん？」

衛の訝《いぶか》しげな声が耳に入ったが、そんなことに構っていられなかった。

一冊見終えると、また次のスケッチブックを手に取り、頭のページから確認していく。

しかし、ない。どこにも自分の姿がない。

あまりにも乱暴に扱ってしまい、紙の破れる音がする。それでも手が止められない。

次、また次とスケッチブックを引き出し、確認するが、目に入るのは近くの海や山などの風景、健蔵、恵、衛の姿ばかりだった。

そのうち、一枚の絵が目に入る。それは聡と衛が幼い頃によく遊びに行っていた、波かまの外観を描いたものだった。この店で聡は、百合や皐月と知り合ったのだ。聡にとっては、言わば思い出の場所だったのかもしれない。だとしても、自分のことは描いてくれていないのに、どうして――。

スケッチブックを放り投げ、次に手を伸ばそうとしたところで、衛に腕を摑まれた。

「伯母さん！　もうやめろよ！」

「放してよっ！」

困惑が滲んだ険しい表情を浮かべ、衛がこちらを見ていた。

その表情には見覚えがあった。

恵が亡くなり、妙子が聡や衛の面倒を見ることになったばかりの頃だ。当時の聡は中学一年生、衛はまだ保育園に通っていた。

中学生になったとはいえ、聡はまだまだ幼かった。できることだって少ない。それなのに、自分でなんでもやろうとする。無理なのに。だから、妙子がなんだってしてやった。勉強を見てやることだけではない。食事の介助も着替えの手伝いも、なんだって。

そんな妙子のことを、時折、衛はじっと見つめてきた。その瞳に困惑の色を浮かべて。

——お兄ちゃんはもう中学生なのに、どうして伯母さんはそこまでするの？

あのとき、そう尋ねてきた衛のことを、妙子はきつく叱った。障害者として生まれて、なにもできない兄を助けてあげようとは思わないのか、と。

それ以来、衛が同じようなことを口にすることはなくなった。それでも気がつくと、時折、自分のことを遠くからじっと見つめる、衛の視線を感じることが増えた。

それはまるで妙子のことを責め立てるような、憤怒と疑義と諦念が入り混じった目だった。

「どうして、どうしてそんな目で見るのよ！　私はいつだって聡のことを思ってきたのに、それなのにどうして、聡は私の絵を残していないのよ！　それどころか、こんな……」

妙子は波かまの絵を、踏みつけた。

「二度と行くなって言ったのに！　百合や皐月とは仲良くするなって、あれほど言ったのに！」

聡が百合や皐月と知り合い、仲良くしていることを知ったときは、ただただ微笑ましい気持ちで一杯だった。コミュニケーションに難があり、友達を作ることが得意ではない聡にとって、それはプラスに働くであろうことも理解していた。しかし、聡が自分以外の人間と親しくする様子を見ていると、胸中が次第に冷えていった。

その感情に名をつけるならば、「嫉妬」だろう。聡にとっての一番は自分であるはずなのに、自分でなければいけないのに、自分でなければ意味がないのに、それが揺さぶられる。自分の座を他人に奪われる。そんなこと、絶対に許容できない。だから、百合や皐月が疎ましくなった。表向きは親しくしていたが、その実、腹の底は煮えくり返っていた。

——百合ちゃんとも皐月さんとも、もう会っちゃダメよ。わかった？

そう言い聞かせたとき、聡はひどく傷ついたような顔をした。でも、妙子は会うことを絶対に許さなかった。

それなのに——。

忌々しいものをこの世から葬り去るように、妙子は波かまが描かれたページを何度も踏みつけ、終いには両手で破ろうとした。

すると衛に羽交い締めにされた。

「伯母さん、落ち着いて！　百合ちゃんたちとなにがあったのか知らないけど、ここにあるのは兄貴が残してくれた思い出なんだぞ！　やめろって！」

「お前に……、お前になにがわかる！　私の気持ちがわかるわけないじゃないっ！」

やがて階段を駆け上がる足音がしたかと思うと、健蔵が血相を変えて飛び込んできた。

「一体どうした！」

部屋中にスケッチブックが散らばり、妙子の足元にはページがグシャグシャになった一冊が落ちていた。それはまるで、大きな羽を広げたまま息絶えた蝶のようだった。

その様子を見て、健蔵も困惑しているようだ。

「衛、妙子さん……、なにがあったんですか……」

健蔵にやさしく肩を抱かれる。壊れてしまった物を扱うように、健蔵の手付きには若干の遠慮が感じられた。

その手を振り払う。

「やめて！　あなたに話したって、わからないわよ！」

強い孤独を感じた。衛と健蔵が同じ空間にいるのに、薄皮一枚の隔たりを感じるような気がする。

聡の訃報を受けたとき、胸中に芽生えたのは「また置いていかれる」という思いだった。

恵が出産したときも、その子どもを溺愛する両親の姿を目にしたときも、雄一郎が自分の元を去ったときも、いつだって妙子は自分が爪弾きにされるような恐怖感に襲われてきた。そのたびに願う。置いていかないでほしい、と。でも、それはどこにも届かなかった。

誰かに必要とされる自分でありたいと思うのに、理想と現実はどんどん乖離していく。そのとき手にした最後の綱が、聡だったのだ。

「聡が……、聡が私にとってはすべてだったのに……」

どうにか踏ん張っていたが、足元から脱力していく。耐えようと思うのに、膝から頽れてしまう。うまく体をコントロールできない。

衛がしゃがみ込み、顔を覗き込んでくる。とても悲しい目をしていた。深海に生きる孤独な魚を見つめるような、温かさと寂しさをたたえる瞳だった。

「伯母さん、俺、わかったよ。伯母さんがどんな気持ちだったのか、わかった。だから、ゆっくり話したい」

「……え？」

背中を擦《さす》ってくれる衛の手が、やけに熱い。ゆっくり撫でられるにつれて、歪んで曲がった背骨が正しく整列し直すような心持ちがした。

「親父、ちょっとだけ、伯母さんとふたりきりで話がしたいんだ。悪いけど、下に行っててくれる？」

健蔵は憮然《ぶぜん》とした顔を衛に向けた。

「親父、大丈夫だから」

「……わかった。ここは、お前に任せる」

衛の毅然とした口調に、健蔵はなにかを感じ取ったようだった。

健蔵が階下へ降りていくと、衛は目の前に座り直した。

「伯母さん、もう大丈夫?」

やさしく語りかけてくる衛に対して、妙子は静かに頷いた。先程までの興奮も動揺も、呼吸も落ち着いていた。

妙子の様子を認めると、衛は話しはじめる。

「あのね、俺は仕事で、いろんな業界の専門家に話を聞きに行くんだ。それを記事にするの。俺は高卒で働きはじめたから、なんの専門知識もない。でも、そうやって自分とは異なる世界で活躍する人たちの話を聞くと、知識の幅って広がっていく。まぁ、雑学レベルなんだけど」

衛がなにを言わんとしているのか、よくわからない。

それでも妙子は、衛の語りに黙って耳を傾けた。

「それでね、ひとつ思い出したことがあるんです。数年前、お医者さんに取材する機会があって、そのときに雑談として聞いたことなんだけど……。伯母さん、代理ミュンヒハウゼン症候群って、知ってる?」

「代理……、初めて聞くけど、一体なんなの?」

妙子の疑問に対し、衛は俯く。その姿はまるで、悩み事を親に打ち明けられない小さな子どものようだった。そしてそれは、衛がまだ幼かった頃、幾度となく妙子の前で見せた仕草だった。

あの頃の衛は、周囲の大人たちになかなか本心を明かそうとしない子どもだった。なにかあったのかと訊いても、遠慮がちに首を振り、どこかへ行ってしまう。

しかし、いまは違う。衛は言葉を完全に呑み込もうとはせず、スマホを操作しながら、慎重に、そして丁寧に続けようとしている。

「これ、です」

衛に見せられたスマホの画面には、〈代理ミュンヒハウゼン症候群〉と表示されていた。文字が細かくて読み取るのに時間がかかるが、〈虐待〉〈虚偽〉〈捏造〉といった物騒な単語が並ぶのが目に飛び込んでくる。

「なによ、これ……」

「代理ミュンヒハウゼン症候群。これは精神疾患のひとつなんだって。自分のことを見てもらいたい、関心を持ってもらいたい、同情してもらいたい、そう思った親が、わざと自分の子どもを傷つけたり症状を捏造したりすることがあるんですよ。その結果、献身的に看病する親、というポジションを獲得することができるから」

「どうして、どうしていま、そんな話をするの？　仮にそういう病気があるとして、それがなんだって言うのよ」

「伯母さんは……、その代理ミュンヒハウゼン症候群に近い病気なんだと思う」

衛の言葉に、手が震えた。そんなわけがない。自分が精神的な病気だなんて、まさかそんなことがあるわけないじゃないか。

「私は聡のことを傷つけたりしてないじゃない！　まさか……、私が聡を殺したとでも思ってるの？」

「そうは思ってません」

衛は立ち上がり、聡の机の上に置いてあったノートのようなものを手に取った。よく見るとそれは、今朝、妙子が自宅で渡した、問題集だった。

「でもね、これを見て気づいたんです」

衛がページをめくる。小さな雨粒が屋根をパラパラと叩くような、物悲しい音がした。

「このページなんかは特にそうかな……。見て、ほとんどバツしかついていない。ここに載っているのは、小学校低学年で習うような問題です。掛け算とか割り算とか、そこまで難しくない問題。それでも兄貴は解けていない」

「そうよ？　だってあの子は、本当に勉強ができなかったんだもの。でも、そんなことは関係ない、気にしなくていいんだって育てたのよ」

「本当にそうだったのかな」

「……どういうことよ」

「口で説明するよりも、見てもらったほうがわかりやすいでしょうね」

衛は問題集を床に広げた。

そこに書かれている、ひとつの問題文を指差す。

〈三十個のリンゴがあります。それを五人で同じ数ずつ分けると、ひとり分は何個になるでし

ょう〉

答えは六個。しかし、解答欄には〈八個〉と書かれており、もちろん大きくバツがついている。

衛は、問題文と解答欄の余白部分に鉛筆をやさしく押し当てる。

「……ねぇ、なにをする気なの」

「いいから、見ててください」

紙面に鉛筆を擦《こす》り付けるように、衛は大きくゆっくり手を動かした。余白部分が薄いグレーに染まっていく。するとそこに、文字が浮かび上がった。

余白部分には割り算の計算式が、解答欄には〈六個〉という文字がはっきりと浮かんでいる。

「こうやって鉛筆を擦り付けると、消したはずの文字が浮かび上がってくるんです。兄貴は筆圧が強めだったから、なおさらはっきり読める。この問題の答えとして、最初は六個と記入したはずなんです。でも、なぜかそれが消され、八個と書き直されている。その状態で伯母さんの採点を受けているから、もちろんマルはもらえない。ここだけなら俺も疑問視はしなかった。考えすぎた結果、答えを間違えてしまうことはあるから」

そこまで話して、衛が深呼吸をする。

口を挟もうとすると、それを衛が手で制した。黙って最後まで聞け、とでも言うように。

「でもね、他のページを見てみても、ほとんど同じなんです。正しい解答を導き出しているのに、なぜかそれが消されている痕跡がある。これはどういうことなんでしょう……」

「それは……」

　なにか言おうと思っても、言葉が続かない。

「伯母さんは、わざと兄貴に、間違った答えを誘導したんじゃないんですか？　正しく解答する兄貴に対して、『ここは間違えているから、もう一度考えてみなさい』とでも言って、兄貴を混乱させた。結果、兄貴はほとんどの問題をやり直すことになり、そのすべてにバツがつけられた」

　妙子はなにも言い返すことができず、ただ無言で首を振った。

「伯母さん、どうなんですか？　真実を教えてください」

　衛が真っ直ぐ目を向けてくる。

　その視線に射抜かれ、妙子は身を硬くした。

「伯母さんにとって兄貴は、なにもできない状態であればあるほど、都合がよかったんじゃないですか？　そうであれば、何歳になっても自分のことを頼ってくれるはずだ、と思っていたんじゃないですか？　そして同時に周囲からは、障害のある子を、実の子ではないにも拘《かかわ》らず、懸命に育てている人物として評価してもらえる。それが伯母さんの生きる意味にすり替わっていたんだと、俺はそう思います。つまり伯母さんが兄貴にしていた行為は、実の子に怪我をさせ、それを献身的に看病することで注目を集める、代理ミュンヒハウゼン症候群の患者と非常に似た行為なんですよ。それは、大人の庇護を受けなければ生きていけない子どもにとって、とても残酷なことだと思いませんか？」

――残酷なこと。

衛の言葉は、妙子の過去を否定するようだった。

学校での勉強に遅れないようにと、健蔵が聡に与えた問題集を目にしたとき、そこまでしなくてもいいのではないか、と思った。聡は聡のペースでゆっくりと成長していけばいいのに、健蔵はなぜ、聡を他の子たちと合わせようとするのだろう。

でも、健蔵はそれを理解しようとしない。だったら、自分が聡の理解者になればいい。なにかを無理強いせず、むしろ聡は永遠に子どものままでいてくれていい。そういうスタンスでいよう。聡を育てる中で、そんな気持ちが自然と芽生えていった。

だから、聡に成長の兆しが見えると、不安に襲われた。聡にできることが増えれば、その分、自分がしてあげられることが減ってしまう。それではやがて、自分は必要とされなくなってしまうかもしれない。

だとするならば、聡をなにもできない子どものままでいさせればいいのだ。移り変わっていく世界の中で、聡とふたりきり、永遠に時間の止まった箱庭で暮らそう。

そのために、聡には「障害があり、なにもできない子」という役割を、自分には「そんな子を懸命に育て、愛情を注ぐ母親代わりの伯母」という役割を与えた。それを維持していれば、世界は平穏なままで、なににも傷つけられることがないと信じていた。

でも、それらの行為はすべて、残酷なものだったのだ。世界の流れから降り、聡とふたりで生きられる安寧《あんねい》の地は、妙子の歪んだ思い込みだけで成立する場所でしかなかったのだ。妙子にとっての楽園は、聡にとっての地獄だったのかもしれない。

妙子は誰よりも聡のことを思いやり、考えてやっているようで、その実、優先していたのは常に自分の立ち位置と存在意義の証明だったのだ。

それを聡は、見透かしていたのかもしれない。だから聡は、自分の絵を残してくれなかったのか――。

目眩《めまい》がするようだった。いまにも足場が崩れ奈落へ落ちていくような、とても不愉快な浮遊感に包まれる。

「そんな、私は聡ちゃんのことを思ってやってきたのに……。私が聡ちゃんを……苦しめてきたってこと、なの……」

「伯母さんがどうしてそんな状態になってしまったのか、俺なんかには想像もつかないくらいつらいことがあったんだろうと思います。でも、伯母さんが兄貴にしたことは、絶対にやっちゃいけないことだった。だから俺は、伯母さんがしたことを肯定してあげられない。ただ、もう取り返しがつかないけど、せめてこれからは前向きに生きるしかない、と思います」

「でも、どうしたらいいのか……、自分でもわからないのよ！　ねぇ、どうすればいいの？」

縋るような問いかけに対し、衛の冷静な声が届く。

「俺にもわかりません。だからまずは、病院に行きましょう」

それ以上、衛はなにも言わなかった。

その目はとても不憫《ふびん》なものを見るようで、妙子には耐えられなかった。

押し寄せる荒波のように、止めどなく涙が溢れてくる。

滲んだ視界に、聡の顔が過《よぎ》る。声をかければ、いつだって笑顔を向けてくれた。それを守りたいと思っていたのに、誰よりも自分が傷だらけにしていたのか。

やがて聡の幻影は、滲む背景と同化し、消えていった。

「聡ちゃん……」

何度呼びかけても、聡の笑顔はもうどこにもなかった。

震えながら伸ばした手は、聡に届かない。

やがてそれを、衛が両手で包み込んでくれた。その温かさに触れると、より一層涙がこぼれてきた。

第四章　酒井百合の欺騙

　百合は、溢れ出す涙を堪えられなかった。

　大人になり身に付けたのは、化粧の仕方と妥協と、泣くのを我慢することだった。しかし、今日はうまく我慢できない。決壊したダムのように一度溢れてしまうと、涙の勢いは止められなかった。大人が流す涙の意味は、とても重い。

　どうして――などと自問したところで、理由は明白だった。聡の死を、いまだにうまく消化できていない。昨日、葬儀と火葬が済んだばかりだ。気持ちを切り替えるには、あまりにも時間が足りない。後から後から悲しみが押し寄せてくる。その波打ち際で、百合はいつまでも悲愴感に浸っていた。

「お客様……、ご気分でも悪くされましたか？」

　店のロゴマークがプリントされたエプロンを身に着けた店員が、心配そうに百合を見ていた。儚《はかな》い印象を漂わせる瞳が、どことなく聡のそれに似ている気がした。

「あ、ごめんなさい。なんでもないんです。大丈夫ですから」

「はぁ……」

「すみません、お手洗いお借りします」

そう断って席を立ち、店の奥に配置されているトイレに駆け込んだ。

これから、聡が勤めていた企業に事情説明に行く約束をしていた。

百合が勤めるウェルワークでは、独自のネットワークを活用し、一般企業と障害者の雇用を結ぶ事業を展開している。障害者の法定雇用率が段階的に引き上げられていることも関係して、彼らを雇用したい企業からの相談は年々増加傾向にあった。

ウェルワークから企業に紹介する障害者たちが抱えるのは、知的障害、身体障害、精神障害と実にさまざまだ。もちろん、中には働くことが困難な者もいる。しかし、可能な限り、彼らと社会とをつなぎたい。これがウェルワークの企業理念であり、百合自身の考えでもあった。

そして、聡が雇用されていた企業は、百合にとっては取引先ということになる。しかも聡を紹介したのは他でもない百合だった。一体なにが起きたのか、先方の担当者から説明を求められていた。

午後一時にアポイントメントを取っていたが、その前に気持ちを落ち着けるため、先方の近くにあるコーヒーショップに入ったのだった。しかし、結局、落ち着くどころか逆効果だったようだ。ぼんやりしていると、つい聡のことを思い出してしまう。

駆け込んだトイレの鏡に顔を映す。目は真っ赤に充血しており、涙と鼻水のせいで目や鼻の下の皮膚は剝け、赤みを帯びていた。

こんな顔では取引先に余計な心配をさせてしまう。今日はあくまでも紹介元の社員として出向いているのだ。

入念にメイクを直し、気休めにしかならないだろうが目薬も差す。

幾分マシになっただろうか――。

鏡の向こうにいる自分を睨みつけるように見つめた後、「大丈夫、大丈夫」と独りごちた。


聡が雇用されたのは、仙台市にある大手家電メーカーだった。従業員数は五百人を超える規模で、仙台駅から徒歩五分ほどの場所に十階建てのビルがそびえている。

約束の時間の十分前。ちょうどランチタイムの終わりと重なったため、食事から戻ってくる従業員たちでフロントロビーはざわついていた。

社員証をかざしゲートをすり抜けていく従業員たちを横目に、百合はまっすぐ受付へと向かった。

「お世話になっております。ウェルワークの酒井と申しますが、十三時から人事部の寒河江《さがえ》部長とお約束をしておりまして――」

「お世話になっております。寒河江ですね、少々お待ちくださいませ」

事務的な笑顔を浮かべると、受付の女性スタッフが内線電話をかけはじめた。ウェルワークの酒井さまがお見えです、などと言っているのを聞きながら、百合は静かに深呼吸した。

大丈夫、冷静に話せば、大丈夫――。胸の内で何度も呟く。瞬間、目頭が熱くなるのを感じ、目を閉じて奥歯を嚙み締めた。

「酒井さま、お待たせいたしました。こちらをお持ちになって五階までお上がりください」

「ありがとうございます」

女性スタッフから入館証を受け取る。目は合わさずに、足早にゲートへと向かった。

エレベーターに乗り込み、五階のボタンを押す。

体が僅《わず》かに浮遊する感覚とともに、エレベーターが上昇していく。ガラス張りになっているため、上昇していくに連れて空が近づき、眼下を歩く人々は小さくなっていった。

初めて聡を連れてここを訪ねたときも、同じように五階に通された。エレベーターに乗り込んだ聡は目を丸くし、ガラスの向こうに見える風景を食い入るように眺めていた。何度もここを訪れている百合にとっては見慣れた景色も、聡の目にはとても新鮮に映ったのだろう。少しはしゃいでいるようにも見えた。たとえ雇用に至らなかったとしても、聡にささやかな喜びをプレゼントできたなら良しとしよう。結果として見事雇用されたのだが、そのときそう思ったことを、いまでも覚えている。

ポーンという耳触りのいい音が鳴り、五階に到着した。

ドアが開くと、恰幅のいい男がすでに待ち構えていた。寒河江だ。上品なスーツに身を包み、グレーのネクタイにはピンが光っている。面と向かうと気後れするくらい育ちの良さを感じさせるが、少しだけ出ている腹が柔和な雰囲気を醸し出していた。百合よりも一回り以上年齢が離れているものの、実際、とても話しやすい人物だった。

「お待ちしてましたよ」

寒河江が微笑《ほほえ》んでくれた。しかし、とても気を遣っているのが伝わってくる。申し訳ないなと思いながら、「このたびは――」と口を開くと、寒河江がそれを制した。

「こんなところでする話でもないですし、ね」

さっと歩き出す寒河江の後ろを、百合は俯《うつむ》きながらついていった。

五階には寒河江が所属する人事部、総務部がある他、複数の会議室や来客用の打ち合わせスペースがあった。この階で働くのは事務管理部門の、いわゆるバックオフィス系の人たちだ。それが関係しているのかいないのかは定かではないが、いつ訪れても静かだな、と思う。

通されたのはいつもの打ち合わせスペースではなく、階の端にある小さな会議室だった。打ち合わせスペースには四人掛けのテーブルがいくつか並んでおり、それぞれの間は衝立で仕切られているだけだ。そのため、会話は筒抜けになってしまう。定例の打ち合わせや、新規で障害者を面談するときなどはそれでも支障がない。

ただし、今日はそういうわけにもいかないことを寒河江自身が理解しているのだろう。会議室のドアを閉めると、そこは完全な密室だった。これから話す内容が、誰かに聞かれる心配もない。

促されるまま座ると、寒河江が「ちょっとお待ちください」と出ていってしまう。ものの数分で戻ってくると、紙コップに入った冷たいお茶を差し出された。

「暑かったでしょう」

「あ、お気遣いいただき、ありがとうございます」

一口飲もうとして、思わず手が止まる。

たしかに外は暑かった。アスファルトが照り返す熱で、足の底から全身が焼かれそうなほどだった。

しかし不思議と、体の内側は冷え切っている。内臓の一つひとつが固まってしまいそうなくらい、冷たい。

お茶に口をつけないまま、百合は紙コップを置いた。

「それで、今回の件なんですが――」

百合が口火を切ると、和《なご》やかに笑っていた寒河江が口を結び、真剣な面持ちになった。

聡、と言いかけて、ひとつ咳払いをする。

「弊社から紹介させていただいた小野寺さんですが、結果から申し上げると、自殺、でした」

声は上げなかったものの、寒河江が驚きの表情を浮かべた。右手で口元を覆い、目を見開いている。

無理もない。聡が無断欠勤をしたと連絡を受け、その後、自殺したことがわかった。しかし、寒河江には詳細を知らせていなかったのだ。

いや、百合も混乱していてそれどころではなかった。冷静に状況説明する自信はなかったし、なによりもまずは聡を見送ってあげたいという気持ちでいっぱいだった。だから寒河江には「小野寺さんが亡くなりました」とだけ伝えていた。それがまさかの、自殺だったのだ。

一体どうしてそんなことに、とでも言うように、寒河江の瞳には怪訝《けげん》と困惑が色濃く浮かんでいた。

「ご報告が遅くなってしまい、申し訳ありません。静かに見送りたいというご遺族の意向も踏まえ、昨日、小さな葬儀が執り行われました。私も参列してきたのですが、御社にお伝えするのはすべてが終わってからがよいのではないか、と判断しました。勝手をお許しください。本当に申し訳ありません」

そこまで言って、百合は深く頭を下げた。耳にかけていた髪の毛が束になって落ちてきて、テーブルの上でとぐろを巻く。

「酒井さん、顔を上げてください」

寒河江の言葉に従い、顔を上げる。寒河江は困ったように眉尻を下げ、こちらを見ていた。その目がまるで幼い子どもを見守るそれに似ているな、と思ったところで、百合は自分が泣いていることに気づいた。

こんなはずじゃなかったのに――。

慌ててハンカチを取り出そうとして、カバンを落としてしまう。なにをしているのか。焦れば焦るほど、涙が溢れてくる。体の中心にある冷たさが血管を通り、次第にほのかな熱へと変容し、外へ出ようとしている。

「酒井さん、落ち着いてください。大丈夫ですから、ね」

そうだ、ここで慌ててもなにも変わらない。落ち着いて、ゆっくり話すのだ。

拾い上げたカバンからハンカチを取り出すと、それを目元に当て、百合は何度か深呼吸を繰り返した。

「もし差し支えなければ……。小野寺くんがなぜ自殺してしまったのか、その理由を教えてもらえませんか?」

そう尋ねる寒河江の声は、恐る恐るという調子だった。百合を動揺させまいとしているのが、その口調からも伝わってくる。

「その……、理由ははっきりとはわかっていないんです」

「そう、ですか。でも、自殺というからには遺書のようなものもあったわけでしょう?」

聡の遺書は、あった。しかし……。

「遺書は、たしかに見つかりました」

声を振り絞るように、百合は続けた。

「でも、それはなにかを訴えるような内容ではなくて……。ただ、小野寺さん自身が幸せだったことを書き連ねるような、そんな内容でした。だから正直、なにが理由で死を選んでしまったのかははっきりしていません。でも警察の捜査では事件性が見られないことがわかって」

「となると、事故の可能性は考えられないんですか?」

「いえ……。小野寺さんは、松島町の展望台の裏手にある海岸で亡くなっていたそうなんです。周囲に不審なものやそれこそ事故の痕跡などはなく、それを踏まえると自殺で間違いないだろう、という結論が出されました」

そうですか、という寒河江の呟きを残し、会議室は静まり返った。窓から差し込む日差しは突き刺すような強さを持っていたが、空調が効いているらしく室内はとても過ごしやすい温度が保たれている。

外界から隔てられたここは、まるで現実と切り離された離れ小島のようだった。静けさに満ちていて、汗を流すことも寒さに震えることもない楽園だ。でも、そんな場所で先程から、聡の死をなぞるような話ばかりしている。楽園というよりも、ディストピアだろう。

皮肉めいた方向に回り出す思考回路を収めるよう、百合はテーブルの下で手の甲に爪を立てた。寒河江に目を向けると、いつの間にか彼は俯いていた。

百合はゆっくり口を開いた。

「ひとつだけ知りたいことがあります」

その声に呼応するように寒河江は顔を上げると、お茶の入った紙コップを両手で包み込むように握った。

「知りたいこと、とは」

「小野寺さんが、ここでどんな風に働いていたのか、というか……」

寒河江の視線が強度を増したような気がした。口元はやさしいままだが、その視線に鋭く貫かれるような心持ちがする。

「それはつまり、小野寺くんがここでいじめられていたのではないか、ということですか?」

「いえ、決してそんな意味ではなく」

腰を浮かし、頭を振ったが、図星だった。

ここには聡以外にも複数人の障害者が勤務していた。みな、ウェルワークからの紹介で雇用されており、間に立つのは百合だ。だから、彼らのことは一通り把握している、つもりだった。身体障害、あるいは精神障害があるため日常的にできないことも少なくないが、とても勤勉でなにより気のいい若者たちが多い。他者とコミュニケーションを取るのが苦手な聡も、きっとすぐに馴染めるに違いない。聡にここを紹介したのは、それも理由のひとつだった。

とはいえ、他の社員については知らないことが多い。健常者の社員の中には、聡たちのように障害者雇用枠で採用された者を疎ましく思う人もいるのではないか。そんなことを考えたくはなかったが、実際、職場の人間関係に悩み、仕事を続けられなくなってしまう障害者は少なくない。その都度《つど》、現場と話し合いを重ね、待遇の改善を求めるのも百合の仕事のうちだ。

だから、もしかしたら、と思った。もしかしたら、職場でなにかトラブルがあり、聡はそれで思いつめてしまったのではないか、と。

「障害者の雇用について、御社が理解を持ち、積極的な姿勢でいらっしゃることは存じております。定期的なヒアリングを通しても、御社に対する不満のようなものが出てきたことはありません。そこは感謝しております。本当にありがとうございます」

百合の言葉を聞き、寒河江の雰囲気は和《やわ》らいだようだった。しかし、「ただ」と言葉を続けると、それに反応するように寒河江の眉が動いた。

「ただ、御社で働いている人の中に、障害者に対して偏見を持たれている方がいない、とは言い切れないとも考えております。いえ、なにも積極的に差別していたと言いたいわけではないんです。むしろ、無自覚なままで小野寺さんに対してなにか差別的な態度を取ってしまった可能性はないか、もしそうだとしたら、それが小野寺さんの心の傷になったのではないか、と」

やや間を置いて、寒河江が口を開く。

「酒井さんのご心配はごもっともだと思います。しかし、それは杞憂《きゆう》でしょう」

「杞憂、ですか……」

「ええ。障害者を雇用するにあたって、全社的に心のバリアフリー研修を行っています。彼らがなにに困っているのか、どのように接すればいいのか、ひとりの社員も欠けることなく周知しているんです。それだけではなく、小野寺くんのような方々を雇用する部署には、きちんとした責任者を置いています。定期的に報告も受けていますが、みなさん気持ちよく働いてくださっているようです。現に、御社の紹介で雇用した方々は誰一人退職されていませんよね？　それが答えだと思いませんか？」

ぐうの音も出ない。

たしかに、寒河江の会社は教育が徹底されており、変な噂を耳にしたこともなかった。

それはわかっていたことだったのに、敢えて尋ねたのは、聡の死をうまく消化したかったからなのだろう。責任の所在が明らかになれば、そこに正当な怒りをぶつけられる。それができれば、百合の中で燻《くすぶ》る熱も発散できるはずだ。

誰かのせいにして、聡の死に意味を持たせることで、初めて納得ができる。それはただのワガママなのかもしれない。事情を説明しに来たつもりが、自身が抱えるエゴイズムを自覚させられ、百合は肩を落とした。

「そうですね……。大変失礼なことを言ってしまいました。申し訳ありません」

頭を下げようとすると、寒河江がそれを制した。

「いいんです。酒井さんも混乱されているでしょうし、そんなときに呼び出してしまってこちらこそ申し訳ない」

「今後とも、お付き合いくださると幸いです」

百合の言葉に、寒河江は「もちろんです」と微笑みを返してくれた。


会議室でのやり取りを終えると、百合は寒河江とともに聡が働いていた部署へと向かった。エレベーターに乗り、ひとつ下の四階に降りる。そこにあるのは聡のようになんらかの障害がある人々が雇用されている部署だ。

廊下を進んでいくと、部署名が記載されたプレートが目に入ってくる。

そこには〈特能部〉と書かれていた。特能部——特殊技能部の略らしい。とはいえ、そこで働く障害者たちになにか特殊な能力があるわけではない。だとすればなにが特殊なのか。このプレートを目にするたびに疑問が湧いてくるが、この日も、百合はその疑問を呑み込んだ。

「お疲れさまです」

笑顔を作り、声をかけると、振り返ったうちの何人かが声を上げた。

「酒井さん！」

「あ、酒井さんだ」

「こんにちは」

ここでは総勢十一名の障害者が働いている。

いや、聡がいなくなってしまったため、現時点ではひとり欠けた十名になる。その誰もが、百合の紹介で雇用された。軽度の知的障害者や、車椅子を使う身体障害者、なかには精神障害者もいる。

「みんな、仕事の邪魔をしてごめんなさい。今日は寒河江部長に用があって来たんだけど、せっかくだからみんなの顔も見ていこうかと思って。あ、気にしないで仕事を続けてね」

先に入った寒河江は、部署の責任者である健常者の男性社員に、なにやら耳打ちしている。おそらく、先程話した聡の事情について説明をしているのだろう。寒河江の言葉に頷きながら、男が百合に視線を向けた。言外に責められているような気がして、小さく「すみません」と呟くと、相手は会釈を返した。

「酒井さん、見て」

居《い》た堪《たま》れない雰囲気を裂くように、障害者の女性が百合に声をかけてきた。パソコンの画面を指差している。

「酒井さんに教わったエクセル、すごくできるようになったんです。ほら、見て」

画面にはエクセルのシートが表示されており、なにやら数字が並んでいた。計算式も入力されているようで、下部には自動計算されたであろう数字も出ている。

褒めようかと迷ったものの、あくまでも百合は社外の人間だ。業務上の数字を細かくチェックするのは歓迎されないだろう。責任者の目も気になったので、「その調子で頑張ってね」とさり気なく褒めるに留めた。責任者と寒河江の様子を窺《うかが》うとまだ話し込んでおり、こちらを気にしていないようだったので、胸を撫で下ろす。

あまりに素っ気なさすぎたかと気になり、女性にもう一声かけようかと思いきや、もう百合のことなどお構いなしに業務に戻っていた。

ここでの業務は、働く障害者の能力によって異なる。エクセルやワードが使える者は簡単な資料作りを任されたり、ときにはプレゼン資料を作成するアシスタントに抜擢されたりすることもあった。そのまま他部署に引き抜かれたケースもある。

寒河江の言う通り、この会社は障害者に対する「理解」があるのだ。

しかし、聡は違った。

数字の計算や読み書きが得意ではない聡には、任せてもらえる業務が少なかった。もちろん、そういった者は聡の他にもいた。そういう障害者に与えられる業務は、社内の掃除やポスター貼り、備品整理などの、いわゆる雑務だ。それを担う庶務課も存在しているが、その庶務課の担当業務の中でもとても簡単なものがまわされる。そう、誰にでもできて、仮にミスがあったとしても大して問題にならない業務だ。

それは、仕方ないことだと思う。むしろ、どんな仕事だったとしても社会に馴染むことが肝要なのだ。社会の一員であると自覚できる環境に身を置き、みなとともに生きる。そうしなければ、自己を肯定することなどできなくなってしまう。

自分はそのままでいい。聡にはそんな風に思っていてほしかった。

「酒井さん、小野寺くんのデスクの整理をお願いしてもよろしいですか？」

責任者と話し終わったようで、近づいてきた寒河江に促された。

「あ……、そうですね。すみません」

寒河江が指し示したのは、部署内でも端のほうにあるデスクだった。エクセルなどが使える者のデスクにはパソコンが置かれているが、聡のそこには、ない。あるのはA四サイズのノートが一冊と、数本のペンが刺さったペン立て、地味な色味の付箋、それに〈小野寺聡〉と書かれたネームプレートだった。

手に取った瞬間、先程の女性から再び声をかけられた。

「酒井さん、小野寺くん、どうしたの？」

喉が窄《すぼ》まり、言葉が出てこなくなる。眉間に皺が寄っているのが、鏡を見なくてもわかった。なんとか笑顔を取り繕い、振り返るも、やはりなにも言えない。

「どうしたの？」

答えに窮していると、横から寒河江が助け船を出してくれた。

「小野寺くんは体調が悪くて、少しの間、お休みすることになったんです」

「そうなんですか」

「復帰する目処がついたら、あらためてお知らせしますね」

その言葉に納得がいかないのか、女性は椅子に座ったままいつまでも寒河江の顔を見上げていた。

すると窘《たしな》めるように、責任者の声がする。

「ほらほら、きみは仕事があるでしょう。寒河江部長の邪魔をしてないで、仕事に戻りましょう」

苦笑いを浮かべている責任者の姿を認めると、女性は頷き、キーボードを打ちはじめた。

責任者は「はい、きみも気にせず仕事して、ね」と一人ひとりの障害者に声をかけて回っている。

「寒河江部長、すみません……」

小声で話しかけると、寒河江は「早めに済ませて、今日のところは」と言った。

気を取り直し、聡のデスクの整理に取り掛かる。デスク上のものを持参した紙袋に詰めると、上から順に引き出しを開けていった。一段目、二段目と確認するも、大したものは出てこない。

しかし、四段目を開けると、小さなスケッチブックが出てきた。聡が普段使っているものを一回り小さくしたサイズだ。パラパラとめくってみると、最初の数ページに絵が描かれてあった。それらには見覚えがあった。ここで働きはじめた頃、聡が見せてくれたものだ。

一通り目を通すと、百合は大切にそれも紙袋にしまい込んだ。

「寒河江部長、これで全部のようです」

そう言いながら紙袋を掲げてみせると、寒河江は眉を上下させながら「ご苦労さまです」と言った。

掲げた紙袋は、思いの外軽かった。

辞去してビルを出ると、百合は大きく深呼吸した。

別れ際の寒河江の言葉が耳から離れなかった。

——酒井さん、落ち着いたタイミングで結構ですので、またご紹介ください。法定雇用率をクリアしなければいけないですし。

法定雇用率とは、従業員が一定数以上の規模の事業主に課せられている、障害者を雇用する割合のことだ。寒河江の会社の規模だと、十一名ほどの雇用が必要になる。しかし、聡がいなくなってしまった分、その割合が下がってしまった。目下、それをクリアしなければいけないと躍起《やっき》になるのも、寒河江の立場上、仕方のないことだろう。

けれど、その言い方が引っかかった。障害者は数字をクリアするための道具ではないのだ。

もちろん、他と比べても雇用条件は悪くない。寒河江の言うことを鵜呑みにするならば、社内には差別や偏見もないのだろう。それでも、喉元になにかが引っかかっているようで、言いしれない気持ち悪さが残った。

ただし、いつまでも気にしているわけにはいかない。この後も予定を入れていたし、今日は残業できなかった。

東京に戻る前にふたりで話せないかと、衛から連絡があったのだ。

約束した時間は、午後六時。仙台市内の飲み屋街で飲むことになっていた。

久しぶりの再会がこんな形になってしまったことを悲しく思いながらも、聡との思い出を共有できる相手と飲みながら話せることがうれしかった。その時間がいくらかの救いにもなるような気がして、約束の時間に遅れないよう、百合は残っていた仕事を淡々とこなしていった。

結局、約束の時間には十五分ほど遅れてしまった。

〈適当な店に入って待ってて〉と送ったメッセージに対して、衛からは〈ここに入ったから〉という返事とともに店の情報が送られてきた。開いてみると、適当にも程があるというようなチョイスだったので、思わず笑ってしまう。

衛が選んだのは、非常に地味な印象が漂う、小さな居酒屋だった。せっかく帰郷したのだから、そこでしか食べられないようなものを出す店にすればいいのに、と思いつつ、遅れてしまった身なのでなにも言えない。店員に待ち合わせであることを告げると、奥にある座敷まで案内された。

「衛くん、本当にごめん！」

ヒールを脱ぎながら謝ると、すでに半分ほどになっているジョッキを見せながら、「ううん、先にやってたから」と衛が言った。

正面に座り、ジャケットを脱ぐ。

テーブルには枝豆とたこわさが並んでおり、聞くと焼鳥の盛り合わせも頼んでいるという。

おしぼりとお通しを持ってきた店員に、生ビールとキュウリの浅漬け、牛たんの串焼きを追加で注文した。

「絶対に間に合わせるはずだったんだけど、帰り際に上司に捕まっちゃって。ごめんね」

「大丈夫だって」

言いながら衛はジョッキを傾けた。やけに飲みっぷりがいいような気がしたが、そもそも衛と酒を酌み交わすのはこれが初めてだった。百合が松島町を離れてから一度も会っていなかったのだ。衛がどんな風に酒を飲むのか、知るはずもない。

「衛くん、お酒強いの？」

「どうだろう、ふつうだと思うけど、あんまり変わらないとも言われるかも」

「ふうん、そっか」

「なに？　なんかおかしい？」

「ううん、別に」

百合の記憶の中の衛は、子どものままで止まっている。だから、この状況がちょっと不思議で仕方なかった。もしも聡が生きていたら、こんな機会は訪れなかったかもしれない。

現実の寂しさを噛み締めつつ、その中にあるほのかな温かさにも触れたような気がした。

店員が乱暴に持ってきたビールを受け取ると、あらためて乾杯する。

「衛くん、それじゃあ……。聡くんに」

ジョッキを掲げると、衛が静かに合わせてきた。

「うん。兄貴に」

ジョッキに口をつけ、一息つくと、そこで会話が止まってしまう。久しぶりの再会とはいえ、こんな状況だ。盛り上がるわけないだろうとは思っていた。しかし、予想していたよりも早く気詰まりな空気が漂いはじめたことに戸惑ってしまう。

百合たちとは異なり、他のテーブルには機嫌よく酒をあおるビジネスマンたちの姿が見られた。明日は土曜日ということもあって、皆、憂さ晴らしをするように飲んでいる。陽気な彼らと比べると、自分たちはこんなにも沈んでいた。

苦笑する百合に反して、衛はなにか考え事をしているように見えた。店員を呼び止めるとお代わりを頼み、タバコに火を点けた。

「あのさ……。衛くんは、いつ東京に戻る予定なの？」

それは間を埋めるための質問でもあり、本当に気になっていることでもあった。聡の葬儀と火葬が済んだいま、衛がここに留まる理由がない。向こうで仕事もあるのだ。

「日曜の夜には戻ろうかと思ってる。来週からは取材も入ってるしさ」

「あ、そうか。衛くん、ライターやってるんだもんね。取材となると先方との約束もあるからずらせないだろうし……。でも忙しそうだね」

「そうだね。ただ、ギリギリまで粘るつもりなんだ」

「粘るって……、どういう意味、なの」

伏し目がちに灰皿に灰を落としていた衛が、その顔を上げた。あまりにも真っ直ぐな瞳を向けられ目を逸らしそうになるも、ぐっと堪え、両目で衛の視線を受け止めた。

「そんなの決まってるじゃないか。兄貴はどうして死んだのか、それをはっきりさせるんだよ」

衛の言葉に、やはり、と胸を衝かれるような思いがした。今日、自分を呼び出したのも、聡の死についてなにか知っていることはないか、聞き出すためだったのだろう。しかし、その期待に応えることはできない。百合にもわからないことだらけだった。寒河江と話すことで、なにかヒントを得られると思っていたのだが、確証めいたことはなにひとつ手に入らなかった。

「私もね、今日、聡くんが働いていた会社に行ってきたの。事情を説明しに行くって体《てい》だったんだけど、もしかしたらそこでなにかあったんじゃないかとも思っていて、半ばそれを探るつもりで」

「なにかわかった？」

衛の言葉に、首を振る。

「ううん、なにも。雇用環境も悪くないし、やり取りしている人だってすごくいい人なの」

言いながら、寒河江の言葉が蘇ってくる。「法定雇用率をクリアしなければいけないですし」。しかしそれは、もっともな意見だ。そんなことを気にしていたら、障害者の就労支援なんてやっていられない。

「じゃあ、職場には問題がなかったってことか……。そもそも、兄貴ってどんなところで働いてたの？」

「聡くん、大手の家電メーカーに勤めてたのよ。駅前の大きなビルに入っている会社でね――」

あらためて衛に説明しながら、大人になってから聡と再会したときのことを、百合は思い返していた。

＊

ちょうど一年半前のことだ。百合が勤める会社に、健蔵に連れられた聡がやって来たのだ。近所に住んでいたこともあって、子どもの頃は仲良くしていたものの、引っ越したことを機に聡とは疎遠になっていた。最後に会ったのは二〇〇二年の冬、百合が小学五年生の頃。約二十年ぶりの再会だった。

「聡くん……?」

健蔵の斜め後ろで不安そうにしていた聡はしばし百合を見つめると、やがて柔らかな笑みを浮かべた。目の前にいる現在の百合の姿と、思い出に残っている像とがゆっくり結びつき、安心したのだろう。おずおずと一歩前へ出てくる。

さすがに身長こそ伸びていたが、愛くるしい容姿は幼い頃のそれとほとんど変わりなかった。ただ、当時は潤《うる》むように輝いていた瞳がどことなく沈んで見えるような気もした。

それでもこうして再会できたことがうれしい。

「聡くん、久しぶりだね！　こんなところで会えるなんて……。あれから元気にしてた？　お母さんも聡くんの顔、見たいと思うよ！　そうそう、お母さん、この町でお店やってるの」

名刺入れに入れてあった皐月の店のショップカードを差し出すと、聡は遠慮がちに受け取ってくれた。

「聡くん、よかったら今度一緒に行こうよ！　ご飯がすごく美味しいって評判で――」

ここで思わずはしゃいでしまった自分に気づき、百合はひとつ咳払いをする。

健蔵に目をやると、彼は彼で微笑んでいた。

「失礼しました。おじさん――、いえ、小野寺さん、すみません。聡くんに会えたのがうれしくてつい」

「いや、俺も聡も、ここで百合ちゃんに会えるとは思ってなかったから。なあ、聡？」

健蔵が水を向けると、聡は口元を緩めながら大きく頷いた。

「あ、それで今日は……？　もしかして就労のご相談でしょうか？」

「ああ。聡みたいな子に仕事を紹介してくれるって聞いてな。どうだろう？　いいところあっかな？」

「小野寺さん、詳しいことはあちらで話しましょう」

会議室の使用状況を確認すると、ちょうどひとつだけ空いていた。すぐに押さえ、聡たちを案内する。

お茶を出すと、一つひとつ冷静に取り出すように健蔵が話し出したが、いまにも爆発しそうな感情を抑えているのがわかった。

行きつ戻りつし、ときには同じことを何度も繰り返し熱弁する健蔵からは、聡の将来を案ずる気持ちが痛いほど伝わってくる。それはここにやって来るすべての親たちに共通することかもしれない。

健蔵によると、どうやら聡は最近まで通っていた作業所を無断で辞めてしまったらしい。それは初めてのことではなく、知人や役所の紹介によってせっかく作業所を見つけても、なぜか聡はすぐに辞めてしまう。しかし理由を訊いても、答えない。このままでは聡はどうなってしまうのだろう。もしも自分が死んだら――。不安は日増しに大きく膨らんでいく。そんな矢先、ウェルワークの存在を知ったという。ここがダメだったら、あとは自分の仕事の手伝いでもさせるしかない。まるで背水の陣のような心持ちでウェルワークのドアを叩いたところ、偶然にも百合と再会したというわけだった。

一息に話したせいで喉が渇いたのだろう、健蔵はお茶を一気飲みすると深く息を吐いた。

その隣に座る聡は、一言も発さない。健蔵の訴えに耳が痛いのか、あるいは理解できていないのか。いずれにしても、自分がなんとかしてあげるのだ、と百合は強く思った。

「小野寺さん、ひとつだけ事前に確認させていただきたいんですが、聡くんの療育手帳を見せてもらえますか?」

しばしの間を空け、健蔵が呟くように言う。

「ねんだ」

「……え?」

「その手帳ってやつは、申請してねんだ」

内側にあるものをなんとか絞り出すように話す健蔵の姿は、懺悔《ざんげ》しているようにも、怒りと悔しさを押し殺しているようにも見えた。

「えっと……どうしてですか」

「こいつはさ、子どもの頃にかかった医者から、軽い知的障害があるって言われたんだ。でもな、軽いってことは、どうにか努力すれば障害者なんてわからないくらいにはなれるかもしれねぇだろ？　それを申請なんてしたら、いかにも『私は障害者です』なんてハンコを押されちまうようなもんだ。んなことはできなかったんだよ」

要するに、自分の子どもを障害者だと認めたくない、ということだろう。しかし、特段驚くべきことではなかった。健蔵のような考えを持つ親は、少なくない。

でも、健蔵の言う努力とやらではどうにもならないこともある。それは健蔵自身が痛感しているはずだ。だからこそ、こうしてここに相談にやって来たのだろう。

その手を、摑んであげたい。助けを求めて、震えながら必死で伸ばした手を、しっかりと摑んで放したくない。心の底から、百合はそう思った。

俯く健蔵の横で、聡は不安そうに瞳を揺らしていた。百合の視線に気づくと、聡の両目がしっかりと百合を捉えた。

「聡くん、大丈夫よ」

百合が声をかけると、聡はそっと目を逸らしてしまった。

聡と健蔵が百合のもとを訪ねてきたその日は、タイミングがよかった。取引先に出向く予定も、他の障害者の面談も入っていない。

　善は急げということで、百合は早速、健蔵に必要な書類への記入を促した。その間、聡には簡単なテストを受けてもらう。文章の読み書きや計算能力、空間認知、コミュニケーションスキルなど、企業で働く上でおよそ必要になる諸々の能力をチェックするものだ。これをもとにその障害者にできること、できないことを明確にし、企業へとつなぐ。

　鉛筆を握った聡は、黙々とテストに向き合っていた。しかし、解答に詰まってしまうのか、しばしば手が止まっているようだった。

「聡くん、わからない問題は飛ばして、わかる問題だけやればいいから」

「……あ、え。……うん」

　おずおずと返事をしたかと思うと、聡はそれでも手を動かさない。見れば、計算問題に躓《つまず》いているようだった。百合は腕時計に目を落とす。制限時間があるのだから、一つひとつに時間をかけていても仕方ない。可能な限り良い結果を出してもらいたい。それによって、就職先の選択肢も変わってくるからだ。焦れったさのあまり、またしても口を出しそうになり気づいた。

　ゆっくりではあるものの、聡は計算ができている。しかし、正解を導き出したかと思えば、それを消し、あらためて計算し直そうとしている。

　それで合っているのに、という言葉が出かかり、堪える。

　結局、聡は何度も計算をやり直し、最終的には誤った答えに辿《たど》り着くという過程を繰り返していた。

混乱しているのだろうか、それとも、聡の障害は思っていたよりも重かったのか――。

落胆のため息をこぼしそうになり、寸前でそれを我慢する。

と、健蔵から声をかけられた。

「百合ちゃん、これでいいか」

受け取った書類には、お世辞にも綺麗とは言えない健蔵の文字が躍っていた。枠からはみ出さないように、なんとか整列させようと書かれたそれらは、どこか切実さを感じさせる。

「ありがとうございます。小野寺さん、ひとつだけお願いしたいことがあって。療育手帳の件なんですが」

「やっぱり、取ったほうがいいのか」

「いえ、取得しなくてもいいんです。ただその場合は、障害福祉サービス受給者証というものが必要になります。たとえ療育手帳を持っていなくても、専門医から障害の診断を受けていれば申請できます。聡くんに手帳を持たせるのは、嫌なんですよね？　であれば、この障害福祉サービス受給者証だけでも取得してください。無事に交付されれば、弊社のサービスも滞りなく利用できますので」

「……わかった」

苦渋の決断、というような表情を、健蔵は浮かべていた。

それきり黙り込むと、室内には聡が鉛筆を走らせる音だけが響いた。

＊

「そのテストの結果が良かったから、兄貴は、その大手企業ってやつに就職できたってこと？」

聡と再会したときのことを訥々《とつとつ》と話すと、衛は素朴な疑問を抱いたようだった。ジョッキは空になっていたけれど、そんなことを気にする素振りも見せず、百合の話に集中している。それも仕方ないかもしれない。聡がどんな人生を歩んできたのか、衛は知らないのだ。そして、本人の口から直接それを聞く機会は、永遠に失われてしまった。だからいまは、その断片に触れられるチャンスを逃したくないのだろう。

だとするならば、包み隠さず話してあげるべきだ。

「ううん。残念だったけど、結果はあまり良くなかった。さっきも言ったように、簡単な計算問題をなぜか間違えてしまうし――」

ここまで言うと、衛の顔に不意に影が差した。

言い方が不味《まず》かったのかもしれない。聡のことを貶《けな》しているように聞こえただろうか。百合は慌ててフォローした。

「あの、ごめん。なぜか間違えてしまうって、聡くんは一生懸命だったと思う。失礼な言い方だったよね」

「いや、それはいいんだ。なんでもないから、続けて」

「えっと、それでね、計算能力とか文章作成とか、それらの結果もあまり芳しくはなかったんだけど、ネックだったのはそこじゃないのよ。聡くんの場合、他者とコミュニケーションを取るのがあまり得意じゃないみたいで。質問を投げかけるとちゃんと反応はしてくれるんだけど、それでも一言答えてくれればいいほう。急に押し黙っちゃう瞬間もあって……。でね、やっぱり企業で働くとなると、コミュニケーションがきちんと取れるかどうかが重視されるんだよね。そこに不安が残ったの」

「そうなんだ……。じゃあ就職先を探すのに苦労したんだろうな」

「いや」

そうではない。たしかにテストの結果、聡のコミュニケーション能力は平均よりも低かった。聡が解いたテスト用紙を受け取り、それをパソコンで読み取ったときの絶望は忘れられない。

計算能力：D
文章作成能力：C
…………
コミュニケーション能力：E

ディスプレイに表示される結果を目にし、同僚に気づかれないよう、百合は落胆のため息を吐いた。やはり聡の障害は、想像以上に重いのだろう。

このままの結果を企業側に伝えれば、就職活動は難航するはずだ。これまでの経験からも、火を見るより明らかだった。

だとするならば、この結果をいじればいいのではないか——。

ディスプレイを睨みつける百合の脳裏に、ふと、そんな考えが過《よぎ》った。それがどんな意味を持つのか咀嚼《そしやく》する前に、自然と指先がキーボードに触れる。しかし、踏みとどまる。

テスト結果を改ざんするなんて、絶対に許されることではない。

でも、このままでは聡は行き場を失ってしまうかもしれない。この社会から取り残されそうになっているところを救えるのは、誰でもない、自分だけなのだ。

ならば、いま自分がすべきことは。

百合はごく滑らかに指先を動かし、キーボードを叩いた。

表示されているテスト結果が、ひとつずつ書き換えられていく。

計算能力：C

文章作成能力：B

……………

コミュニケーション能力：B

これでいい、これでいいのだ。そう何度も百合は自分に言い聞かせた。

「聡くんのテストの結果を、私は、書き換えたの」

あのとき自分が下した決断を伝えると、衛はしばし言葉を失ったようだった。

ふたりの間に訪れた沈黙を破るように、店員から声をかけられる。

「お客さん、お代わりいかがっすかー」

大学生風の軽薄そうな店員に、衛は「じゃあ、またビールで」と素っ気なく返す。

間もなく届けられたジョッキで唇を濡らすと、衛が言う。

「……どうして、そんなことしたの」

「だって、少しでも良いところに就職してもらいたかったから――」

「それはわかるけど、でも、成績を改ざんするって……。それがもしも公になったら、百合ちゃんだけじゃなく、兄貴や親父にだって迷惑がかかるんじゃないの?」

まるで責められているような気持ちになる。これが上司であれば、甘んじて受け入れただろう。けれど、衛に責められる謂《いわ》れはない。

「ちゃんとした企業に入れば、聡くんだって胸を張って生きられる。ううん、聡くんだけじゃない。おじさんだって、聡くんのことを見直して、もっと自信が持てるかもしれないでしょう? そうでもしなきゃ、あのふたりはギリギリだったんだよ。再会したときにわかった。ここで誰かが助けなくちゃいけない、じゃないと、どうなるかわからないって。だから……、だから、褒められるようなことではないってわかってたけど、敢えてそうしたんだよ!」

つい、声を荒らげてしまった。

百合を見つめる衛は、少しだけ悲しそうな顔をしていた。

「百合ちゃん、ごめん。百合ちゃんは、兄貴と親父のことを本気で心配してくれてたんだよね」

「私こそ……ごめん」

沈鬱な空気を払拭しようとしたのか、やたらと衛が明るい声を出す。

「それにしてもさ、兄貴はすごいよな。百合ちゃんに多少、その、便宜を図ってもらったとしても、ちゃんとした企業に就職できたんだろ？　俺なんて流されるままにフリーライターやってるけど、企業で働くなんて無理だもん」

「そんなことないって。衛くんも立派だよ」

「いやいや、面接ってだけで緊張しそうだよ」

寒河江との面談が決まった日、百合は聡に「私に任せてくれれば大丈夫だからね」と何度も繰り返した。実際、面談の最中、聡が答えに窮すると、すぐさま百合が助け船を出した。それはもはや、業務の範疇《はんちゅう》を逸脱していたレベルだろう。働くのはあくまでも障害者たちだ。だからこそ、面談の時点でそれぞれの自主性を尊重しなければ、働き出してからが続かない。

しかし、聡のときは過剰なほど、百合が口出しをした。

小野寺くんは大人しい性格ですが、非常に真面目で、コツコツ仕事をするタイプです。必ずや、御社にとって必要な人材になれるかと思います。なにかあったら私も全力でサポートしますので、なにとぞよろしくお願いいたします――。

そんな熱弁を聞き入れ、寒河江はその場で聡の雇用を決めてくれた。

あのとき、隣に座る聡はどんな顔をしていただろうか。きっと自分と同じように喜んでいたはずだ。でも、いくら記憶を掘り起こしてみても、そこだけが真っ黒に塗りつぶされたみたいで、聡の表情は浮かんでこなかった。

「面接はまあ、私も一緒だったしね。それでちゃんと決まって、聡くんは働き出したのよ。それからは定期的に様子を見に行っていたし、一緒に働く人たちもみんな良くしてくれてて。聡くん、楽しそうだった。だから……、自殺の原因は仕事じゃないと思う」

百合の言葉に納得しているのかしていないのか、眉間に皺を寄せながらタバコを吸う衛からは、その頭の中にあるものが読み取れなかった。

「あのさ、兄貴って具体的にはどんな仕事してたの？」

「聡くんは、なんて言うんだろう……、庶務のサポートみたいな業務がメインだったみたい」

「庶務っていっても、かなり広いよね」

「そうだね。たとえば社内の掃除をしたり、社内行事を告知するポスターを貼ったり、そういう細々した業務が多かったと思う。スキルや適正があれば、資料作成とかもできたんだけど、どうしてもそれは難しいみたいで……。でも、そういう雑務だってすごく大切な仕事だし」

まるで言い訳がましいことを言っている自分に、百合は内心驚いた。

聡が担っていたのは、本当に簡単な雑務ばかりだ。もしかしたらそこに、やりがいはなかったかもしれない。いや、かもしれないではなく、聡はやりがいを見出せていなかった。

ウェルワークからの紹介で就職した障害者たちには、定期的な個人面談を実施していた。聡も然りだ。働き出して数カ月が経つ頃、聡はこう言っていた。

「ぼくも、みんなみたいに、もっといろんなことを、やりたい」

でも百合は、それを却下した。厳密には、「もう少し待ったほうがいい」と伝えたのだ。

もちろん、要望を出すことはできる。ただし、それにはタイミングというものがある。ある程度の期間、真面目に働き、社内での信用を勝ち取ってからでないといけない。そうじゃなければ、文句ばかりを言う障害者というレッテルが貼られてしまう恐れがある。そうなれば、他の誰でもない聡自身が働きづらくなってしまうのだ。

だからいまは、与えられた業務をこなすことに集中すべき。長い目で見れば、それが得策なのだ。そんな百合の考えは、聡にきちんと伝わっていただろうか。

途端に自信を失ってしまう。考えれば考えるほど、最善の選択は他にあったのではないか、と思考が迷い出す。けれど、時間は巻き戻すことができない。左右に別れた道を右に進んできたとして、もう片方の道の先になにがあったかなんて知る術もないのだ。だったら、自分が進んできた道程をただ肯定するしかない。振り返れば、後悔なんていくらでも出てきてしまうのだから。

「そうだ。今日ね、聡くんの職場で荷物整理してきたの」

堂々巡りになりそうな思考を遮断するように、百合は強引に話題を変えた。

紙袋を衛に渡す。

衛はそれを受け取ると、中を覗き込んだ。

「会社勤めっていっても、あんまり荷物ないんだね」

「まあ、ね。でも一応、これも遺品ってことになるから、衛くんに持ち帰ってもらおうと思って」

「そっか。ありがとう。……あ、これって」

衛が取り出したのは、小さなスケッチブックだった。パラパラめくる手が、あるページで止まった。

そこにあったのは、聡と一緒に働いていた障害者一人ひとりの似顔絵だった。その下にはひらがなで名前と年齢が書かれている。

「これ、兄貴の会社の人たち？」

「そう。みんな、聡くんと同じように障害のある人たち。聡くん、入社してしばらく経った頃、突然これを描きはじめたんだけど、さすがに業務とは関係ないでしょう？　だから、やんわりと注意したことがあったの。仕事中に絵を描いてちゃダメだよって。心苦しかったんだけど……」

「そうなんだ……」

衛は呟き、そのまま食い入るように似顔絵を眺めていた。

「兄貴は、どうしてこれを描いたんだろう」

その質問は百合に向けられたものというよりも、自問自答するような音量だった。なにか答えようとしたものの、その答えを持ち合わせていないことに気づき、百合は黙ったまま温《ぬる》くなったビールを流し込んだ。

二十時過ぎに店を出ると、これから飲みに行くのか意気揚々とした会社員たちで通りは溢れていた。昼間の肌を刺すような暑さは鳴りを潜めていたものの、それでも少し歩くとじっとりした汗が浮かんでくる。

ハンカチを握りしめながら、衛と並んで駅へと向かっていく。前を通り過ぎた焼き鳥屋から香ばしい匂いが漂ってきて、先程の店ではほとんどなにも食べていなかったことに気づいた。

「あのさ」

真っ直ぐ前を見据えたままの衛に話しかけられた。

「ん？　なに？」

「明日って百合ちゃんも休み？」

「うん。基本的に土日はお休みだから」

「それならさ、うちに来てくれないかな。兄貴の部屋の片付けがまだ残ってて。伯母さんと一緒にやってたんだけど、伯母さん、あんまり体調良くないみたいで、しばらく休んでもらうことにしたんだ。でも、親父も参っちゃってるし、だから、百合ちゃんが手伝ってくれると助かるんだよね」

子どもの頃、聡の部屋には何度か入ったことがあった。作り付けの棚に、スケッチブックが並んでいたのを覚えている。たしか聡は、描き切っても捨てずに取っておくのだと言っていた。だとすれば、相当な量になっているだろう。それを衛がひとりで片付けるのは大変だ。

幸いなことに、特に予定は入れていなかった。というか、聡が亡くなったばかりで、どこかへ出かける気にもなにかをする気にもなれないのが正直なところだ。けれど、聡の遺品整理であれば、できる気がする。

「うん、大丈夫。手伝いに行くよ。お昼過ぎくらいでいいかな?」

了承すると、衛は申し訳ないというような笑みを浮かべた。

「よかった。助かるよ」

それきり、衛は黙り込んでしまった。なにか話題を振ろうかと思うものの、なにも浮かんでこない。無理やり開きかけた口を閉じる。

チェーンの飲み屋や小料理屋、大衆居酒屋などが密集していたエリアを離れ、駅に近づくにつれてオフィスビルが林立していく。どのビルにもまだ明かりが灯っており、通りを煌々《こうこう》と照らしていた。タクシーが引っ切り無しに走る道路の向こう側に目をやると、窓越しに動く人影が見える。

海が近い松島町に住んでいた頃、当時は夜がとても深いものだった。あたりが闇に包まれると、人の気配は消え、波の音が耳に届く。静かで定期的に打ち寄せる波音は子守唄のようにやさしく、同時に、人の営みを呑み込まんばかりの巨大さを感じさせ、恐ろしくもあった。

そんな場所を離れ、仙台市で生活するようになり、夜がこれほどまでに騒がしく明るいものであることを百合は知った。

駅に到着すると、構内はとても賑やかだった。待ち合わせをする大学生らしきグループが、大きな笑い声を立てている。歓声を聞いていると、なぜだか物悲しい気持ちになった。

人混みを抜け、改札前まで見送ろうとすると、閉店時間を迎え無人になった土産物屋のカウンターの前で、衛が振り返った。

「百合ちゃん、ここでいいよ。わざわざごめんね」

「ううん、私も駅前でバスに乗るからついでだよ。じゃあ、このへんで。また明日――」

「あのさ」

別れの挨拶をしようと思った矢先、衛が神妙な面持ちを見せた。

「どうしたの」

「あのさ、ここまで歩きながらずっと考えてたんだ。今更言っても仕方ないことだろうし、そもそも俺の推測でしかないから言わなくてもいいかな、とも思ったんだけど。でも、百合ちゃんは兄貴のことを大切に思ってくれてたみたいだから、一応伝えておきたくって」

返す言葉が思いつかず、無言で話の続きを促した。

「百合ちゃん、兄貴の職場にあったスケッチブックを見せてくれただろ？　あれには職場で働く、兄貴の仲間たちの似顔絵が描いてあった。兄貴は好きなものしか描かない人だったから、つまり、彼らは兄貴にとって本当に大切な仲間だったんだと思う」

「私も、そう思う。みんな、聡くんにやさしくしてくれてたし、それは自信を持って言える。だからこそ、聡くんにとっては恵まれた環境だったはずなの」

「うん。それはそうなんだろう、と思うよ。俺が気になってるのは、兄貴がどうしてあれを描いたのかってこと」

「それは、衛くんの言う通り、彼らのことが好きだからでしょう」

「それだけだったら、誰にも邪魔されない自宅で、ひとりで描いていれば良かったんだ。兄貴は一度見た風景を記憶する能力に長けていたこと、覚えてる？」


衛の言葉に導かれるように、聡と一緒にいた頃の記憶が掘り起こされていく。

松島町の海を一望できる、藤山。当時、どこにも行き場がなかった百合や聡、衛にとって、あの場所はまるで秘密基地のようだった。展望台でもあったので、時折、観光客が訪れる。その点においては、秘密でもなんでもない。しかしそこに来る観光客たちは、三人には目もくれず、目の前に広がる雄大な海に心を奪われる。その様子を見ていると、自分たちが社会からはみ出た、悪目立ちする存在であることを忘れられる。その他大勢の子どもたちという隠れ蓑を纏《まと》うことが許されるその場所は、やはり三人にとっての秘密基地だったのだ。

そこで見た海は、いつだって静けさと穏やかさをたたえていた。特に好きだったのは、海が夕日に染まっていく瞬間だった。橙色の塊が波間に溶けていくにつれ、足元からは柔らかな闇が忍び寄ってくる。世界が沈黙と契りを交わすその瞬間、百合は解放にも似た気持ちを抱いた。

その風景を描いてくれたのは、聡だった。引っ越しの日の朝、はにかみながら見せてくれた一枚の絵には、百合の大好きな世界が寸分違わず切り取られていた。そのとき、聡の描写力とともに、瞬間的に視覚情報を記憶する能力に驚いたのだ。

それは、いまだに大切に保管している。

「聡くん、私が大切にしたいと思っていた風景も描いてくれた。本当にすごい人だったよね。でも、それと今回のことと、なんの関係があるっていうの？」

「だからこそ、不自然なんだよ。職場の仲間のことが大好きで、彼らのことを描きたくなった。だとすれば、自宅でゆっくり描けばいい。でも兄貴は、わざわざ職場でそれを描いたんだろう。もちろん、自宅で描いたものを職場に持ち込んだ可能性も考えられるけど、いま話しているのは、あくまでもひとつの仮説ってことを踏まえて聞いてほしいんだ」

「ひとつの仮説……。じゃあ、衛くんの言う通り、聡くんが職場でそれを描いていたとして、なにが気になるのよ」

「兄貴だってきっと、職場で絵を描くことは褒められることではないって理解していたと思う。業務内容とは関係ないんだから。それでも描いた。つまりは、誰かにそれを見せたかったんじゃないかな」

衛の言わんとしていることが、いまひとつ理解できない。

一緒に働く仲間、障害者たちのことを描いて、一体誰に見せたかったというのだろう。そんな必要あるだろうか。

「誰かって、誰なの」

衛が紙袋からスケッチブックを取り出し、開く。精緻《せいち》な似顔絵の下には、一人ひとりの名前がはっきりと力強い筆致で添えてある。

「似顔絵の下には、ご丁寧にも名前まで書いてある。これって、彼らのことを知ってもらいたかったんじゃないかな」

「だから、一体誰に……？」

「会社の人たちだよ」

言われた瞬間、特能部の責任者の声が蘇った。

——ほらほら、きみは仕事があるでしょう。

——はい、きみも気にせず仕事して。

彼は、そこで働く障害者たちを「きみ」と呼んでいた。それは、たまたまかもしれない。いつもは名前で呼んでいたかもしれない。でも、確証が持てない。これまで気にしたことがなかった。

「百合ちゃん、言ったよね。職場環境はとても良いって。だから、これは考えすぎかもしれない。ただ、可能性のひとつとしてはありうるかもしれないって思うんだ。兄貴は、仲間のことをきちんと覚えてもらいたくって、似顔絵を描いた。それをどこかに貼り出そうと思った。もしかしたらそれは、ポスター貼りの業務中に思いついたことなのかもしれない。社内の人たちに伝えたいことは、こうして貼り出せばいいんだって。だとすれば——」

「だとすれば……？」

思考は悪い方向へと加速していく。

もしも誰ひとりとして、きちんと名前で呼ばれていなかったとしたら。いつまで経っても名前を覚えてもらえていなかったとしたら。

「兄貴を含めた、そこで働くみんなは、自分たちの名前を呼んでもらいたかったんだと思うよ」

それはつまり、彼らの存在が一切認められていなかったと同義ではないだろうか。

自分の顔から血の気が引いていくのがわかった。

「そんな……」

動揺する百合を気遣ってか、衛が努めて冷静な口調を意識しているように見えた。

「でも、これはあくまでも俺の勝手な想像だから。別に百合ちゃんが言っていることを疑っているわけじゃないんだ。百合ちゃんの目にはたしかに良い職場として映っていたんだろうし、実際、そうだったのかもしれない。ただ、世の中には絶対なんて存在しないとも思う。どんなに理想的に見えるものにも、綻びはある。もしも兄貴がそこに落ちてしまっていたとしたら、誰にも見えない苦しさを抱えていたのかもしれない」

「もしも、もしもそうだったとしたら、私はなにも見えていなかったってことよね……」

「申し訳ないけど、それを俺に判断することはできない。それでさ、百合ちゃん――」

一呼吸置いて、訊きづらいことを尋ねるように、衛がゆっくりと口を開く。

「百合ちゃんから見て、働いているときの兄貴は、幸せそうだった?」

衛の言葉を耳にした瞬間、駅構内の雑踏が急激に遠ざかっていくような感覚に囚われた。たったいままで騒がしかったはずなのに、誰の声も物音もしない。聞こえてくるのは、先程から速まりつつある自分の鼓動だけだった。

聡は幸せそうだっただろうか――。

ただ肯定すればいいだけなのに、頷けばいいだけなのに、いまの百合にはそれができない。言葉を失い、必死で呼吸しようとするみたいに口をパクパクさせていると、衛は寂しそうな笑みを浮かべた。

「じゃあ、俺、帰るね。百合ちゃん、また明日」

雑踏の中に紛れていく背中は、誰よりも悲しみを背負っているように見えた。それが見えなくなるまで、百合はその場に立ち尽くしていた。

予想外だった衛の言葉が、海底のヘドロのようにいつまでも脳内にこびり付いていた。聡が亡くなってしまったことによる心労も溜まっていたため、早めに床に就くつもりだったが、このままではすっきり寝られそうにない。

百合はバス停に向かうと、自宅とは反対方向へ走るバスに乗り込んだ。

寝る前に、皐月の顔を見に行こうと、百合は思っていた。誰かと話したいけれど、誰でもいいわけではない。そんなとき、いつだって相手になってくれるのは、皐月だった。まだ百合が松島町に住んでいた幼い頃から、女手ひとつで育ててくれた。同じ女として生まれ、どんなときも逞《たくま》しく生き抜いてきた皐月のことを、控え目に言っても尊敬している。

大人になり、常に守られる存在としての娘という殻は脱ぎ捨てたつもりだったが、ふと弱気になったとき、今夜みたいなときは、その強さに触れていたいと思うのだ。

小さな飲食店を営む皐月は、年中、忙しくしている。数量限定だが昼間は定食も出しており、会社員のリピーターも少なくない。そして夜には皐月の手料理をつまみに酒が飲める、居酒屋とスナックの中間のような店になる。週末は客足も少なくないはずだ。聡のことがあってから数日間は営業を休んでいたため、特に今日は盛り上がっているだろう。

邪魔になるかもしれない、と逡巡《しゅんじゅん》したが、もしも話す隙もないほど忙しそうであれば顔だけ見て帰ればいい。

仙台駅を起点として、百合の自宅がある方向とは真逆の東側へ十分ほどバスに揺られると、皐月の店に近いバス停で降りられる。そこは仙台市の繁華街とは比べものにならないレベルだが、スナックやバーなどが集まっていて、近隣住民にとっては夜の憩いの場となるエリアだ。近くにはタクシーの営業所もあるため、業務を終えた男たちも立ち寄ってくれる。

人件費を削減するために皐月はひとりで営業していることもあり、大繁盛とまではいかずとも、潰れる不安はない。開店して、もう二十年近く経つ。そこそこの客足で、そこそこに忙しく、食べていくには困らない収入が得られる。皐月の年齢を考えると、賢い選択をしたと言えるだろう。

最寄りのバス停に到着し、そこから車の往来も多い大通り沿いを五分ほど歩く。路地に入ると、何枚かの明るい看板が目に入る。そのうちの一枚、〈食事処　さざなみ〉と書かれているのが皐月の店だ。二階建てになっており、一階が店舗、二階が皐月の住居である。就職してひとり暮らしをはじめるまでは、百合もここで生活していた。

引き戸を開けると、来店を歓迎する皐月の声がした。

「お母さん、私」

「なんだ、百合じゃない。どうしたのよ」

週末だというのに客足は芳しくないのか、店内には誰もいなかった。五人もかければいっぱいになりそうなカウンターも、ふたつあるテーブル席も、箸やコースターがセットされたまま綺麗な状態だ。

「今日は暇なの?」

「ああ。聡くんのお葬式もあったし、本当は今日までお休みする予定だったのよ。でも特にすることもなかったし、一応開けてみたんだけどね。もう今日はダメかもしれないなって、早めに閉めようと思ってたところ」

言い残すと、皐月は表に出ている立て看板を店内に引っ張り込んだ。今日は本当に店じまいらしい。

入り口の鍵を閉めると、皐月は手を洗いながら尋ねてきた。

「百合、ご飯はもう済んだの?」

「うん。さっきまで衛くんと飲んでたから」

「衛くんと?」

衛と話したことをそのまま伝える気にもなれず、百合は適当に誤魔化した。

「お腹いっぱいならいいけど、ここに来たってことはなにかあるんじゃないの? 簡単なものでよければ、お酒と一緒に用意しようか?」

「……じゃあ、お願い」

百合の返事を聞くと、皐月は手際よくカウンター内を動き回った。カウンター越しに、その様子を見守る。ものの五分で、魚のアラの煮付けとだし巻き卵、ハイボールが並べられる。

皐月の手料理をつまみながら、二杯目のハイボールに口を付けたところで、締め作業をあらかた終えた皐月が、ひとつ席を空けてカウンターに座った。その指先で細いタバコを一本つまむと、マッチで火を点ける。あたりにメンソールの香りが漂った。

「ここ、禁煙じゃなかった？」

「もう閉めてるし、私はいいの。労働したあとの一服くらい、許してよ」

「労働って、今日は誰も来てないんでしょ」

「本当、無駄骨だったわ。こんなことなら、一日中寝てれば良かった。なんだかんだで疲れも溜まってたしね」

取り留めもない雑談をしているうちに、グラスが空になる。氷が寂しげに鳴る音を聞くと、皐月が立ち上がった。

「もう一杯くらい、飲むでしょ？」

百合の返事も聞かず、皐月はふたつのグラスに薄めのハイボールを作った。どうやら自分も飲みたくなったようだ。はい、お疲れさま、と言いながら、皐月はグラスを合わせてきた。

三杯目を飲み干すと、程よく酔いが回ってくる。ここで百合は、皐月に聡の話題を向けた。

「あのさ、聡くんのことなんだけど」

訊きたいことがあるのに、そこで止まってしまう。

「なに？　どうしたのよ」

「あのね、聡くんって、幸せだったと思う？」

「急に、どうしたの。幸せって……、そんなこと、私たちにはわからないし、判断のしようがないじゃない」

「うん、それはそうなんだけど……。仕事を紹介してあげて、そこで一生懸命働いてたけど、それって聡くんのためだったのかなって」

「人ってさ、必要とされたいじゃない。こんなことを言ったら申し訳ないけど、聡くんは子どもの頃からそれを実感できる機会がそんなになかったと思うの。だとすれば、百合が紹介した職場で働くようになって、そこにいる人たちに必要とされるようになって、きっとそれまでに感じることがなかったような喜びはあったんじゃないかと思うよ。それって、すごく小さなことかもしれないけど、幸せよね」

「そう、だといいよね」

「もう！　あんたが気にしてても仕方ないでしょう。早く元気出さなきゃ、聡くんだって浮かばれないわよ」

ほら、片付けるの手伝って、と言われ、カウンター内に回った皐月に皿やグラスを手渡した。代わりに受け取った布巾で、カウンターを丁寧に拭く。

と、端に置いてある花瓶に挿してある花が枯れはじめていることに気づいた。

「お母さん、これそろそろ別の花にしたほうがいいかも」

「え？　ああ、そうね。じゃあ、それ捨てちゃって」

知識がない百合には、この花の名前はわからなかったが、真っ赤な花弁からは華やかな香りがした。勿体ないと思いながらも、それをゴミ箱に突っ込む。そういえば、先週ここを訪れたときには、白くて小ぶりな、まるで鈴のような花が活けられていた。客の気持ちを少しでも晴れやかなものにできるように、という皐月なりの気配りなのだろう。自分の母親ながら、そういう繊細さに憧れを抱く。一方で、対照的に自分の鈍感さも浮き彫りになり、少しだけ心が沈んだ。いくら考えても、働いていたときの聡の気持ちが、まったくわからない。

「そろそろ帰るね」

百合の言葉に、皐月が片付けの手を止めた。

「え？　泊まっていったらいいのに。もうバスも本数ないし、結構待つかもよ？」

時刻はすでに二十三時になろうとしていた。

「ううん、大丈夫。明日も衛くんと約束してるし、タクシー捕まえる」

皐月の店から自宅までは、タクシーで二十分ほどだ。百合は単身者向けのマンションに住んでいる。新築ではないものの、バス停もスーパーも近くにあるため、利便性が高いところを気に入っている。

キッチンでグラスに水を注ぐと、それを一気に飲み干した。アルコールと熱帯夜によって火照った体に、温い水道水が染み渡っていくのを感じる。

いつもならばここで化粧を落とし、シャワーを浴びて、ベッドに入る時間だったが、その前に百合は、クローゼットの奥にしまい込んでいた小さな箱を引っ張り出した。社会人になって初めての給料で買った、ブランドものの靴が入っていた箱だ。いつまでも捨てることができず、なんとなくそれに大切なものを入れておくようになった。肝心の靴自体は半年ほどで壊れてしまったが、この箱だけはいつまでも取っておいてある。

開けると、雑多に物が詰め込まれている。時折、一つひとつ懐かしむように眺めることがあるが、今夜は目的の物しか目に入らない。聡が描いてくれた、絵だ。

それはクリアファイルに挟み、皺にならないよう、箱の奥底に丁寧にしまっていた。久しぶりに取り出してみると、三人で見た、夕日に染まる海が鮮明に蘇ってくる。

この絵を受け取ったあの日、百合は自覚したのだ。聡のことが好きだ、と。

＊

皐月が働いていた波かまで初めて出会ったとき、聡や衛に対し、百合は強烈な仲間意識を感じた。障害のある兄と、その弟が、店の隅で小さくなっている。ふたりがかまぼこを焼いている様子を微笑ましく見ている人もいたが、反面、聡に対してあからさまに哀れみの眼差しを向ける人もいた。ふたりにとっては、その視線の冷たさは慣れたものだっただろう。

それは百合も同様だった。

生まれたときから、父親がいない。百合にとってはふつうだったそれが、どうやら世間ではふつうでないことを知ったのは、まだ小学校に上がる前のことだ。

「おめかけ！」

近所に住む男の子たちから、そんな言葉を浴びせられるようになった。当時はその言葉の意味がわからなかった。それでも、男の子たちの唇が歪んでいるさまや、こちらの表情を窺っては面白がる瞳の色から、自分が馬鹿にされているであろうことは理解できた。仲良しだった女の子と遊んでいるとき、その子の母親がやって来て、無理やり女の子を連れて帰ってしまったこともある。それ以来、その女の子からは無視されるようになった。

外に出ても、誰からも相手にされない。誰の目にも自分の姿が映っていないようだった。狭い水槽の中を必死に泳いでいるのに誰にも気づいてもらえない、半透明の海月《くらげ》みたいだ、と思った。

だから必然的に、皐月が働く波かまが百合の居場所になった。皐月のことを受け入れてくれたその場所ならば、自分自身も受け入れてもらえることを直感したのかもしれない。

そして、そこで出会った聡たちを見て、自らが抱える居場所のなさに通ずるものを覚えたのだった。

聡と仲良くなって少し経った頃、皐月に訊かれた。

「最近、あの子たちと仲良くしてるよね。聡くんと衛くんだっけ？　お友達になったの？」

友達、という響きがうれしかった。しかし、皐月の問いかけに対して、素直に頷くことはできなかった。彼らを友達だと思っているのが、自分だけだったら。あるいは、またすぐに離れられてしまったら。そう考えると、怖くて仕方なかった。

うまく返事ができずにいると、皐月が頭を撫でながら言葉を重ねた。

「お友達になれたんだったら、今度、おうちに連れてきたら？　聡くんたち、お母さんを亡くして大変なんだって。だから、ご飯でもご馳走してあげようよ」

聡と衛の母、恵がどうして亡くなったのかは知らなかった。でも皐月の言う通り、大変なのであれば、できることをしてあげたい。百合は皐月に頷いてみせた。

おずおずと誘ってみると、聡も衛も、乱反射する海面みたいにキラキラした笑顔を浮かべ、喜んでくれた。

ふたりが初めて家に遊びに来ることになった日、百合は朝から落ち着かなかった。部屋の片付けをしたあと、「時間までテレビでも観てなさい」という皐月の声を無視し、料理の手伝いをした。ひじき入りのコロッケにちらし寿司、海藻をたっぷり使ったサラダにフルーツと、決して裕福ではなかった百合の家庭にしては驚くようなご馳走がテーブルに並べられていく。成形を手伝ったコロッケは大きさがバラバラで歪《いびつ》な形をしていたものの、美味しそうに湯気が立っているのを見ると大満足だった。

「うわ！　美味しそうだね！」

色とりどりの料理を見た途端、衛は飛び跳ねながらはしゃいだ。その隣で聡もうれしそうにしている。

「聡くん、美味しい？」

並んで座り、コロッケを齧《かじ》った聡にそっと尋ねた。すると聡は百合のほうを向き、歯を見せて笑う。

「これ、とってもおいしい。ゆりちゃん、どうも、ありがとう」

聡が喜んでくれるのがうれしくて、百合は聡の皿に次々と料理を取り分けてやった。「あ、兄ちゃんばっかりずりぃ！」と衛が騒ぐのも無視し、百合は聡ばかり見ていた。

ささやかなパーティーを終え、そろそろ帰る段になった。

玄関で靴を履いた衛は、皐月に「また来てもいい？」などと訊いている。一方で聡は、靴がうまく履けないらしくモタモタしていた。気づいた百合がしゃがみ込み、それを手伝う。うまく履けたところで、聡は顔を皺くちゃにしながら笑顔を浮かべた。

「ゆりちゃん、どうも、ありがとう」

「ううん。また遊びに来てね」

そう言うと、聡は大きく頷き、衛とともに出ていった。

しかし、すぐに扉が開かれ、そこから聡だけが顔を覗かせた。

「ぼくも、ゆりちゃんちのこどもに、なってみたいな」

少し驚いた表情を浮かべつつも、皐月は「いつでもどうぞ」と笑ってみせた。

すると聡は破顔し、行ってしまった。扉が閉まる、静かな音がした。

見上げると、皐月と目が合う。眉を下げて微笑む顔は、少しだけ寂しそうに見えた。

「百合、聡くんっていい子だよね」

「うん。すごく、やさしい」

「本当だね。だからね、百合。もしも聡くんが困っていたら、助けてあげてね？　聡くん、他の子よりもできないことが多いから、大変なときも多いと思うの。そんなときは百合が聡くんを手伝ってあげて」

「うん。私が聡くんを、助けてあげる」

それ以来、百合の自宅は三人の遊び場になった。母娘ふたりで住むアパートのため、そこまで広くはないものの、水屋とつながっている居間の他、おもちゃや本が散らばっている百合の部屋、そして皐月と一緒に使っている寝室がある。子どもたちが遊ぶには充分だった。

皐月が休みのときは、四人でたびたびパーティーを開いた。並ぶのはいつものご飯の延長にあるようなメニューばかりだったけれど、それでも聡たちは喜んでくれる。百合にとっては、その笑顔を見ることがこの上ない喜びだった。

腹が満たされ、遊び疲れると、つい眠ってしまうこともあった。

あるとき、目を覚ますと、衛も聡も、皐月さえも眠っていた。そっと起き出すと、百合は聡や衛に毛布をかけ直してやった。その横で眠る皐月の寝顔は、なんだか幸せそうだった。

父親がいない分、皐月が働かなければいけない。それくらい、幼い百合も理解していた。振り返ってみれば、記憶の中の皐月は仕事に家事に、常に動き回っている。だからこそ、ときにはこんな風にゆっくり眠っていてもらいたい。

静かに眠る三人を見守りながら、ずっとこんな時間が続けばいいのに、と百合は思った。

しかし、聡が中学二年生になる頃、急に遊びに来ることがなくなってしまった。一年生の頃はしょっちゅう遊んでいたのに、突然だった。理由を知りたくて、小野寺家まで足を運んだこともある。しかしいつ訪ねても、玄関先まで出てきた妙子から、「聡ちゃん、ちょっと具合が良くないのよ。ごめんね」と追い返されてしまう。小学校で衛を捕まえて訊いてみても、「知らない」と素っ気なく返されるだけだった。

どうしても納得できず、皐月に泣きながら訴えたこともあった。しかし皐月は、「そのうち、また遊べるでしょ」と言うばかりで、真面目に取り合ってくれない。その頃、皐月もあまり体調が良くない日が続くことがあり、百合はそれ以上、皐月を困らせるのをやめた。

三人で過ごした楽しい時間は、こんな形で幕を下ろした。

百合の引っ越しが決まったのは、それからすぐだ。

「百合、お母さんね、仙台市に引っ越そうと思うの。向こうでお店をやらせてもらえることになったのよ。百合は転校することになるけど、どうかな」

聡とも衛とも疎遠になってしまってからは、再び居場所を失っていた。小学校では相変わらず「おめかけ」という嫌なあだ名をつけられ、仲良くしてくれる子はいない。ここに留まりたいと思う理由なんて、あるわけがなかった。

「別にいいよ」

百合が首肯すると、皐月はほっとしたようだった。

引っ越しの日取りがスムーズに決まると、百合は皐月とともに淡々と荷物を梱包《こんぽう》していった。そもそも母とふたりきりの貧乏暮らしなので、持っていく物も多くない。

不思議と、寂しいという感情は湧かなかった。むしろ自分に向けられる差別的な言動から解放され、新たな場所でやり直せることを思うと、喜びが勝るほどだ。唯一の気がかりと言えば、もうすっかり交流が絶えてしまった聡のことだった。でも、それもどうしようもないと諦めていた。なにかを諦めることは、百合にとってそう難しいことではなかった。

しかし、それは突然のことだった。

引っ越しの前日、郵便受けに聡からの手紙が届いていた。表には歪な文字で〈ゆりちゃんへ〉と書かれている。スーパーやパチンコ屋のチラシに紛れ、郵便受けの奥で息を潜めるようにしていた手紙は、まさに聡そのものだと思った。

慌てて開いてみると、そこにはこう書かれていた。

ひっこすひのあさ　みんなであそんだあそこで　まってます。
プレゼントがあるので　まってます。
さとし

〈みんなであそんだあそこ〉とは、きっと三人でよく行った展望台のことだろう。

そこで聡が待ってくれている。

聡は自分のことを忘れたわけでも、嫌いになったわけでもなかったのだ。

引っ越しは明日の昼過ぎ。それまでに戻ってくれれば大丈夫だろう。皐月には伝えないほうがいい。きっと良くない顔をされる。幼心にそう直感していた。

翌朝、訝《いぶか》しむ皐月をかわし、百合は待ち合わせ場所へと急いだ。自転車を漕ぐ足がもつれ、ペダルで脛を打ってしまう。骨まで響くような痛みが走るものの、それでも止まらず、百合は自転車を漕ぎ続けた。

展望台に到着すると、すでに聡が待っていた。その手に下げたカバンからは、スケッチブックや箱のようなものが覗いている。

まだ早朝だったため、ふたりの他には誰もいなかった。

「聡くん！」

「ゆりちゃん、おはよう」

礼儀正しく挨拶する聡を前に、百合はもどかしい気持ちを抑えられなかった。

「どうして、どうして急に遊んでくれなくなったの？　私、もう引っ越しちゃうんだよ？　もっと、本当はもっと遊びたかったのに！」

「ごめんね」

聡が百合の頭上に手を乗せた。その手のひらは想像していたよりも大きく、そしてとても温かかった。

顔を上げると、三日月のような両目がこちらを見ている。聡の瞳は、まるで朝一番の空気みたいにどこまでも澄んでいた。

「ゆりちゃん、これ」

聡が差し出したのは、一枚の絵だった。それがあの夕焼けの風景画だ。

「これ、くれるの……？」

朝の光を受けながら、聡は微笑んだ。

「うん。ゆりちゃんに、プレゼント」

「ありがとう！　ずっと大切にする！　ずっと、ずっと」

思わず泣き出しそうになり、百合は顔を背けた。海の向こう側で、海鳥たちが空をたゆたっている姿が見えた。

「いっしょに、タイムカプセルをやろう」

そう言いながら、聡はお菓子の缶を開けてみせた。中にはなにも入っていない。

「タイムカプセルって、なに？」

「このなかに、ふたりでかいたおてがみ、いれて、うめるの。おとなになったら、ふたりでいっしょに、よむの」

「なにそれ！　やる！」

互いの手紙にどんなことを書くのかは、大人になってそれを読むまでの秘密だという。

ふたりはベンチに座り、背を向け合って、スケッチブックを破った紙にメッセージを書き出した。

一瞬、なにを書くか迷ったものの、百合は素直な思いを綴ることにした。

〈さとしくん　だいすき。おとなになったら　けっこんしようね〉

どうせいまは見せ合わないのだ。やっと明確になった気持ちを思い切り吐き出すように、聡が貸してくれた色鉛筆を使って、百合は色とりどりのメッセージを認《したた》めた。

しかし、いざ文字にしてみると途端に恥ずかしさがこみ上げてくる。見ていられなくなり、急いでそれを折りたたむと、お菓子の空缶にそっとしまった。

聡も自らの手紙を入れ、他にもなにやら缶に詰めていた。

「それなに？」

「ぼくの、たからもの」

「私もなにか持ってくれば良かった……。じゃあ、大人になったら、いま入れた宝物、私に頂戴ね！」

聡は無言で曖昧《あいまい》に微笑むばかりだった。

「これ、どこにうめよう」

「わかりやすい場所にしようよ。大人になってから見つけられなくなったら困るもん」

ふたりで展望台をうろついたものの、目印になりそうなものが見つからない。

「そうだ！　双子松のところに埋めよう」

柵の扉を開け、坂道をゆっくり下っていく。

朝の海岸はやけに美しい。海面からは靄《もや》が立ち上っていて、その中を海鳥が飛んでいく。

百合は二本の松が生えている、その間を指差した。

「ここにしよう。ここならきっと忘れないし、双子松がタイムカプセルのことも守ってくれるよ」

聡が準備していたシャベルを使って、早速、根元の土を掘り返していく。比較的柔らかな土だったため、掘る作業は難しくなかったが、それでも子どもの手ではあまり深くまで掘り返せない。交代で掘り進め、深さ三十センチほどの穴ができたところで諦めた。

「聡くん、もうこれくらいでいいよね」

額に汗を浮かべ、聡も頷く。

大切なものを取り扱うように、タイムカプセルを穴の底へ静かに置いた。その上から土を被せると、両足でそれを踏み固める。

「こうしておけば、きっと誰にもバレないね。これは私と聡くんだけの秘密」

「うん。だれにも、いっちゃだめ」

「約束ね」

ゆびきりげんまん、と歌いながら、ふたりで指切りをする。触れた小指から聡の体温が伝わってくる。なんだかそこだけがとても熱いような気がした。吹き付ける海風が、百合の熱を静かに冷ましていく。

歌い終わり、絡ませた小指が離れた瞬間、猛烈な寂しさに襲われた。このまま離れてしまえば、もう二度と会えないのではないか。いま、目の前に、たしかに聡は立っているのに、その輪郭が朝焼けの中にゆっくり滲《にじ》んでいくような錯覚さえ覚える。

言い知れない不安な気持ちを打ち消すように、百合は口を開いた。

「聡くん、また会えるよね」

「うん」

「必ずだよ？」

「うん」

「絶対に忘れないでね」

「うん」

何度も何度も確認するように言う百合に対し、聡は眉尻を下げて笑った。

「聡くんが困ったときは、私が助けてあげるから。だから、いつでも呼んでね」

自分は聡の味方なのだ。そんな思いを込めて言うと、たったいままで笑っていた聡が、ふと泣きそうな顔をしたように見えた。

「ゆりちゃん。ぼく、かわいそうじゃないよ」

「……え」

「かわいそうじゃないから、しんぱいしないで。だいじょうぶ、だよ」

聡の言葉に、百合はそれ以上なにも言えなくなってしまった。

ふたりで自転車に乗り、自宅付近まで並んで走っている間も、言葉を交わすことはなかった。

そして手を振り合って別れ、百合は皐月とともに聡の住む町を離れた。

＊

それから約二十年が経ち、ふたりは再会した。しかし、あのときの約束は果たせなかった。果たせぬまま、聡はこの世を去ってしまった。

あの日、聡がくれた絵に、ひとつ、またひとつと百合の涙がこぼれ落ちた。

聡はこんなに素晴らしい絵が描ける人だったのに、自分は一体なにをしてきたのだろう。聡の絵が内包する美しさも、繊細さも、豊かさも、いつしかそのすべてを忘れてしまっていた。そんな自分がしたことは、聡の手からスケッチブックと鉛筆を取り上げ、社会の一員という切符を無理やり握らせることだった。

――ぼく、かわいそうじゃないよ。

聡の言葉がリフレインする。潮騒のように、何度も何度も押し寄せてくる。

可哀想だなんて思ったことはなかった。

生まれたときから父親がいないという理由で、たったそれだけのことで、周囲から哀れみを向けられてきた。そんな自分と聡は仲間だったのだ。聡に対する同情は、そのまま自分に跳ね返ってくる。だから、聡を傷つけたりはしない――。

ずっと、ずっとそう思ってきたのに。

しかし実際は、聡のテスト結果を改ざんしたのも、聡が職場で同僚たちの似顔絵を描くことを咎《とが》めたのも、ありのままの聡を受け入れず、どうにかして社会の枠組みに彼を押し込もうとする行為でしかなかった。聡にとってそれは、苦痛だっただろう。

それでも、聡のためという大義名分を掲げ、聡の内なる声に耳を傾けようとしなかったのは、誰よりも百合が聡に対し、哀れみを抱いていたからだ。

「そんなわけない！」

ひとりきりの部屋で頭を抱え、百合は何度も叫んだ。涙で声はかすれ、悲痛に響く。

「違う！　違う違う違う、そんなわけない！」

でも、否定すればするほど、自身の中に潜んでいた、聡への歪んだ思いが明確になっていく。

聡は可哀想だから、守ってあげなければいけない。

聡は可哀想だから、助けてあげなければいけない。

聡は可哀想だから、そのすべてを肯定してあげなければいけない。

哀れみから発した醜い好意の果てにあったのは、聡の人生そのものを幸福で彩ることだった。だから百合は、遺書を偽造した。

聡が自殺したことを知ったとき、百合の胸中には焦燥感のようなものが溢れかえっていた。このままでは、短かった聡の一生には「不幸」というレッテルが貼られてしまうのではないか。障害者として生まれ、人生に絶望し、自ら命を絶った、不幸なひとりの男。聡がそのように見られるのは、耐え難い。だとすれば、どうしたらいいのか。

……聡が自ら、幸せな人生だったと書き残したように見せかければいいのだ。

〈ぼくは　とても　しあわせでした〉

遺書を締めるこの一文は、「こうであってほしい」という百合の願いを結実させたものだった。しかし、それがいかに独善的な行為だったのか。取り返しのつかないことをしてしまったという事実に、百合の体は震えていた。

「……衛くん、衛くんに言わなくちゃ」

百合が遺書を偽造したことによって、図らずも聡の死に謎が生まれてしまった。衛は聡が誰かに殺されたのではないか、と疑っている。

でも、そんなことがあるだろうか。ない、と信じたい。理由はもうわからないが、聡はなんらかの事情で自殺したのだ。それで終わりでいい。これ以上、聡の人生が引っ掻き回されるなんて、耐えられない。

遺書を書いてしまったことを正直に告白すれば、衛も納得するだろう。もちろん、許してもらえないかもしれない。健蔵や妙子からは糾弾される恐れもある。それでも構わない。聡の名誉を守るため、自分がすべきことはたったひとつだと思った。

ふらふらと立ち上がると、風呂に入ることも着替えることも諦め、百合はベッドに倒れ込んだ。枕元の時計はちょうど日付が変わろうとしているところだった。

このまま目を閉じて、一生目覚めなければいいのに――。

しかしそんな思いとは裏腹に、カーテンの向こうが白みはじめるまで、百合は一睡もできなかった。

第五章　小野寺衛の慟哭

一睡したのかしていないのかわからないような微睡《まどろ》みの中を漂い、気づけば朝を迎えていた。実家に帰ってきてからというもの、一度もリラックスして眠れていない。布団の上に寝転んだまま、衛は重たくなった瞼《まぶた》をこする。前日、百合と飲んだ酒はすっかり抜けていたが、頭はぼんやりとしていて薄い霧が立ち込めているようだ。

枕元に転がっているスマホを手に取ると、時刻はまだ朝の七時を過ぎたばかりだった。もう少し粘って眠ろうか、と逡《しゅん》巡《じゅん》する。しかし、このまま横になっていても深くは眠れないだろうし、あるいは寝すぎてしまうかもしれない。昼には百合がやって来る予定だ。衛は諦め、頭を抱えながら体を起こした。

カーテンとともに窓を開ける。二階のこの部屋からは、目の前に連なる家々の隙間から少しだけ海が見える。早朝は、清々しいほどに海の色が冴え渡っている。

息を吸い込む。夏の朝の空気はどこまでも新鮮で、一晩で世界中の空気が入れ替えられたみたいだ。日中の熱を予感させる温《ぬる》さではあったものの、深呼吸した肺が心地よさを訴えかけている。

透き通るような青さの空に向かって大きく伸びをすると、喉の奥から唸るような声が漏れた。伸ばした全身からは小さな悲鳴が聞こえてくるような気がした。

前日、妙子を追い詰めてしまった。妙子が聡にしていたと思われること、妙子自身に病気の疑惑があること、それらを指摘すると、彼女は少女のように号泣した。擦《さす》った背中がいつまでも震えていたことが、忘れられない。

言わなければ良かったのだろうか――。真っ当なことをしたつもりだったが、妙子に対する後悔が小さなしこりとなって、衛の胸で燻《くすぶ》っている。

震えながら泣く妙子には、しばらくゆっくり休み、一度、病院にかかってみたらと勧めておいた。決して突き放したわけではないが、衛にはどうしようもないことだ。いや、それは健蔵であろうと百合であろうと、誰の手にも負えないことだろう。しかし、本人の目には厄介払いをしたように映ったかもしれない。夕方、とぼとぼと自宅へ戻っていく妙子の後ろ姿を見つめ、衛は言いしれぬ気持ちで一杯だった。

だからせめて、今朝はご飯でも持っていってあげるつもりだ。

寝間着を脱ぎ、ポロシャツと短パンというラフな恰好に着替えると、衛は階下へ降りていった。顔を洗い、寝癖でいつもよりもうねっているくせっ毛を軽く濡らすと、乱暴にタオルドライしていく。

そのまま台所へ向かうと、衛は朝食の準備をはじめた。

味噌汁の匂いが漂いはじめる頃、健蔵が起きてきた。

「早かったんだな」

「おはよう。うん、今朝は伯母さんも来られないだろうし、代わりに俺が作っておこうと思ってさ」

妙子の一件は、健蔵にも話しておいた。話を理解すると、健蔵は信じられないというような顔を見せたが、すぐに「わかった」と呟いた。続けて、「もう、いい」と、それ以上のことは一切遮断するような態度だった。その後、衛は百合との飲み会へと出かけ、帰宅したときには健蔵はすでに床に就いていた。

「衛」

味噌汁を椀によそっていると、健蔵のぶっきら棒な声が後ろから聞こえてきた。

「朝飯、少し多めにあんのか？　もしあれだったら……、妙子さんに持ってけ」

健蔵も衛と同じことを考えていたのだ。過去は過去として、妙子を見捨てるつもりはない。

「うん。そのつもりだった」

「んだか。……腹減ったな。飯は大盛りにしといてくれ」

それだけ言うと、健蔵は衛に背を向けるようにしてテーブルの前に腰を下ろした。背中を丸め、朝刊を読んでいる。頑固で堅物だが、他人を慮《おもんぱか》ることはできる。父親にそんな一面があったとは、知らなかった。いや、知ろうとしなかったのだろう。

それは他の人に対しても同様だ。妙子のことだって、もっと早く知ろうとしていれば……。最悪の事態は防げたのかもしれない。

衛はかぶりを振り、つい後悔に向かいそうになる思考を追い出した。

考えなければいけないことは、他にあるんだ――。

自分に言い聞かせながら、出来たての朝食を盆に載せ、健蔵のもとへと運んだ。

「親父、これ」

食事を終えると、空っぽになっていた健蔵の湯呑に、衛は麦茶を注ぎ足した。「ん」と言いながら、健蔵はそれを受け取り、一口啜《すす》る。

妙子のもとへ食事を持っていこうと、衛が腰を上げようとしたとき、健蔵が口を開いた。

「衛」

「うん？　どうしたの」

「なんだ、その……。お前はどう思ってるんだ」

「どうって、なにが」

「真実を知りたいって言ってただろ。聡が、どうして死んじまったのか。それについて――」

健蔵はなにやら言いづらそうにしている。衛がそれを黙って見つめていると、観念したように最後まで口にした。

「だから、妙子さんが犯人だと思ってんのかってことだ」

妙子の行動が、聡に無力感を植え付ける一因だったことはたしかだ、と衛は思っていた。しかし、だからといって、妙子が犯人、つまり聡を殺した人物とは思えないのも事実だった。なにもできない聡の世話をすることで、妙子は自尊心を保ってきたのだ。いわば、聡が存在しなければ妙子自身も存在し得ないのである。聡を殺してしまえば、妙子自身が死んでしまうも同然ではないだろうか。だから、妙子が聡を手にかけたとは思えない。

では、一体誰が？

それともやはり、聡は自殺だったのか？

聡の職場に理由があったのかもしれないと思い、百合に事情を聞いてみたものの、決め手はなかった。

だから、いまだ答えは見つかっていない。

「伯母さんはやっていないんじゃないか、って思ってる」

衛の返答を聞き、健蔵は顔を上げた。

「じゃあ、他に犯人がいるって、そう思ってんのか」

「それは……、わかんない。もしかしたら、やっぱり兄貴は自殺だったのかもしれない。あの遺書だって、本当は兄貴が郵便受けに入れてたのを、親父も伯母さんも見落としていただけかもしれない。だから、わかんないんだよ。……でも」

「でも、なんだ？」

「それでも、俺はまだ、兄貴は自殺なんかしてないんじゃないかって思ってる」

「……衛」

「ここではっきりさせないと、兄貴が可哀想すぎるだろ。だから俺、もう少し調べたくて」

「もういいんだ。衛、もういい。だから、これ以上はやめておけ」

「いや、でも――」

「衛、やめろ」

健蔵の口調は毅然《きぜん》としていた。それは久しぶりに聞くような、子を心配した父親が発する、やさしさと厳しさが入り混じる声音だった。

「親父は知るのが、怖いんだろ？　なにがあったのかを知るのが、それによってすべてが明らかになるのが、ただ怖いだけなんだろ？」

健蔵の視線が鋭さを増したような気がした。それでも衛は負けじと睨み返す。

「俺はまだ、やめないよ」

言い残すと衛は立ち上がり、台所へ向かった。健蔵のため息と麦茶を啜る音だけが、背後から聞こえてきた。


妙子が住むアパートは、衛の実家から徒歩で五分ほどの場所にある。海岸に背を向け、山へと続く道を歩いていくと、途中で緩やかな坂道へとぶつかる。そこを上った先にある、わずか六世帯ほどしか入らない、小さな古びたアパートだ。

小ぶりな弁当箱にご飯やらおかずやらを詰め込んで家を出ると、外はもう夏の陽気で満ちていた。日差しを浴びた草木は、生命力に溢れている。

坂道を上がり切り、振り返ると海岸通りを行き交う人々の姿が目に入った。まだ十時を過ぎたばかりだが、そろそろ観光客で賑わう頃だ。

汗ばんだ額を、海からの風が撫でていく。懐かしさを覚える、潮の匂いがした。

インターフォンを鳴らすと、ゴソゴソという衣擦れの音がした後、妙子が顔を出した。

「衛ちゃん……。どうしたの」

どことなく妙子の顔色が悪い気がする。寝間着姿だからだろうか、まるで入院患者のようだ。心配になったものの、こちらが不安そうにしていたら本人がさらに不安になってしまうだろう。衛は笑顔を作り、弁当の入った手提げを妙子の顔の前で揺らしてみせた。

「朝食用に弁当、作ってきたんだ。伯母さんに食べてもらおうと思って」

瞬間、妙子は申し訳なさそうな表情を浮かべたが、すぐに顔を皺くちゃにして笑った。

「昨日も朝ごはん、作ってもらったのに……。本当にありがとうね。いただくわ。衛ちゃん、ちょっと上がっていく？」

「じゃあ、ちょっとだけ」

三和土《たたき》で靴を脱いでいると、冷蔵庫が開く音がした。見れば妙子がゼリーを取り出し、先程の衛のように顔の高さまで持ち上げ、揺らしている。

「暑かったでしょう？　これ、食べて」

落ち込んでいるだろうに、それでもこちらを気遣おうとする妙子に、衛は胸が熱くなった。

同時に、やはり妙子は犯人ではない、と思う。

座りながらゼリーを受け取る。薄緑のゼラチンの中に、大粒のマスカットが浮かんでいた。

一匙掬《すく》って口に運ぶと、とても爽やかな味がした。

「これ……」

向かいでは妙子が両手で弁当箱を包み、見つめていた。

「どうしたの？」

「これ、聡ちゃんが使ってたお弁当箱なのよ。お仕事に行くとき、これにご飯を詰めて、持たせてあげてたの」

「そうだったんだ。ごめん。台所にあったやつを適当に使っちゃって……」

「ううん、いいのよ。ありがとうね……。あら、美味しそうねぇ」

蓋を開けると、妙子は歓喜してみせた。

「大袈裟だよ。買い出しに行けてないから、冷蔵庫にあるもので作ったんだし」

今朝は冷凍してあった豚肉と玉ねぎを炒め、それと笹かまぼこ、インゲンの胡麻和えで済ませた。弁当にはそれらを詰めただけだ。それでもこうして喜んでもらえると、素直に顔が綻んでしまう。

「ううん。こうして作ってくれて、本当にうれしいのよ。ありがとうね」

いただきます、と控え目に、まるで仏壇に唱えるように言うと、妙子は箸を進めた。ゼリーをつつきながら様子を窺《うかが》ったが、どうやら食欲はあるようだった。その事実に衛は安堵した。

美味しい、衛ちゃん、本当に上手ね、などと妙子が褒めるのを笑顔で受け止めながら、ゼリーを片手に、妙子の食事が済むのを見守る。室内で首を振る扇風機の動作音に被せるように、外からはけたたましい蟬の鳴き声が聞こえてきた。それだけで室温が何度か上昇したように感じられる。

ゆっくり食べ進めていたゼリー容器が空っぽになると同時に、妙子は「ご馳走さまでした」と手を合わせた。

「お粗末さまでした」

「とんでもない。ご馳走だったわ。でも、もう大丈夫だから」

「大丈夫って?」

「自分のことは自分でできるから、こうやってご飯の心配をしてくれなくても平気よ」

「伯母さん、本当に大丈夫なの」

「そうね。……衛ちゃん、私のこと、健蔵さんにも話した?」

衛は無言で頷いた。蟬の鳴き声が一際大きくなったような気がする。

「そう。健蔵さんには、あらためてお詫びしなくちゃいけないわよね。私が、聡ちゃんのことを――」

「伯母さん、親父は伯母さんのことを責めたりしなかったよ。むしろ心配してる。今朝だって、伯母さんのところに朝ごはんを持っていってあげろって。だから、これまで通り、親父との付き合いは続けてほしい。ただ……。ただ、いまは少し休んで、まずは病院に行ってほしい」

妙子の目には、薄《うっす》らと涙が浮かんでいた。潤《うる》んだ瞳が、真っ直ぐにこちらへ向けられる。目を逸らしてしまいたくなったが、すべてを言い終えるまで、衛は妙子の両目を見つめ続けた。

「わかったわ」

迷子になってしまった幼い子どものように、妙子の声はどこまでも不安げで頼りなかった。それでいて、どこか吹っ切れたようにも聞こえた。ここから先は、妙子自身がどうにかする問題だろう。これ以上、自分にできることはないのだ。あらためてそれを実感すると、衛は立ち上がった。

「じゃあ、そろそろ戻るね。兄貴の部屋の片付けやんなきゃいけないからさ」

空っぽになった弁当箱を受け取り、靴を履く。部屋を出る前に一度振り返ると、眉尻を下げた妙子が、それでも口元だけで微笑《ほほえ》んでいた。

「じゃあ、ね」

「衛ちゃん、ありがとうね」

寂しそうな妙子の声音に、思わず泣きそうになってしまう。それを堪えると、衛は手を振って、部屋を出た。

もうすぐ昼になる。そろそろ百合もやって来るだろう。

聡の部屋の片付けは、思いのほか重労働になる。棚を埋め尽くしているスケッチブックは、まだほとんど片付けられていない。十冊ほどを重ねて紐でくくり、それを物置まで運ぶ。想像するだけでうんざりして、肩が重くなる。

強い日差しが照りつける坂道を、衛はゆっくり下っていった。

実家に戻る前に、スーパーに寄ることにした。冷蔵庫にあまり食材が残っていなかったので、いくつか購入しておかなければいけない。正直、衛はまだ腹が減っていなかったが、だからといって健蔵まで昼食抜きにするわけにはいかないだろう。聡が死んでから憔悴《しょうすい》していたように見えたものの、今朝の様子を見る限り、それなりに食欲が戻ってきているようだった。それに、もしかしたら約束している百合も、なにも食べずにやって来るかもしれない。

妙子のアパートから坂道を下り、そのまま真っ直ぐ実家の前を通り過ぎる。海岸通りへと抜け、土産物屋などを横目に道路沿いを五分ほど歩いていくと、全国チェーンのスーパーに辿《たど》り着く。地方にある店舗ならではなのか、都会のそれと比べると、やたらと駐車場が広い。

冷房が効きすぎている店内は、驚くほど涼しかった。もはや寒いレベルで、惣菜コーナーを物色しているうちに汗は引き、代わりに肌が粟立ってくる。長居なんてしていられない、と、衛は適当にサンドイッチやおにぎりをカゴに放り込んだ。野菜や肉などもいくつか入れ、レジに向かおうとしたが、麺類が並ぶ棚の前でふと足が止まった。

目に飛び込んできたのは、丸い容器に入った冷やし中華。子どもの頃、夏になると時折、健蔵が買ってきてくれたものだ。その頃、妙子が準備をしてくれていたため、食事に困ることはなかった。しかし、妙子の料理は、子どもの舌にはやや薄味で、全体的に地味な印象だったのは否めない。だからこそ、健蔵がたまに買ってきてくれるスーパーの弁当は普段と違う感じがして、ワクワクするような美味しさだった。なかでもお気に入りだったのが、夏場の冷やし中華だ。風呂上がり、健蔵がひとつの冷やし中華を三つの皿に分けてくれる。それをみなで並んで食べた。「妙子さんには言うなよ?」という健蔵の言葉に、悪いことをしているんだと聡とふたりで盛り上がった。

こんなこと、すっかり忘れていたのに。久しぶりに地元の空気に触れ、記憶の蓋がこじ開けられたように、何気ない瞬間に些細《ささい》な思い出がどんどん蘇ってくる。その都度《つど》、やけに感傷的になってしまうのは、もう引き返せないことがわかっているからだろうか。

衛はため息をひとつ吐くと、健蔵の分として冷やし中華もカゴに入れた。

支払いを済ませ、実家に戻る前に一服しようと、駐車場の隅にある喫煙所に寄っていくことにした。観光客っぽい同世代の男女が数人、煙を吐いている。あまり近づきすぎないよう、少し離れた場所でタバコに火を点けた。

と、スマホが震える。ディスプレイに目をやると、玲奈からのメッセージが届いていた。

〈衛、いつ帰ってくる?〉

あ、と思った。聡を火葬した日の朝、玲奈から連絡をもらっていたのだ。バタバタしていたためなおざりにしてしまったが、その後、なんのフォローもしていなかった。

雑談している男女の間を割って入り、タバコをスタンド灰皿で揉み消す。その場を離れ、駐車場の隅で玲奈に電話をかけた。

数回コールすると、玲奈がすぐに出てくれた。

『もしもし、衛?』

「ごめんごめん! あれっきり連絡するの忘れてて。いや、なんだかんだでやることあってさ」

『ううん、それはいいの。衛、いつこっちに帰ってくるの? まだまだかかりそう、なのかな』

「いや、明日には帰ろうかなって思ってたところ。今日、兄貴の部屋の片付けを済ませちゃえば、終わり、終わり、だからさ」

終わり、という言葉がスムーズに出てこなかった。なにも終わっていないことは自明だった。それでもいつまでもダラダラとここに留まっていても仕方がない。

「ところで、どうした?」

『あのね、早めに話しておきたいことがあって。でももう帰ってくるなら、そのときでもいいかな……』

奥歯に物が挟まったような玲奈の話しぶりが、気にかかった。こんな玲奈は珍しい。思っていることを素直に口にするタイプだから、喧嘩もしょっちゅう起こる。しかし、その風通しの良さを好ましく感じているのも事実だ。溜め込まない性格の玲奈とならば、この先もずっと一緒にいられるだろうと考えていた。それなのに――。

「なにかあった?　いまなら話せるし、電話じゃダメなこと?」

『……あれからずっと考えてたの』

「なにを?」

『子どものこと。それで、まだはっきりと決めたわけじゃなくて、ただ衛の意見も聞いてみたいなって思うことがあって、それで話したかったの。本当は面と向かってのほうがいいと思うんだけど、でもお互いにモヤモヤしたまま過ごすのも気持ち悪いよね。だから、いまちょっと聞いてくれる?』

一体なにを言い出す気なのだろう、と思わず構えてしまう。でもそれを悟られないよう、できるだけ軽いノリで衛は返した。

「いいよ。聞くから、話して」

『ありがとう。あのね。私……、出生前診断を受けたほうがいいのかなって思ってて』

出生前診断という単語が耳に飛び込んできた瞬間、衛の胸は潰れそうになった。脇の下を、嫌な汗が流れていく。

玲奈はどうしてこんなことを言い出したのか。それはわかりきっていた。

聡が障害者だから。衛の身内が障害者だから。その血を引く子どもに、もしもなんらかの障害があったらどうすればいいのだろう。きっと玲奈はそう考え、出生前診断に辿り着いたのだ。

でも、そんな玲奈を責める気にはなれなかった。不安になるのは仕方ない。

努めて冷静に、衛は口を開いた。

「あのさ、それって、俺の兄貴が……、障害者だからだよな。だから、もしも子どもに遺伝したらどうしようってこと、だよな」

無言の後、息を呑むような音がした。

『正直なことを言うと、もちろん、それは無関係じゃない、と思う』

「思う、って?」

『まだ考えがまとまらないの。私は今年三十歳になるから、出産することにはちょっと不安があって……。それに衛、これまでお兄さんの話ってほとんどしてこなかったでしょう？　ううん、それだけじゃない。家族のことだって、ほとんど聞かせてくれなかった。どうしてなんだろうっていつも思ってたよ。それで、もしかして、お兄さんの障害が理由で、家族との関係がうまくいかなくなったのかなって思った。そうだとしたら、もしも私たちの子どもにも障害があったとき、私たちもうまくいかなくなっちゃうかもしれない。そう考えたら、怖くなったの』

「そんなこと――」

言いかけたが、その後が続かない。そんなことないよ、と言いたいのに、どうしても言葉が出てこない。

実際、聡の障害がトリガーとなり、衛と家族の関係は壊れたのだ。そんな現実と直面してきたのに、玲奈が抱える不安を曖昧《あいまい》な言葉で誤魔化すなんて、どう頑張ってもできなかった。

『衛？　衛、なにか言って？』

「……ごめん、ちょっとだけ考えさせてもらってもいい？」

『衛を傷つけたいわけじゃないんだよ。ただ、どうしても不安で……。だから、一度相談したかっただけなの』

玲奈の気持ちは痛いほどにわかる。ふたりの将来に向かって前向きに進んでいくために、散散頭を悩ませたのだろう。そんな玲奈を愛おしいと思う気持ちは、微塵《みじん》も変わらなかった。ただし、それでもすぐに結論が出せる話題ではない。いまはただ、時間が欲しい。

これ以上玲奈を不安にさせないよう、衛は明るく言った。

「うん、玲奈の気持ちはちゃんと理解したから。大丈夫。そっちに戻るまでに俺も真剣に考えてみるよ。だから待っててくれないかな」

『……うん。衛、ごめん』

「謝ることじゃないだろ。ふたりの問題なんだし、むしろそれだけ真剣に考えてくれてありがとう。それよりも玲奈、ちゃんと飯食えてる？」

『もしかして悪阻《つわり》の心配してる？　まだはじまってないから食欲はいつも通り』

「そっか、それならよかった」

『ただ、食べるのが怖くなっちゃって』

「どうして」

『食べたものがお腹の子にも影響するって考えちゃうとさ、なにを食べていいのかわからなくなるっていうか。意外なものに毒素があったりするみたいだし、慎重になっちゃう。調べれば調べるほど、どうしようって。……考えすぎだよね』

自嘲気味に話す玲奈が「毒素」という単語を口にした瞬間、心拍数が上がった気がした。

「玲奈、あんまり心配しすぎるのも体に悪いから。程々にな」

『そうだよね。うん、わかった』

「じゃあ、また連絡するよ」

『うん。早く、帰ってきてね』

「ああ、じゃあな」

電話を切り、顔を上げると、喫煙所にはもう誰もいなくなっていた。

重くなったように感じられる足取りで灰皿の前まで戻ると、衛はもう一度タバコに火を点けた。吐き出す煙はゆらゆらとなにかを形作り、すぐさま温い風に散っていった。

その煙は、産婦人科の診察室で見た、玲奈の胎内にいる我が子の像と重なるようだった。


家に戻ると、すでに百合が到着していた。健蔵とふたり、居間でお茶を飲んでいた。

「随分遅かったな。妙子さん、なにかあったのか？」

健蔵が訝《いぶか》しげな視線を向けてくる。

「ううん、途中でスーパー寄ってきたから。ほら、親父の昼飯」

言いながら、テーブルに買ってきたものを並べる。

「百合ちゃん、腹減ってる？　サンドイッチかおにぎり、好きなの食べて」

「ありがとう。でも軽く食べてきたから平気。片付けが終わってお腹空いてたら、そのときもらおうかな」

前日、仕事帰りに会った百合はスーツを着ていたため、年相応の落ち着いた女性として映った。でも、いま目の前にいる百合は淡いブルーのTシャツにショートパンツというカジュアルな恰好で、やや幼く見える。

一応、動きやすい恰好を意識してきてくれたのだろうか。どこまでいっても世話好きな一面が垣間見えて、そんな百合に好感を持った。

「そっか。じゃあ、これはあとで食べることにして、早速やる？」

「そうだね。日が暮れないうちにある程度終わらせたほうがいいだろうし」

「うん。親父、俺ら、兄貴の部屋の片付けするから。なんかあったら呼んで」

すると健蔵は、冷やし中華を啜る箸を止め、百合に向き直った。

「百合ちゃん、ありがとうね。適当でいいし、ある程度やってくれれば、残りは俺がやっちまうからさ」

「おじさん、気にしないで。衛くんのことこき使いますから」

百合の言葉に、健蔵は晴れやかに破顔した。

聡の部屋に入ると、百合が「ここ、久しぶりに入るな」と懐かしそうな声を上げた。

「最後に来たのって、いつ？」

「私が小学四年生の頃が最後だったかな。五年生になった頃、聡くんがなぜか遊んでくれなくなっちゃったから。何度かこの家にも来てみたんだけど、妙子さんに追い返されちゃって」

「伯母さんに？」

「うん。聡くんいますかって言っても、いつも『あの子、具合悪いからごめんね』って」

「兄貴の具合が悪い……」

「そうそう。それにしても懐かしいな。あの頃とほとんど変わってないよね」

百合の話をよそに、衛は記憶を辿った。

家を訪ねてきた百合に顔を見せられないほど、聡の具合が悪かったことなんてあっただろうか？　覚えている限りではないはずだ。だとすれば、それは妙子の嘘でしかない。

に！

——二度と行くなって言ったのに！　百合や皐月とは仲良くするなって、あれほど言ったのに！

妙子はこんなことを言っていた。つまり妙子は、聡と百合を会わせたくなかったのだ。それが「聡の具合が悪い」という嘘となった。

妙子はどうしてそんな嘘を吐いたのか。

きっと、聡を独占したかったのだろう。

まだ幼いうちから聡に無力感を植え付け、「なにもできない子」に仕立て上げた。そんな子どもになってしまった聡が真っ先に頼れるのは、いつも側にいた妙子だ。頼られることで自尊心が満たされていく。どんなに気持ちのいいことだっただろうか。しかし、それはおぞましいほどに歪《いびつ》だ。

「衛くん、なにから手を付ける？」

沈殿していきそうだった思考が、百合の声で引っ張り上げられる。妙子と聡の関係について、今更あれこれと考えても仕方ない。いまやるべきことは、この部屋の片付けだ。

「ああ、じゃあまずは、それからやろっか。十冊ずつくらい紐でくってくれたら、俺がどんどん物置に運んでいくから」

衛が指差した先にあるのは、無数のスケッチブックだった。それを見た百合が、気まずさと寂しさが綯《な》い交ぜになったような表情を浮かべる。

しまった、と思った。前日、百合と飲んだ帰り道、聡が会社で描いていた絵について指摘したばかりだ。衛の言葉に、百合は少なからず傷ついただろうし、いまもまた、あのときの感情が蘇ってしまっているかもしれない。

昨日言ったことは気にしないで、などと言えば、百合の気持ちも収まるだろうか。でも、それもまた不自然かもしれない。気詰まりな空気が流れる。

「衛くん、あのさ——」

百合の口調に重々しいものを感じて、衛は咄嗟《とっさ》に遮《さえぎ》ってしまう。

「さ、やろ！　早くしないと日が暮れちゃうし」

百合には目を向けず、棚からスケッチブックを取り出しはじめると、背後から「……うん」というか細い声が聞こえた。

作業を百合と分担しながら進めると、想像以上に片付けはスムーズだった。棚に並んだスケッチブックを束ね、衣類や小物はダンボールに収めた。それらはすべて物置に保管する。

聡が描いた絵はともかく、衣類などはもう誰も着ないのだから処分しても良さそうなものだが、しばらく置いておきたいという健蔵の意思に従った。ベッドやデスクなどの大型家具についても、ひとまずはそのままでいいらしい。自分がいるうちにできるだけ綺麗にしておいたほうがいいのではないか、と衛は思ったが、ここは健蔵の気持ちを尊重することにした。

作業開始から二時間ほどで、あらかたの片付けは終わってしまった。百合が来てくれたおかげだ。

「とりあえずは、こんなもんかな。物置に仕舞った兄貴の荷物は、落ち着いたときに親父が少しずつ処分するってさ。少し時間を置いてから、どれを残してどれを捨てるのか判断したほうがいいだろうしね」

首にかけたタオルで汗を拭きながら、衛は言った。隣にいる百合の額にも汗が滲《にじ》んでいる。

「百合ちゃん、下でお茶でも飲む？」

言いながら出ていこうとすると、百合に腕を摑まれた。振り返ると、百合が真剣な面持ちを浮かべている。

「……どうしたの？」

「聡くんの荷物、まだあるんだよ。昨日の夜、聡くんが残していたものを思い出したの。きっと、大事なやつだと思う。それも回収しなきゃいけない」

「荷物って、どこに？　もしかして、会社？」

百合は首を振る。

「ううん。昔ね、私が引っ越していく日、聡くんとふたりで埋めたの。タイムカプセル」

「タイムカプセル……？　そんなの埋めてたのか」

その頃の衛は小学一年生だった。ちょうど、聡を疎ましく思う感情が芽生えはじめた時期でもある。

だからだろうか。タイムカプセルのことなど知らされていなかった。百合と埋めに行くことを教えてくれていたら、自分もついていったのに。まるで仲間はずれにされていたようで、胸の奥が軋《きし》むように痛んだ。

でも、仲間はずれにしていたのはどっちだ。実の兄が世間から仲間はずれにされているのに助けもせず、それどころか、自分も一緒になって爪弾きにした。そんな自分に、傷つく権利などあるわけがない。そう思うと、苦笑いがこぼれてしまった。

「衛くん？　大丈夫？」

「……うん。ごめん、なんでもないんだ。それよりどこにあるの？　そのタイムカプセル」

「聡くんがいたところ」

百合の言葉の意味が、すぐには理解できなかった。

「聡くんが、発見されたところ。そこに埋めてあるの」


幼い頃、三人の遊び場にしていた、藤山の裏手にある小さな海岸。実家に到着した日の夜、衛がひとりでこっそり訪れた場所だ。そこに、聡がタイムカプセルを埋めていた。そんなことまったく知らなかった。きっとそこには、大切ななにかが埋められているのだ。健蔵のためにも、回収しておくべきだろう。

居間でしばし休憩した後、衛は百合と一緒に藤山へと向かうことにした。

「ん？　衛、どこ行くのや」

三和土で靴を履いていると、健蔵に声をかけられた。

「百合ちゃんとちょっと出てくるよ。実はさ、兄貴がタイムカプセルを埋めてたんだって」

「タイムカプセル……？」

百合が横から入る。

「そうなんです。私が引っ越す日の朝、聡くんとふたりで埋めたもので。それも遺品に違いはないから、せっかくだし掘り起こしておこうって」

「なんでまたそんなもんを……。どこに埋めてあるんだ？」

「小学校の校庭の端っこなんです」

百合が機転を利かせた。さすがに、聡が死んでいたあの海岸に、なんて言えるわけがない。

「そうか。んじゃ、気ぃつけてな」

「うん。そうだ、兄貴の部屋、片付けはほとんど終わってるから。一応、親父もチェックしといて」

「ああ。わかった」

玄関を閉め、大事なことに気がつく。

「埋まってるってことは、シャベルなりなんなり、必要だよね。そんなのあったかな」

物置を覗いてみる。先程詰め込んだ聡の荷物で一杯だ。

「親父は土いじりなんてしない人だから、使えそうな道具なんてないと思うんだけど……」

すると百合が声を上げた。

「あ、あれ！」

百合が指差すほうを見やると、小さなバケツにシャベルが収まっていた。カラフルな色使いで、小さな子が砂場で遊ぶときに使うようなものだ。

「これって……、兄貴のか」

「そうだよ。あのときも、聡くん、これを使って穴を掘ってたもん」

手に取ってみると、やけにチープで心もとない。ちょっと力を入れたら折れてしまいそうなくらいだ。

「でも、これしかないんじゃない？」

「そうだね。それに、兄貴が使ってたやつでタイムカプセルを掘り当てれば、きっと兄貴もうれしい、よな」

「……うん、きっとそう、だと思う」

「じゃあ、行こうか」

藤山までは、実家からだと徒歩で二十五分ほど。肌を焼くような日差しの中、歩いていくのはなかなかしんどい。とはいえ、子どもの頃乗っていた自転車はもう捨てられており、仮に残っていたとしても大人の体でそれに乗るのも難しい。

「歩きで行くしかないけど、百合ちゃん、大丈夫？」

「大丈夫。というか、どんなことがあったとしても、行きたい。ううん、行かなくちゃいけない」

なにかを決意したような百合の横顔を見つめ、衛は無言でそれに従うことにした。

藤山に到着する頃には、ふたりとも汗だくになっていた。

緩くうねっている坂道を上っていくと、次第に潮の匂いをまとった風が頬を撫ではじめる。

温い風だったが、汗ばんだ肌にはそれすらも心地よい。

展望台には一組の観光客がいた。設置されている双眼鏡を覗き、眼下に広がる海に浮かぶ小島や、遙か向こうの水平線を眺めては小声でなにやら囁《ささや》いていた。

彼らを一瞥《いちべつ》すると、百合とともに、裏手へと降りていく。

「タイムカプセルを埋めたのって、どこらへんか覚えてるの？」

「双子松のちょうど間に埋めたの」

見下ろした先に、双子松が生えていた。

「あそこか。震災のときの津波で流されてないといいけど……」

「きっと、大丈夫だよ」

海岸に降り立つと、双子松にゆっくり近づいていった。夜に訪れたときには気づかなかったが、記憶よりも何倍も大きく成長しているように見える。衛が両手を回しても足りないくらい幹は太く、小さな針のように尖った葉が、日差しを浴びて深緑色に輝いていた。そんな二本の松が、相変わらず仲良さそうに立っていた。

「じゃあ掘ってみようか」

「待って」

振り返ると、百合が切実そうな表情で立ち尽くしていた。その口元はキュッと強く結ばれている。時折、強い海風が百合の髪を揺らした。汗の匂いに混じって、石鹼のような清潔な匂いが漂う。

「あのさ、衛くん」

百合は真っ直ぐ衛を見つめながら、口を開いた。その口調は、厳かという表現が相応《ふさわ》しいほど重々しい感じがする。

「……どうしたの？」

「私、もうひとつ衛くんに言わなくちゃいけないことがあるの」

「なに？　今更畏《かしこ》まって」

「私なの」

「ん？……なにが？」

「聡くんの遺書を書いたの、私なの」

瞬間、風が止んだような気がした。先程までは松の葉が揺れ、擦《こす》れ合う音がしていた。しかし、いまは無音だ。無音の中で、百合の声だけが静かに衛の鼓膜を揺らす。

「私が、聡くんの遺書を、偽造したの」

その声はかすかに震えていた。

ようやく思考が追いつき、衛はつい大きな声を出してしまった。

「嘘だろ？　なんで、なんでそんなことしたんだよ！」

「衛くん、落ち着いて聞いて」

「落ち着けって言われても、わけわかんないよ！　なんでそんなことしたの！」

「だから、それを話すから。私の話を聞いて」

居ても立ってもいられなくなる。衛は自分自身を落ち着けるため、何度か深呼吸した。そうして双子松の根元に腰を下ろす。もう片方の根元に、百合もぎこちなく座り込んだ。

視線は海に向けたまま、百合が話し出す。

「衛くん、気づいてた？　私ね、ずっと聡くんのことが好きだったの」

「そう、だったんだ。それは……、気づかなかった」

「だよね。聡くんと出会って、すぐに仲良くなって、おうちにも遊びに来てくれるようになって、気づいたら好きになってたの」

「兄貴の、どこを好きになったの」

「あるとき、聡くんが言ってくれたの。百合ちゃんちの子どもになってみたいなって。うち、母子家庭だったから、ずっといじめられてたんだよ。わかる？　おめかけって呼ばれてたの、私」

「おめかけ？」

「そう。母はね、ずっと不倫してたのよ。それで相手の子を身籠って、そのまま出産した。それが私。田舎って怖いよね。私ですら知らなかった母の噂が一気に広まって、それで、おめかけ」

「そんなの、まったく知らなかった」

「だから、そんな自分の生い立ちも家も、本当は好きじゃなかった。でも、聡くんはそんな私の家の子どもになりたいって言ってくれたの。そのとき初めて、私はなにも恥じなくていいんだって思った。そして、そんな風に思わせてくれた聡くんのことを、好きになった」

百合の瞳に、少しずつ涙が浮かんでくるのが見えた。

「でもね、さっきも言ったけど、あるときから聡くんは遊んでくれなくなっちゃって。おうちに行っても妙子さんに追い返されるし、母に言っても、もう忘れなさいの一点張りで。ただ、引っ越す日の朝、久しぶりに聡くんと会えたの。この場所で。そのとき、聡くん、なんて言ったと思う?」

「……想像もつかない」

「聡くんね、ぼくは可哀想なんかじゃないよ、って言ったの。だから心配しないでって。周りの人たちからずっと哀れまれていること、本人も気づいていたんだよね。そして、私自身も、聡くんを哀れんでいたんだと思う。だから聡くんは、最後に私にそう言ったの」

百合の言葉に、なにも返すことができなかった。自分はどうだっただろう。自問しても、いまはなにも浮かんでこなかった。

「だから、書いたの。聡くんが自殺したって聞いたときに、聡くんの短い生涯は決して可哀想なものなんかじゃなかったって、みんなに伝えたくて、〈ぼくは　とても　しあわせでした〉って一文をみんなに読ませたくて、だから偽造したの」

「そんな……」

「でも、それは間違いだった。結果として衛くんたちのことを混乱させちゃったし、なにより、わざわざ遺書を偽造しようなんて考える私が、誰よりも聡くんを可哀想だって思ってたことに気づいたの。あの日、ぼくは可哀想なんかじゃないよって言ってくれたのに。私、なにもわかってなかった」

言い終えると、百合は立ち上がり、衛のほうへ体を向けた。

「衛くん、本当にごめんなさい。いくら謝っても許してもらえるとは思ってない。おじさんや妙子さんにもお詫びします。本当に、本当に、ごめんなさい」

百合は深く頭を下げた。ストレートで艶《つや》のある髪の毛が、海風に舞う。

「百合ちゃん、わかったから。もういいよ。顔を上げて」

顔を上げた百合は、泣いていた。その涙は海の底でできた真珠みたいに美しく、それでいて儚《はかな》かった。

「ひとつだけ、確認させてほしい」

乱れた髪を直しながら、百合は洟を啜って頷いた。

「百合ちゃんがしたのは、兄貴の遺書を偽造したことだけ、なんだよね？」

衛の言葉の真意を察したのか、百合が目を見開く。

「私、殺してない！　聡くんのこと、殺せるわけない！」

「俺もそう思ってる。百合ちゃんがそんなことするはずないって。……嫌なこと訊いて、ごめんね」

「ううん。でも、本当に、私は遺書を偽造しただけなの」

「わかった。信じるよ。この件は俺が預かっていてもいいかな。親父や伯母さんに話すとしても、いますぐにってのはやめたほうがいいと思うんだ。ただでさえ心労も溜まってるだろうし」

「……わかった。いつ話すのかは衛くんに任せるから。もちろん、相応の償いもします」

「償いって……。たしかに混乱はしたけど、誰かを傷つけたわけでもないし。百合ちゃんの気持ちもわかったから、あまり気に病まないで」

衛がやさしく声をかけると、百合は黙って俯《うつむ》いてしまった。

「もう言い残していることはないよね？　そうしたら、タイムカプセルを掘り起こそうか。百合ちゃん、手伝って」

「……うん」

百合の指示に従い、松の木の根元を掘りながら、衛は考えていた。

その真相に、動揺が隠せない。シャベルを持つ手が、かすかに震えてしまう。

百合が遺書を偽造した犯人だった――。

あらためて、あの遺書の文面を思い返してみる。

おとうさん　おばちゃん　まもるくん
こんなことになってしまって　ごめんなさい。
ぼくは　もう　つかれてしまいました。
ほんとうは　みんなと　おんなじなのに　わかってもらえないことに　つかれました。
いままで　どうも　ありがとうございました。

でも　しんぱいしないで　ください。
てんごくで　おかあさんと　いっしょに　くらしてます。
ぼくは　とても　しあわせでした。

初めて読んだときに違和感を覚えた。どこか客観的で、第三者の視点を感じさせる文面だったのだ。その第三者が、まさかの百合だったとは。〈ほんとうは　みんなと　おんなじなのに〉〈ぼくは　とても　しあわせでした〉これらは百合が聡を思い、可哀想というレッテルを剝がすために書いたものだった。そして〈てんごくで　おかあさんと　いっしょに　くらしてます〉は、百合の聡に対する希望であり、願いか――。そう考えると、どこまでも切ない愛情に満ちた文面と読めるかもしれない。

衛は一心不乱に穴を掘り続けた。百合の聡に対する愛情を思うと、身が切られるようで、いまにも叫び出したくなる。それを堪えるように、何度も何度も土を掻き出していった。

途中でシャベルの取っ手が折れてしまった。二十年ほど前のものだから脆《もろ》くなっていても当然だ。でも、衛は気にせず、両手を使って土を掻き出していった。

やがて、箱型の缶が見えてきた。両側から伸びている松の根に守られるようにして、それはあった。

「百合ちゃん、これ？」

百合が身を乗り出し、穴を覗き込む。

土の下から出てきたのは、やや大きめのお菓子の缶だった。持ち上げてみると、やはり中になにかが入っているようだ。

「これで合ってる？」

「そう、これ！　これを埋めたの！　流されてなくてよかった、双子松が守ってくれたんだ……」

あまりの懐かしさからか、百合は口元を手で押さえ、泣いていた。

蓋にかぶさった土を手で払い、早速開けてみる。長く埋まっていたため歪んでしまったのか、すんなりとはいかない。

「大丈夫？　開けられる？」

「ちょっと……待って……」

四つ角のひとつを押さえ、対角に手をかけると、衛は蓋を無理やり剝がすように力を込めた。ふっと軽くなるような手応えがあり、蓋が持ち上がる。

「あ、開いた！」

多少、細かな砂埃に覆われていたが、中に入っているものはその原形を留めているようだ。

百合が見守る中、衛はひとつずつ取り出していく。

「これって……」

最初に目についたのは、四つ折りになった手紙のようなものだった。ふたつ入っており、それぞれの表面には〈さとしくんへ〉〈ゆりちゃんへ〉と、子どもらしい文字で宛名が書かれている。

衛からそれを受け取ると、百合はそれらを大事そうに胸に押し付け、ため息をこぼした。

「これ、聡くんとふたりで贈り合ったの。大人になったらふたりで読もうねって。その願いは叶わなかった。でも、でも、ちゃんと残っててよかった。あのね、これ――」

頭上で百合がなにかを喋っている。しかし、その言葉は衛の耳に入ってこなかった。

衛の目は、タイムカプセルの中身に釘付けになっていた。

百合に渡した手紙の下にあったのは、二冊のスケッチブックと、お守り袋ほどの小さな巾着、そして体温計のような棒状のものだった。

恐る恐る手を伸ばし、まず巾着をつまみ上げる。ぷくっと膨らんだそれは、まるで腐った果実みたいだった。耳元で揺らすと、ちゃぷちゃぷと水の音がする。

「衛くん、それ、なに?」

百合も知らないということは、タイムカプセルを埋める際、聡がこっそり忍ばせたのだろう。

「これは、親父が兄貴に持たせてた、お守り、だと思う」

「え……。聡くん、どうしてそんなものを埋めたの」

巾着の口を開き、逆さにしてみる。すると、衛の手のひらに、小さな瓶が落ちてきた。

間違いない。健蔵が聡に持たせていた、メチルアルコールだ。

「やっぱり、兄貴はこれを飲んだわけじゃなかったんだ……」

「衛くん、どういうことなの」

百合が不安そうな声を上げる。しかし衛は首を振り、その問いかけには答えなかった。健蔵が犯した過ちを、わざわざ百合に知らせる必要はない。健蔵が聡に持たせていたこの劇薬は、結果として、聡の命を奪うことにはつながらなかったのだから。

続いてスケッチブックに手を伸ばす。表紙は砂埃にまみれており、ボロボロになっていた。年月を記したシールを確認する。片方には〈二〇〇二年四月〜六月〉のシールが、もう片方には〈二〇〇二年七月〜九月〉と記されたシールが貼ってある。

この二冊のスケッチブックは、聡の部屋の棚から消えていたものだった。

「ここにあったのかよ」

「聡くん、スケッチブックも入れてたんだ。でも、どうしてその二冊だけなんだろう……。よっぽどお気に入りの絵が描いてあったのかな」

どうしてこの二冊だけなのか。百合の疑問はもっともだ。それを明らかにするため、衛はそっとページを開いた。

中にあるのは、他のスケッチブックにも描かれている絵とほとんど代わり映えしないように見える。海岸、木々や草花、健蔵や百合、衛……。何度も見たことがあるような絵ばかりだ。

しかし、あるページを開いたとき、衛の手が止まった。息を呑む。

描かれていたのは、ひとりの女性。髪の毛は乱れ、首をかしげ、こちらを真っ直ぐ見て微笑んでいる。そして——上半身は、裸だった。

スケッチブックを開いたまま硬直している衛を心配してか、百合が背後から覗き込んできた。

瞬間、短い悲鳴を上げる。

「これ、なに？　どうして裸の絵なんか」

衛は先程から目を疑っていた。

そんなわけがない。ありえない。でも――。

確認しなければいけない。

「百合ちゃん、この絵の女性に見覚えない？　俺の勘違いじゃなければ――」

そこまで言うと、百合が青ざめていく。

「これ……、お母さん、だよね」

「俺もそう思う。これは、皐月さんだ」

突き動かされるように、衛は残りのページも隈なく確認した。すると、皐月の絵が何枚も何枚も出てくる。しかも、みな一様に裸であったり、衣類がはだけていたりと、ふつうではない。

動揺する百合に、衛は静かに尋ねた。

「百合ちゃん、あるときから、兄貴とは遊ばなくなったって言ってたよね。それっていつ頃だったのか、正確に覚えてる？」

百合は口元に手をやりながら、ゆっくり答えた。

「私が小学五年生、聡くんが中学二年生になる頃だったと思う。突然、私の家にも来てくれなくなったし、聡くんの家に行っても会えなくなって……。ねぇ、それがなんなの？　この絵と関係あるの？」

衛は思案した。健蔵や妙子、百合から聞いたことを断片的に思い出す。それらはまるでパズルのピースのようだ。一つひとつ、つないでいく。

妙子は聡に対して、百合や皐月と遊ぶことを禁じていた。聡を独占したいという歪んだ愛情の表出により、妙子はそんな愚かな行動に出てしまった。

それは百合の証言からも事実だったのだろうと推測できる。事実、聡が中学二年生になるタイミングで、百合はその交流を断たれてしまった。計算してみると、聡が百合や皐月と没交渉になったのは、二〇〇二年の春からということになる。

でも、健蔵はこう言っていた。

――恵が死んで一年くらい経った頃か。聡がな、俺に言ったんだよ。「おかあさんが、ぎゅっとしてくれる。だから、もうさみしくないの」って。

恵が死んだのは、二〇〇一年のことだ。それから一年後、二〇〇二年に聡は件《くだん》の発言をした。

「百合ちゃん、兄貴が、百合ちゃんちの子どもになってみたいって言ったとき、百合ちゃんや皐月さんはなんて答えたの？」

「お母さんは、うちでよかったらいつでもどうぞって……。ねぇ、それがどうしたの？　ねぇ、衛くん！」

皐月にそう言われた瞬間、聡の中で、皐月と「おかあさん」が結びついたのではないか。

おかあさんが、ぎゅっとしてくれる。聡のこの発言を、健蔵は現実逃避だと言っていた。しかしそれは逃避や妄想なんかではなく、聡にとっての真実だとしたら？

つまり、このときの「おかあさん」とは皐月のこと。「ぎゅっとしてくれる」とは、文字通り抱きしめられることとか。それだけならば、寂しそうにしている聡に対する、皐月なりの愛情表現とも理解できる。でも、そう解釈する衛の思考回路に、先程見た、裸の皐月の絵が交ざり込む。

裸で、抱きしめる。それはつまり？

そしてタイムカプセルに入っていた、体温計のような形状をしたものの意味とは――。

衛の脳内でおぞましい仮説が組み立てられていく。

「俺、行かなくちゃ」

「え？　どこに行くっていうの」

「皐月さんのところに、すぐに行かないと」

衛は立ち上がると、スケッチブックを抱きかかえながら走り出した。

背後では百合が悲痛さを滲ませた叫び声を上げている。

「衛くん！　待って！　やだ、行かないで！」

百合の懇願を振りほどくように、衛は必死で走った。午後の日差しは突き刺すような痛みを伴って、衛の肌に降り注ぐ。往来する自動車の排気ガスで、胸が苦しい。汗が吹き出し、咳き込む。呼吸がうまくできない。けれど、その足は止められなかった。ふくらはぎや太ももが悲鳴を上げても、衛はなおも走り続けた。そうして松島海岸駅に到着すると、ちょうどよく停まっていた仙台駅行きの鈍行に滑り込んだ。

車内は空調が効いているにも拘《かかわ》らず、座席に腰を下ろすと全身から汗が滴り落ちてくる。呼吸もまだ荒く、肩を上下させながら熱い息を吐いた。乗客は遠慮がちに、不審そうな眼差しをぶつけてくる。しかし、そんなことに構っていられなかった。

財布から一枚のカードを取り出す。皐月と再会したときに受け取っていた、皐月の店のショップカードだ。ネイビーの地に白抜きで〈食事処　さざなみ〉と書かれてある。店名の下には、住所と電話番号、営業時間が並んでいる。

仙台駅に到着するまでの間、衛はずっとそれを睨み続けていた。

皐月の店に着いたのは、十七時を少し過ぎる頃だった。夏の日はまだ高いものの、夕暮れの気配を含んだ風は少し柔らかい。さざなみの夜営業は十八時から。店頭にはまだ看板が出ておらず、入り口に〈CLOSE〉と書かれたプレートが下がっていた。でも、小窓から中を覗いてみると、カウンターらしき場所に明かりが灯され、誰かが動いているのが見えた。おそらく皐月が開店準備をしているのだろう。

扉に手をかけると、衛はひとつ息を吐いた。心臓が波打っているのがわかる。手は震えている。一度手を離し、スケッチブックを抱きしめた。

兄貴、俺、もう逃げないよ——。

胸の内で、聡に話しかけた。それは祈りであり、あるいは覚悟でもあった。

いまから、聡の死にまつわる疑問に明確な答えを出す。そうしてやっと、聡を見送ることができるのかもしれない。そのためにも、悲しい事実、知りたくない現実と向き合うのだ。

よし、と小声で呟くと、衛は引き戸を開けた。

するとカウンター内で手を動かす皐月と目が合った。心なしか、少し驚いているようにも見える。

「こんばんは」

平静を装い、衛は軽く頭を下げた。

「衛くん、どうしたの。来るなら言ってくれればいいのに」

「まだオープン前ですよね？　でもちょっとだけ、いいですか？」

皐月は不思議そうに首をかしげてみせる。その仕草が、聡の描いた絵とダブって見えた。

立ち尽くす衛に、皐月が手振りを添えて言った。

「どうぞ？」

店内には甘辛い匂いが漂っていた。カウンターの向こうからは、鍋でなにかを煮込んでいる音がする。

カウンターとテーブル席、どちらに座ろうか迷った後、衛はテーブル席に腰掛けた。テーブルにスケッチブックを置くと、体を横に向け、正面から皐月の姿を捉える。

「で、一体どうしたの？　あと一時間もしないうちに、オープンなのよ。だから仕込みしながらでもいい？」

「忙しいときにすみません。でも、どうしても話したいことがあって」

「なになに、畏まっちゃって」

皐月は野菜を刻んでいるらしく、小気味良い音がする。

口の中が異常に乾いている。衛は緊張していた。でも、言わなければいけない。何度か唾液を飲み込み、ようやく口を開いた。

「兄貴のこと、なんです」

リズミカルな包丁の音が、ぴたりと止んだ。手元へ視線を落としていた皐月が、ゆっくり顔を上げる。

「聡くんのことって?」

「俺も兄貴も小さい頃、よく皐月さんの家に遊びに行ってたの覚えてますか? 皐月さんがいろんなご馳走を作ってくれて、それを食べながら四人で遊んで。あの頃、本当に楽しかったんです」

強張っているように見えた皐月の顔が、脱力する。昔話に皐月の頬は緩み、目を細める。

「聡くんのことって言うからびっくりしたけど、なあに? 昔話をしに来たわけ? たしかにあの頃は楽しかったわよね。ほら、うちって家庭の中に男の人がいないでしょう? それもあって、衛くんや聡くんと遊ぶのは、百合にとっても新鮮だったのよ。でもご馳走なんてオーバーね。大したもの作ってないじゃない」

皐月はとても楽しそうに、朗らかに笑ってみせた。

でも、衛は少しも笑わず、言葉を続けた。

「ただ、あるときから皐月さんの家には行かなくなりましたよね。俺が小学校に上がった頃です」

「……ああ、そうね。衛くんも小学校に入って、他に友達ができたんだろうなって思ってたのよ」

「いえ……、友達ができたわけじゃなく、兄貴と一緒にいたくなかっただけなんです。その、障害者の兄がいるってことで、俺まで変な目で見られるのが嫌で」

「そう、ね。衛くんの気持ちもわからなくないわ。でも、当時の聡くんは、すごく寂しかったんじゃないかしら」

「だから、ですか?」

「……え?」

「兄貴は寂しそうにしていた。だから、皐月さんはそんな兄貴に近づいて、俺や百合ちゃんも知らないところで、ふたりきりで会っていたんですか」

「なにか、勘違いしてない?」

「あのとき、兄貴は中学二年生。そして当時、親父は兄貴がこう言っていたのを記憶していました。『おかあさんが、ぎゅっとしてくれる。だから、もうさみしくないの』って。これ、どういう意味だと思いますか?」

皐月は押し黙ったまま、衛にじっと視線をぶつけてくる。

「わからないですよね。親父は、兄貴の現実逃避だって言ってました。だってそのとき、すでに母は死んでいたから。俺たちに母親はもういなかったんです。じゃあ、兄貴の言う『おかあさん』って誰のことなんでしょう。……俺、それは皐月さんのことだと思うんです」

「なに言ってんのよ。どうしてそこで私が出てくるの？」

「兄貴は昔、百合ちゃんちの子どもになってみたい、なんて言ったことがあったそうですね。そしてそのとき、皐月さんは『いつでもどうぞ』と答えている。兄貴にとってその言葉は、自分を子どもとして受け入れてもらう許可のようなものだった。つまりその瞬間、兄貴の中で皐月さんが『おかあさん』になった」

「たしかにそう言ったことは認める。そして、聡くんが私のことを母親代わりだと思っていた可能性も否定しないわ。でも、その頃には交流もなくなってた。だから私は関係ない」

衛はため息を吐くと、置いていたスケッチブックを手に取った。

「これ、兄貴が残していたスケッチブックなんです。ここに描いた時期のシールが貼ってある。それによると、この二冊のスケッチブックは二〇〇二年四月〜九月の間に描かれたものってことがわかります」

「だからなんなの？　それとこれと、なんの関係があるわけ？」

皐月に見えるように掲げ、衛はスケッチブックのページを一枚ずつゆっくりめくっていった。すると、ある一枚の絵を見て、皐月が驚愕の表情を浮かべた。口元を手で押さえ、目を見開いている。

皐月の目に映っていたのは、上半身が裸で微笑んでいる、自身の絵だった。

「この絵が描かれた時期、そしてなにより、ここに描かれているものと、兄貴の言葉を結びつけてみます。『おかあさんが、ぎゅっとしてくれる』。これはつまり、裸の皐月さんが、抱いてくれるということを意味しています」

「やめて！」

皐月は肩で息をしながら大きな声を張り上げた。

しかし、衛はやめなかった。

「皐月さん、あの頃、皐月さんと兄貴の間には、体の関係があったんですよね」

「黙れ！　黙れ黙れ黙れ！」

皐月が手を振り上げると、グラスが飛んできた。顔にぶつかる寸前で、衛はそれを避ける。

グラスは壁にぶつかり、大きな音を立てて割れた。

皐月は血走った目を衛に向け、なおもグラスを投げつけようとした。

瞬間、百合が飛び込んでくる。

「お母さん、ダメ！　もうやめて！」

「百合、どうしてあんたまで！」

よほど急いで来たのだろう。百合は髪を振り乱し、額に汗の粒を浮かべていた。

そして、泣いていた。

「お母さん、いままでそこで全部聞いてたの。嘘だって、すべて衛くんの思い込みだって信じたくて。でも、そうじゃなかったってことなんだね……。お母さんは聡くんに対して……」

衛は毅然とした態度で、詰問した。

「皐月さんがしていたことは、兄貴に対する、性的虐待じゃないんですか？」

皐月は頭を抱え、呪詛《じゅそ》を吐くように同じ言葉を繰り返した。

「してない。私はなにもしてない、してない！」

皐月を見つめながら、衛はポケットに手を忍ばせた。硬いものが手に触れる。これを突きつければ、きっとすべてが明らかになる。

取り出して、皐月に見せる。

衛の手のひらに載っているもの、それはタイムカプセルの中から見つけた体温計のようなものだった。

それを見た皐月は驚愕の表情を浮かべ、言葉を失っている。

「どうして、それを衛くんが――」

衛が皐月に突きつけたもの、それは体温計なんかではなく、市販の妊娠検査薬だった。

「これ、妊娠検査薬ですよね？　これにどんな反応が出ていたのか、時間が経ちすぎていて、もう確認は不可能です。でも、兄貴はこれを大切なものとして、タイムカプセルに忍ばせていました。兄貴のその行動から想像するのは容易《たやす》い。これには陽性反応が出ていたってことです。つまり、あの頃、皐月さんは兄貴の子を妊娠していたってことなんじゃないですか？」

「まさか……」

百合の声はかすれていた。ひどく苦しそうに響く。

「違うの、そんなつもりじゃなかったのよ。そんなつもりじゃなかった、そんな……」

よろめく皐月を、百合が咄嗟に支える。カウンター内から出てくると、百合はカウンターの椅子に皐月を座らせた。その隣に百合も腰掛ける。

「皐月さん、もう全部話してくださいよ。どうして兄貴とそういう関係になってしまったのか」

皐月は背中を向けたまま、震えているように見えた。

お母さん、お願い、と言いながら、百合がその背中をやさしく擦っている。

「聡くんは、本当にいい子だったの」

すべてを覚悟し、懺悔《ざんげ》するように、皐月は話し出した。

「聡くんとそういうことになったのは……、衛くんの想像通りよ。衛くんが小学生になって、聡くんとの関係が変わって、百合とも遊ばなくなって、そんなときに聡くんがひとりでうちに来たの。百合がいないときだったからどうしようって思ったけど、すごく寂しそうにしていて、仕方ないから家に上げてご飯を作ってあげた。ふたりでお喋りしながら食べるご飯はとっても美味しくて。そのうち、聡くんが私に向かって、『おかあさん』って言ったの。そのときの聡くんの目は忘れられない。世界中の悲劇を背負ったみたいな色をしていて、それを見た瞬間、抱きしめてた。でも、それだけでは終わらなかった」

「その流れで、性行為をしたんですか？　無理やり？」

無理やりという言葉に反応するように、皐月は衛を振り返り、大声を上げた。

「無理やりなんかじゃない！　それに、いけないことだってわかってた」

「じゃあ、その一回だけだったってことですか？」

皐月がかぶりを振る。

「ううん、それ以来、何度もふたりだけで会うようになった」

「わかってますか？　当時、中学生だった兄貴と性行為、セックスをするって、それは性的虐待ですよ！」

「そんなこと言われなくたってわかってるわよ。でも、あるとき聡くんが言ったの。ぼくはひとりで生きていくんだって。この先、ずっとたったひとりで生きていかなくちゃいけないって」

衛の脳内で健蔵の声が再生される。

――お前はひとりで生きていかなきゃいけねぇんだ！

どうして健蔵はそんなことを言ってしまったのか。衛は失意に呑み込まれそうになる。

「ねぇ衛くん、どう思う？　聡くんは障害者だから、ひとりで生きていかなくちゃいけなかった？　誰からも愛されず、誰とも家族になれず、この広い世界の中、孤独感を背負って一生を終える定めだった？」

「そんなこと――」

「そんなこと、ない？　そう、聡くんにだって、私たちみたいに誰かを愛し、愛され、一緒に生きていく権利があるわよね。でも、あの頃の聡くんはすべてを諦めているように見えた。……ううん、諦めざるを得ない状況だったのよ。どうしてかわかる？」

衛は無言で首を振った。

「周囲の人たちが、誰も聡くんを理解しようとしなかったからよ。だから私が、ひとつでも聡くんの願いを叶えてあげようと思ったの。きっかけは、母親として求められたことだった。でも聡くんが求めていたのは母親だけじゃない。家族よ。自分を理解し、必要とし、愛してくれる、本当の家族。だから、作ってあげようと思った。聡くんだけを見つめ、求める家族――それはつまり、聡くんの子どもよね」

「皐月さんの言ってること、まったく理解できないよ……」

恐る恐る、百合が尋ねる。

「あの頃、お母さんが具合悪そうにしていたのって……、妊娠してたからなのね」

「そう。でも、結局はダメだった。大きくならずに流れちゃったのよ。それを伝えると聡くんはすごく悲しそうな顔をして……。だから、せめてもの思い出として、その妊娠検査薬を渡した。聡くんの子どもは、たしかに存在していたんだよって。それをまさか、タイムカプセルなんかに入れるなんて……。聡くんとはもうそれっきり。妙子さんにこっ酷く嫌われてたこともあって、正直、松島町には居づらくなっていったの。だから私は、あの町を離れた」

百合が悲愴な声を上げる。

「そんな理由で、転校させたの？　私、聡くんの側にいたかったのに」

「だからよ。百合が聡くんに思いを寄せてることは気づいてた。でもそれは恋とか愛とかそういうものじゃなくて、聡くんに対する同情心から来るものだとも、わかってた」

「そんなこと――」

否定しようとするも、途中で百合は口を噤《つぐ》んでしまう。

「だから、距離を置いたの。物理的に離れれば、百合だって聡くんのことを忘れられるだろうって。……まぁ、それも無駄だったみたいだけどね」

皐月の言葉を受け、百合が眉間に皺を寄せ、顔を真っ赤にする。

酷い、と呟いて、百合は席を立つ。皐月の側から離れたいと思ったのかもしれない。そのまま入り口までふらふらと歩き、壁にもたれかかるようにして項垂《うなだ》れた。

百合が心配だったが、衛は話を続けた。

「皐月さん、自分がなにを言ってるのかわかってますか？」

衛の問いかけを無視し、皐月はタバコに火を点ける。静かに細い煙を吐くと、あたりにはメンソールの香りが漂った。

衛は質問を変えた。

「兄貴との関係は、本当にそれっきりだったんですか？」

「それっきり、のつもりだった。この町にやって来て、店を開いて、がむしゃらに生きてきたの。そんな毎日に、余裕なんてなかった。食べていくので精一杯だったのよ。だけど、今年の春、聡くんが現れたの」

「兄貴が、ここに来た……？」

「そう。どうせ百合にでも聞いたんでしょう？」

俯いていた百合が、はっとした表情を浮かべた。

健蔵に連れられてきた聡と再会したとき、百合は聡に、皐月の店のことを教えたと言っていた。そのとき受け取ったショップカードをもとに、この皐月の店まで辿り着いたのだろう。

しかし、聡は文字の読み書きが苦手だった。ショップカードに住所が書かれているとはいっても、この店をスムーズに見つけられたとは思えない。それでも、聡はやって来た。そうまでして、皐月に会いたかったのだ。

想像の中で、懸命に店を探す聡の姿が浮かび上がる。それは切ないほどに、痛々しかった。

「そこまでして、兄貴は、皐月さんに会いたかったんだ……」

「それから聡くんは、時々、お店に来てくれるようになったの。でも会うのはオープン前、ちょっとだけ。他の人の目が気になるのか、賑わう時間は嫌だったみたい。ここに来ると、聡くんはいろんなことを話してくれた。健蔵さんがとても怖いこと、妙子さんがなにもさせてくれないこと、百合に紹介された会社に居場所がないこと」

皐月の言葉を聞き、百合の表情が歪む。

「その話が本当だとして、そんなに苦しんでいた兄貴を一体どうしたんですか？」

黙り込んだまま口を開かない皐月に、衛は続けた。

「そんな兄貴のことを、もしかして、皐月さんが殺した……？」

目の前にいる皐月は、世界の終わりを見てきたかのような絶望的な表情を浮かべ、だけど薄《うっす》ら笑っていた。歪ませた唇から煙を吐くと、タバコを灰皿に押し付けた。

「殺したんじゃない。救ったのよ」

「救った?」

「そう。こんな地獄みたいな世界から、聡くんを解放してあげたの。聡くんの人生はいつだって、誰かのためのものだった。決して聡くんのものにはならなかった。自分の人生なのに、なにかを選択し、決定することができない。だから、最初で最後の選択肢をあげた。結果、聡くんは逝ってしまった。私はその手伝いをしただけ、救ってあげただけよ」

衛は天を仰いだ。体の奥底が深海のように静かに冷え、痛みすら覚えた。

「どうして、どうして……」

両手で顔を覆い、百合が泣き叫ぶ。そして頽《くずお》れるように膝をついた。

衛は席を立ち、百合に寄り添った。背中に手を当てると、怒りと悲しみとやりきれなさを凝縮したような熱が、そこにあった。百合の背中に置いた手が震えている。泣いている百合の震えなのか、あるいは衛のそれなのか、わからなかった。

背中を擦っていると、やがて百合は毅然と顔を上げた。

「お母さん、聡くんに一体なにを飲ませたのよ! 薬を飲ませて殺すなんて……、どうしてそんな酷いことを!」

「薬なんて、飲ませてないわよ。第一、人を殺せるような薬が簡単に手に入るわけないじゃない」

「じゃあ、なにを——」

言いかけたとき、玲奈の言葉が過《よぎ》った。

——意外なものに毒素があったりするみたいだし。

そう、なにも薬に限らないのだ。人を死に至らしめる毒は、身近なところにも存在する。

「食べ物だ」

皐月の右眉がかすかに上下するように見えた。

「たとえば魚にも毒性の強いものはあるし、あるいは食べられない海藻だってある」

「衛くん、さすがね」

「なにを食べさせたんですか？」

「そこまでは想像がつかない？　実はね、衛くんにも食べさせたの。ううん、衛くんだけじゃない。健蔵さんにも妙子さんにも、もちろん百合も私も食べた」

「……は？」

思わず動揺してしまう。しかし体調に変化はない。挑発に乗らないよう、衛は懸命に記憶を遡っていく。

帰省してからいまに至るまで、皐月の料理を口にしたのは一度きり。皐月が火葬場に持ってきた、海藻のサラダだ。特段危険なものはなかったように記憶しているが、そういえば健蔵が唯一、反応していた珍しい食材があった。

「オゴノリ、ですか」

「そう、正解」

「じゃあ、俺たちもいずれ……」

「ううん、心配しなくても大丈夫よ。オゴノリってね、生の状態で魚と一緒に食べると危険なの。魚の脂と反応を起こして、中毒物質が生成されるのよ。あのとき、みんなに出したサラダには魚なんて入れていなかったし、そもそもオゴノリも十分に加熱処理してたから心配なんていらない」

「俺たちはなにも知らず、兄貴を殺した凶器を、食べた。つまり、俺たちは証拠隠滅のために利用されたんですね」

「まあ、そうなるわね」

「でも兄貴には、生の状態で食べさせたんだ。それがどんな結果になるかわかっていて、兄貴を騙して」

「騙してなんかいないわよ。ちゃんと話した。あの日、いつものように聡くんが店に来たの。そして、話を聞いてみると、酷く落ち込んでた。もう見ていられないくらいにね。なにを言っても響かない、どんな言葉でも励ますことができないって思った。ちょうどその日、知り合いの漁師から大量にもらったオゴノリがあって、それで思いついたのよ。これを使えば、聡くんも楽になれるんじゃないかって」

「なんて、なんて言って、食べさせたんですか」

「聡くん、これを食べれば、天国のお母さんに会いに行けるかもしれない。その代わり、お父さんにも妙子さんにも会えなくなっちゃう。聡くんはどっちがいい？　自分が望むように、自分で決めなさい。……そう言って、生のオゴノリと魚を和えたものを具にしたおにぎりを持たせてやった。ただね、オゴノリの中毒は女性に出やすいんですって。だから、聡くんが死ぬかどうかはわからなかった。でも、聡くんがそれを食べると決めて、その結果、命を落としたとしたら、聡くんが自ら運命を摑んだってことでしょう？　だから亡くなったって聞いて、ああ、そっちの道を選び取ったのねと納得するしかなかったわね」

　皐月からオゴノリ入りのおにぎりを受け取った聡は、自分の足であの海岸まで向かった。そこでオゴノリを食べ、その毒性によって死んでしまった。中毒死は決して楽な死に方ではない。それでも聡は大人しく、誰にも知られることなく、あの夜、あの場所で、その生を終えた。

　それが聡の選択だったのだ。

　まるで凪《な》いだ海のように、皐月は淡々と事の顚末《てんまつ》を語った。その一つひとつが衛の心に大きな波紋を広げていったが、一方で、皐月の心には波ひとつ立っていないみたいだった。

「あの遺書、百合が用意したのよね」

「……お母さん、気づいてたの」

「娘のことなんて、見てればわかるわよ。でも、百合が勝手に用意した遺書によって、聡くんの死はやっぱり自殺だったんだと印象付けられると思った。それなのに……、まさか衛くんがここまで探り出すなんて、想像もしなかったわ」

「俺だって、こんなこと知りたくなかった。だけど、違和感をそのままにはしておけなかったんです。だって、それじゃあ兄貴があまりにも――」

「可哀想だから？」

皐月の視線に鋭く射抜かれ、衛は二の句を継げなかった。

皐月は気怠そうに髪を掻き上げると、再度、タバコに火を点ける。マッチを擦り、タバコの先が燃えるような赤に染まった。

「そうね。たしかに聡くんは可哀想だったかもしれない。健蔵さんや妙子さんが、本当に親身になって聡くんのことを考えているとは思えなかった。だって、じゃなきゃ、うちの子になりたいなんて言わないでしょう？　聡くんはね、そういう意味で本当に可哀想だったのよ。家族の誰からもわかってもらえない、可哀想で、寂しい子」

「皐月さんに、なにがわかるんですか」

「わかるわよ。少なくとも、あんたたちよりはね。たしかに歪んだ形だったかもしれないけれど、私なりの方法で聡くんを救ってあげたんだから。誰からも愛されていなかった聡くんのことを」

「親父も伯母さんも、行きすぎたところはあったかもしれません。それでも、兄貴のことを愛していたことに違いはない。それを、皐月さんに否定される謂《いわ》れはない」

言いながら、衛は揺らいでいた。

聡が自立できるように、ひとりで生きていけるようにと強く願うあまり、健蔵は、必要以上に厳しく接していた。一方で妙子は、自尊心を満たすために、聡を過剰に甘やかし、なにもできない子どものように扱っていた。

それらを、果たして愛情と呼べるのだろうか——。

「否定しているのは、健蔵さんや妙子さんのことだけじゃないわよ。百合」

皐月の言葉に、百合は怯える子どものような顔をした。

「あんたがやってる仕事は意味のあることかもしれない。でも、一度でも聡くんの意見は聞いたの？　障害者雇用って枠に聡くんを無理やり押し込めて、はみ出さないように押さえつけて、一体それは誰のため？」

「そんなの、聡くんのために決まってるじゃない」

「本当に？　あんたはそれで満足だったかもしれない。いいことをしてるって、気持ちが良かったかもしれない。でもね、聡くんにとってはどうだったかしら」

「だって、だって……、多少無理でもしなきゃ、聡くんが社会から取り残されちゃうと思ったから……。だから、私……」

「皐月さん、もういいでしょ」

百合は下を向き、足元に涙の粒を落とし続けている。そんな百合に向けられた皐月の視線は、ぞっとするほど冷たい。皐月から百合を庇うように、衛は皐月と百合の間に立ちはだかった。

毅然とした衛の様子を認めると、皐月はまたしても唇を歪めた。皮肉っぽく、鼻で笑う。

「衛くん、わかってる？」

「……なにがですか」

「健蔵さんも妙子さんも、そして百合でさえも、聡くんを追い詰めてたの。でもね、一番悪かった人は、他にいるのよ」

皐月の言葉に、動悸が速まっていく。

「あの夜、ここに来た聡くんは、私になんて言ったと思う。いつもは健蔵さんや妙子さん、会社のことなんかを繰り返すばっかりだったのに、あの日だけは違った」

それ以上、聞きたくない。でも、足が動かない。逃げられない。

「あの日、聡くんはこう言ったのよ。『まもるくんがはなれていって、さみしい。それがいちばん、さみしくて、くるしい』って。誰よりも聡くんを追い詰めていたのは、衛くん、あんたでしょう」

「……俺が、兄貴のことを」

「聡くんを置き去りにして、見捨てて、東京で送る毎日は楽しかった？　自分の人生から聡くんを追い出して、忘れて、関係ないふりをして、それはそれは気が楽だったでしょうね。でも、捨てられた側は、一生忘れない。自分は見捨てられたんだっていう傷を負って、ずっと生きていくの。それがどんなに苦しいことか、わかる？　あんたはそれを、実の兄にしたのよ。健蔵さんも妙子さんも、百合だって、みんな身勝手ではあっただろうけど、それでも聡くんに目を向けてた。でも、あんたはそれすらしなかった。聡くんの存在をなかったものとして振る舞ってきた。あんたが、誰よりも聡くんを追い詰めてたのよ」

「そんな……。でも、皐月さんだって、兄貴のことを散々振り回したじゃないか。兄貴と子どもを作って、でも結局生めなくて、兄貴のもとから去って。そのとき、兄貴はどんな気持ちだったんだよ。俺が兄貴を置き去りにしたっていうなら、それは皐月さんだって同じだろ！」

「違うわ。少なくとも私は、聡くんと家族になろうと頑張った。愛情を注いだ。幼い頃から聡くんを見下して、相手にもしないで、家族とも見做《みな》さなかったあんたとは違う。私を悪者にして、自分のことを正当化しないで」

「そんな……、だって……」

「あんたは聡くんを見捨てて、誰よりも深く傷つけてきたの」

「俺が、兄貴を……」

「見捨てて、傷つけて、追い詰めて……。そう、あんたが聡くんを殺したも同然よ」

学校に通うまでの衛は、聡とふたりで過ごす時間が大好きだった。そこに百合が加わり、三人の幸福な世界が生まれた。そこにいれば誰からも傷つけられることがない、静かで温かくて、絶対に安全な、無菌室のような世界。

しかし、学校という第二の世界を知り、同世代の子どもたちと触れ合うようになったことを機に、衛の中に変化が訪れた。

聡は、おかしいのではないか——。

子どもは無邪気で、だからこそ残酷だ。異物を見つければ槍玉に挙げ、排除しようとする。聡と衛がその標的になるのも当然だった。でも、衛には逃げる場所がなかった。学校はまるで牢獄で、そこから逃げ出すことは許されない。

だから衛は、周囲に迎合した。聡を馬鹿にする子どもたちに同意し、自ら、あんな兄などいらないと口にした。そうすることで、身を守ったのだ。

そうしているうちに聡への憎悪ははっきりと輪郭を成し、心の片隅でたしかに根を張った。やがて家の中でさえも、聡と会話を交わす頻度が減っていった。

高校を卒業して家を出ることにしたとき、穏やかな海のように心は凪いでいた。生まれながらにして、体中の至るところに付いていた枷《かせ》が、外れていく音が聞こえた。

家を出る日、衛は聡の目を一切見なかった。

天使みたいと称されていたあの大きな瞳には、なにが映っていただろうか。自分のもとを去っていく弟の背中は、どんな風に見えていただろうか。

でも、もう知るすべがない。

皐月が吐き出した言葉の一つひとつが、衛の体を深く突き刺す。血が噴き出し、止めることなんてできなかった。

体の中心から、なにかが粉々に砕け散るような音がする。痛い。存在していることが、痛くてたまらない。

この痛みは、自分に科せられた罰だ、と思った。嫌なこと、面倒なこと、疎ましいこと、苦しいこと、重たいこと——そのすべての象徴でもある聡という存在から目を背け、逃げ続けてきた、とても愚かで弱い自分に科せられた、最大の罰だ。そんな十字架を、この先、一生背負っていく。

やがて、荒廃した心の奥底に浮かんだのは、むき出しの思いだった。

お兄ちゃん、ごめんなさい——。

衛はその場に頽れ、両手で自らを抱き、慟哭《どうこく》した。

皐月はもうそれ以上なにも言わなかった。

室内にはただ、衛の嗚咽《おえつ》だけが響いていた。


次の日、衛は昼過ぎまで眠った。まるで幼い子どものように布団の中で小さくなり、眠りの海に沈み込んでいた。

目覚めると、なにか夢の余韻があった。しかし、どんな夢だったのかよく覚えていない。ひとつだけたしかだったのは、眠りながら泣いていたということだけだった。

さざなみで聡の死の真相が明らかになった後、百合に付き添われながら、皐月は警察署に向かった。タクシーに乗り込むふたりを、衛はぼんやりと見送った。それからどうやって帰宅したのかは、記憶がない。気づけば、実家の玄関に倒れ込んでいた。

心配した健蔵に抱きかかえられると、衛は泣きじゃくりながら「俺が兄貴を殺したんだ」と訴え続けた。そんな衛の背中を、健蔵の無骨な手のひらが何度も擦った。

布団の上で、本当はすべて夢なんじゃないか、と衛は思った。聡が死んだことも、皐月が犯人だったことも、そして、自分が聡を見捨てたことも、すべて夢なのではないか、と。

でも、枕元のスマホをチェックすると、すぐに現実に引き戻される。

深夜、百合からのメッセージが届いていた。

〈たったいま、帰宅しました。母のことはこれから詳しく捜査されるみたいです。衛くん、本

当にごめんなさい〉

着替えもせず、階下へ降りていくと、居間で健蔵がテレビを観ていた。日曜午後の時間帯らしく、画面の中では毒にも薬にもならないような情報番組が流れていた。名前も知らないアイドルが、作り物っぽい笑顔を貼り付け、声を張り上げている。

健蔵はこんな番組を観るようなタイプではない。

「親父、おはよう……」

声をかけると、健蔵が振り返り、「もう昼だぞ」と呆れるように言った。

「飯、食うか?」

「ううん、いらない。もう準備して、帰るよ」

「んだか」

健蔵がテレビを消す。

居間に静寂が訪れたかと思うと、外からやかましいほどの蟬の鳴き声が聞こえてきた。どうやら今日も天気がいいらしい。

呆けたように座っていると、健蔵が控え目な口調で言った。

「さっきな。百合ちゃんから電話があったんだ」

「そう、なんだ」

「衛」

「なに」

「家族を背負わせて、悪かった」

「親父……」

「お前がすべてを背負い込む必要なんて、ねかったんだ。嫌だったら離れていい。家族だからって、なにがなんでも一緒にいなきゃいけねぇわけでもない。……子どもの頃のお前に、俺はこう言ってやるべきだった」

衛はなにも言えなかった。

健蔵が続ける。

「ただな、これだけは約束してくれ。この先、お前がどんな場所で生きていったって構わねぇ。でも、聡に恥ずかしくねぇような生き方をしてほしい。いつどこで聡に見られても、胸を張れるように。……俺も、これからはそうやって生きていく。それが俺たちにできる、罪滅ぼしだと思うんだよ」

健蔵は洟を垂らし、それでも涙は絶対にこぼれないようにと必死で堪えているようだった。その潤んだ瞳に映っていたのは、失った兄を思い、苦しそうに泣いている弟の姿だった。

着替えた衛は、東京へ戻る前に、もう一度だけあの場所へ、藤山へ足を運ぼうと思っていた。途中寄ったスーパーで、小さな花束を買った。白や赤、オレンジなど色鮮やかだったが、花の名前はわからなかった。唯一知っている向日葵《ひまわり》は、花束の中心で誇らしげに花弁を広げていた。

強い日差しの下を、一歩一歩踏みしめるように、ゆっくりと歩いた。スーパーで買った冷たいお茶はあっという間に温くなり、藤山に着く頃には空になっていた。人の気配はなかった。複数の蝉が競い合うように鳴き、風が吹くと松の葉がさざめくように揺れた。

展望台まで辿り着くと、海岸へ下っていく。

聡が発見された、双子松の根元。そこに買ってきた花束を手向けた。

手を合わせ、静かに目を閉じる。伝えたいことはたくさんあったし、ここに来るまでずっと考えていた。でも、なにも言えなかった。なにを言ったらいいのか、わからなかった。

ポケットの中でスマホが振動する。見れば、また百合からメッセージが届いていた。

〈聡くんからの手紙です〉

その一言とともに、画像ファイルが添付されているようだ。そっと開いてみる。薄汚れた紙に、聡が書いたのであろう、歪んだ文字が並んでいた。

ゆりちゃんへ
なかよくしてくれて　ありがとう。
とってもたのしかったです。
おとなになったら　またあそびたいです。

これは、タイムカプセルに入っていた、聡から百合への手紙だろう。百合に対する、当時の聡の真っ直ぐな思いが書かれている。

そして続く文章を読んで、衛の胸には、どこまでも温かい寂しさが広がっていった。

ゆりちゃん　このてがみを　まもるくんにも　みせてあげてください。
まもるくんへ
おとなになったら　また　なかよくしたいです。
まもるくんは　ぼくのことが　きらいかもしれないけど、
ぼくは　まもるくんが　だいすきです。
ぼくは　まもるくんの　おにいちゃんだから。
まもるくんは　ぼくの　おとうとだから。

聡からの手紙は、未来への願いを込めたボトルメールのようだった。無理解な社会という海に放ったそれは、長いときを経て、こうして衛の手元まで流れ着いた。

でも、聡の願いは、もう叶えられない――。

「兄貴、また来るから」

もうどこにもいない聡にやさしく話しかけると、衛は振り返った。

ぼんやりと海を眺める。

波の音を聞いているうちに、聡の部屋にあった海月《くらげ》のポスターを思い出した。あれに写っていたエフィラ——海月になる前の幼生という存在は、まるで聡そのものだ。周囲の者たちによってひとりの人間として見做されず、いつまでも幼生のまま、結局、広い海に泳ぎ出すことなく、消えてしまった。

聡というエフィラは、泳ぎ出せなかった——。

水平線の向こうに、大きな入道雲が立ち上がっている。点のような影は、海鳥だろう。まるで空を泳ぐように、優雅に飛び回っていた。

時折、強い風が吹き付けてくる。しかし、もう潮臭さは感じなかった。久しぶりにこの地を踏んだときには、あまりにも濃い潮の匂いに驚いたものだが、たった数日で慣れてしまったらしい。いや、慣れたというよりも、取り戻したに近いか。この海辺の町に生まれ、波の音と潮の匂いに囲まれ、強面《こわもて》の父と世話好きな伯母、そして穏やかでやさしい兄と、一緒に育った。その頃の感覚は、きっとこの体がいつまでも覚えているのだ。

なにもかもが変わってしまった。関係も、存在も。けれど、家族が家族としてあった頃の記憶は、いつまでも残り続ける。それはたしかに、衛の血肉になっている。

「聡に恥ずかしくねぇような生き方をしろ、か」

健蔵の言葉を反芻《はんすう》した。それがどんな生き方なのか、まだよくわからない。

でも、ひとつだけやるべきことはあった。

スマホを取り出し、玲奈に電話をかける。

「もしもし、玲奈?」

『うん。どうしたの?』

「あのさ、全部終わったんだ」

『え? そっか。お疲れさまって、言っていいのかわかんないけど』

「ありがとう」

『それで、もう帰ってくるの?』

「うん。今日、これから帰るよ」

『わかった。待ってるね』

「玲奈、あのさ」

そこで一呼吸置いた。

遠くに、遊覧船が横切っていくのが見える。それを追いかけるように、海鳥の群れが滑空している。

よし、言おう、と思った。聡に恥ずかしくないように。聡に胸を張れるように。

「出生前診断のことなんだけど――」

文庫版あとがき

「こんなにつらい物語を、どうして書こうと思ったんですか？」

　この小説を世に出したとき、たびたびそう尋ねられた。

　今回、文庫化するにあたってあらためて読み返してみたが、たしかにつらい。人間の仄暗《ほのぐら》い一面を見せつけてくる、グロテスクな小説だと感じる人もいるだろうし、趣味が悪い……と眉を顰《ひそ》める人もいるかもしれない。

　でも、悪戯《いたずら》に書いたわけではないことを強調したい。この小説で書いたことは、決して絵空事ではないからだ。障害者が周囲の人間によって追い詰められることは、現実世界でもしばしば起こっている。

　数年前、ひとつのニュースを目にした。そこで報じられていたのは、地方に住む知的障害者の自殺、だった。原因は、周囲の人たちからの無理解や差別。それにより、なんの罪もないひとりの障害者が死に追いやられたのだ。

　あまりにも衝撃的で、だけど絶対に忘れてはいけないことだと感じた私は、「知的障害者の自殺」を軸にした物語を、いつか書こうと思い立った。その思いが結実し、本作が生まれた。

　だからこの小説は、現実と地続きの物語だと思っている。

　そして残念ながら、障害者はいまだに、現実世界で迫害され続けている。

この小説で描かれる知的障害者の自殺――聡の死には、ひとつの真相が隠れている。彼が死んだ背景にはいわゆる「犯人」がいて、ミステリ小説の体裁を取っている以上は、まずその犯人を推理しながら本作を読んでいただきたいのだが、読み終えたとき、あらためて自身にこう問いかけて考えてもらいたいとも思っている。

本当の犯人は一体誰だったのだろうか、と。

障害者にぶつけられる差別や偏見の問題は、そんなに単純な構造をしていない。ときにそれは善意の顔をして近づいてくることもあるし、だからこそ、当事者をより深く傷つける可能性もある。さらには、加害者とされる側もまた別の差別の被害者であるケースも考えられる。誰かに追い詰められた人が、別の誰かを追い詰めるといった構図は決して珍しくない。

だからこそ、考えることをやめてはいけないのだと思う。複雑な問題を前に、考えて考えて考え抜き、本当の原因を探る。愚直かもしれないけれど、それが差別や偏見を無くしていく道のりだと思うのだ。

そして私は、この小説が、誰かにとっての考えるきっかけになってくれたらいいな、という淡い期待を抱いている。

小説を書くことで社会をより良いものにできる、だなんて烏滸《おこ》がましいことは思っていない。先に「この小説は、現実と地続きの物語だ」なんて書いたものの、それでも小説は小説でしかない。あくまでもフィクションだ。

ただ、一方で、小説を通して伝わるものがあるはずだ。そこに書かれたことが読者の胸を震わせ、心の最奥にまで届く瞬間が、きっとある。

そう信じながら、今後も一作一作、小説を生み出していきたい。

また次の作品でお会いできますように。

二〇二四年　初夏

五十嵐　大

本書は二〇二二年、小社より刊行された作品を文庫化したものです。

検印
廃止

著者紹介 1983年、宮城県生まれ。2022年、本作で小説家デビュー。『聴こえない母に訊きにいく』が第1回生きる本大賞にノミネートされる。2024年、『ぼくが生きてる、ふたつの世界』を原作とした実写映画が公開予定。

エフィラは泳ぎ出せない

2024年7月26日 初版

著者 五十嵐《いがらし》大《だい》

発行所 (株) 東京創元社
代表者 渋谷健太郎

162-0814/東京都新宿区新小川町1-5
電 話 03・3268・8231-営業部
03・3268・8204-編集部
URL http://www.tsogen.co.jp
DTP キャップス
暁印刷・本間製本

乱丁・落丁本は、ご面倒ですが小社までご送付ください。送料小社負担にてお取替えいたします。

ISBN978-4-488-49121-5 C0193

〈デフ・ヴォイス〉スピンオフ

DETECTIVE IZUMORI◆Maruyama Masaki

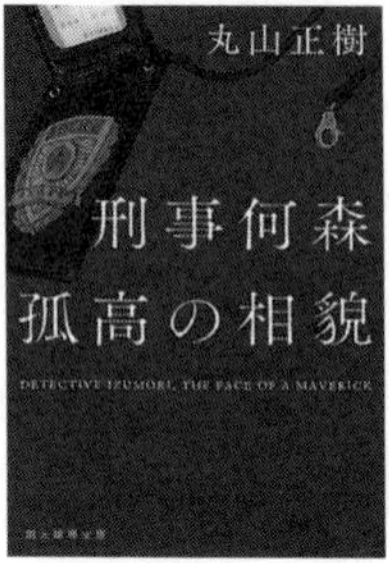

刑事何森
孤高の相貌

丸山正樹

創元推理文庫

◆

埼玉県警の何森《いずもり》稔《みのる》は、昔気質の一匹狼の刑事である。
有能だが、所轄署をたらいまわしにされていた。
久喜署に所属していた2007年のある日、
何森は深夜に発生した殺人事件の捜査に加わる。
障害のある娘と二人暮らしの母親が、
二階の部屋で何者かに殺害された事件だ。
二階へ上がれない娘は大きな物音を聞いて怖くなり、
ケースワーカーを呼んで通報してもらったのだという。
捜査本部の方針に疑問を持った何森は、
ひとり独自の捜査を始める――。
〈デフ・ヴォイス〉シリーズ随一の人気キャラクター・
何森刑事が活躍する、三編収録の連作ミステリ。

収録作品＝二階の死体，灰色でなく，ロスト

〈デフ・ヴォイス〉スピンオフ②

DETECTIVE IZUMORI 2◆Maruyama Masaki

刑事何森
逃走の行先

丸山正樹

四六判上製

◆

優秀な刑事ながらも組織に迎合しない性格から、
上から疎まれつつ地道な捜査を続ける埼玉県警の何森《いずもり》稔《みのる》。
翌年春の定年を控えたある日、
ベトナム人技能実習生が会社の上司を刺して
姿をくらました事件を担当することになる。
実習生の行方はようとして摑めず、
捜査は暗礁に乗り上げた。
何森は相棒の荒井みゆきとともに、
被害者の同僚から重要な情報を聞き出し――。
技能実習生の妊娠や非正規滞在外国人の仮放免、
コロナ禍による失業と貧困化などを題材に、
罪を犯さざるを得なかった女性たちを描いた全３編を収録。

収録作品＝逃女《とうじょ》，永遠《エターナル》，小火《しょうび》